***depois
do sim***

TAYLOR JENKINS REID

depois do sim

Tradução
ALEXANDRE BOIDE

paralela

Copyright © 2014 by Taylor Jenkins Reid

Publicado mediante acordo com Taryn Fagerness Agency e Sandra Bruna Agência Literária, SL.
Todos os direitos reservados.

A Editora Paralela é uma divisão da Editora Schwarcz S.A.

Grafia atualizada segundo o Acordo Ortográfico da Língua Portuguesa de 1990, que entrou em vigor no Brasil em 2009.

TÍTULO ORIGINAL After I Do
CAPA Ale Kalko
FOTO DE CAPA © Phaendin/ Dreamstime.com
PREPARAÇÃO Paula Carvalho
REVISÃO Renato Potenza Rodrigues e Jasceline Honorato

Dados Internacionais de Catalogação na Publicação (CIP)
(Câmara Brasileira do Livro, SP, Brasil)

Reid, Taylor Jenkins
  Depois do sim / Taylor Jenkins Reid ; tradução Alexandre Boide. — 1ª ed. — São Paulo : Paralela, 2020.

  Título original: After I Do.
  ISBN 978-85-8439-159-2

  1. Casamento — Ficção 2. Ficção norte-americana I. Título.

20-32477   CDD-813

Índice para catálogo sistemático:
1. Ficção : Literatura norte-americana   813

Maria Alice Ferreira – Bibliotecária – CRB-8/7964

2ª reimpressão

[2022]
Todos os direitos desta edição reservados à
EDITORA SCHWARCZ S.A.
Rua Bandeira Paulista, 702, cj. 32
04532-002 — São Paulo — SP
Telefone: (11) 3707-3500
editoraparalela.com.br
atendimentoaoleitor@editoraparalela.com.br
facebook.com/editoraparalela
instagram.com/editoraparalela
twitter.com/editoraparalela

flagrante, *adj.*
Bem na minha frente, você saía do banheiro sem pôr a tampa de volta no tubo de pasta de dente.

The Lover's Dictionary

PARTE UM
Para onde vão as coisas boas?

Estamos no estacionamento do estádio dos Los Angeles Dodgers e, mais uma vez, Ryan esqueceu onde deixamos o carro. Repito várias vezes que está no setor C, mas ele não acredita.

"Não", ele diz pela décima vez. "Eu me lembro claramente de ter virado à direita quando chegamos, não à esquerda."

"Está lembrando errado", respondo com um tom de voz seco e irritado. Já estamos aqui há tempo demais, e detesto o caos da saída do estádio. Pelo menos é uma noite quente de verão, mas são dez da noite, e o resto da torcida está saindo das arquibancadas em massa, enquanto brigamos em meio ao mar de camisas azuis e brancas. Esse impasse já dura mais de vinte minutos.

"Não estou lembrando errado", ele rebate, andando na minha frente sem nem se dar ao trabalho de olhar para mim. "Quem tem memória ruim aqui é você."

"Ah, sim", retruco em tom de deboche. "Só porque perdi minhas chaves hoje de manhã, de repente virei uma idiota?"

Ele se vira para mim; aproveito para alcançá-lo. O estacionamento é uma subida inclinada. Eu ando devagar.

"Claro, Lauren, foi exatamente o que eu falei. Disse que você era uma idiota."

"Na prática foi isso mesmo. Você disse que sabe o que está falando, como se eu não soubesse."

"Me ajuda a encontrar logo essa droga de carro pra gente ir embora daqui."

Eu não respondo. Simplesmente o sigo enquanto ele se afasta cada vez mais do setor C. Por que ele quer ir para casa é um mistério para mim. Nossa situação não vai melhorar nem um pouco quando chegarmos lá. Faz meses que as coisas estão ruins.

Ele anda em círculos cada vez maiores, subindo e descendo as rampas do estacionamento do estádio. Eu o sigo de perto, esperando ao seu lado para atravessar nas faixas de pedestres, acompanhando seu ritmo. Nós nos mantemos em silêncio. Penso na vontade que sinto de gritar com ele. Penso que provavelmente vou sentir essa vontade de novo amanhã. Imagino que ele esteja pensando a mesma coisa. Ainda assim, o ar entre nós permanece imóvel, sem que nenhum dos nossos pensamentos se materialize. Ultimamente, nossas noites e fins de semana são com muita frequência repletos de tensão, uma sensação que só é aliviada na hora de dizer bom-dia ou boa-noite.

Depois da primeira leva de pessoas deixar o estacionamento, fica bem mais fácil ver onde estamos e onde paramos o carro.

"Olha lá", Ryan diz, sem se preocupar em apontar o local certo. Viro a cabeça seguindo a direção de seu olhar. Lá está o nosso Honda compacto preto.

Bem no meio do setor C.

Eu sorrio para ele. Não é um sorriso agradável.

Ele retribui o gesto. E o seu sorriso também não é nada agradável.

Onze anos e meio atrás

Eu estava no segundo ano da faculdade. Meu primeiro ano tinha sido bem solitário. A UCLA não era tão acolhedora quanto eu imaginava quando me matriculei. Foi difícil conhecer gente nova. Voltava para casa em vários fins de semana para visitar a família. Bom, na verdade, ia ver minha irmã mais nova, Rachel. Minha mãe e meu irmão caçula, Charlie, eram distrações secundárias. Rachel era a pessoa para quem eu contava tudo. Sentia falta dela quando comia sozinha no refeitório, e isso acontecia com mais frequência do que eu gostaria de admitir.

Aos dezenove anos, eu era bem mais tímida do que tinha sido aos dezessete, quando me formei no ensino médio como primeira da classe e fiquei com a mão dolorida de tanto assinar os anuários dos colegas de turma. Durante o primeiro ano de faculdade minha mãe me perguntou várias vezes se eu queria pedir transferência para outra universidade. Vivia me dizendo que não tinha problema se eu quisesse procurar outro lugar para estudar, mas não era isso que eu queria. Gostava das aulas. "É que ainda não me adaptei", respondia todas as vezes. "Mas vou me adaptar. Vou me adaptar."

Isso aconteceu quando comecei a trabalhar no setor encarregado de cuidar das correspondências da universidade. Na maioria das noites, só havia mais uma ou duas pessoas além de mim, e era o tipo de interação no qual eu conseguia me sair bem. Eu me sentia à vontade em grupos pequenos. Era capaz de brilhar quando não precisava lutar para ser ouvida. E, depois de alguns meses distribuindo correspondências, já tinha conhecido um monte de gente. E passei a gostar de verdade de algumas pessoas, que também passaram a gostar de mim. Quando fui para casa no recesso das festas de fim de ano, estava ansiosa para voltar às aulas em janeiro. Sentia falta das minhas novas amizades.

Quando as aulas recomeçaram, minha nova grade horária incluía atividades em prédios onde eu nunca havia pisado antes. Comecei a estudar psicologia por ser uma matéria que cobria vários requisitos do meu currículo básico. E, por causa da nova programação, passei a cruzar com um cara em todo lugar. Na academia de ginástica, na livraria, nos elevadores do Franz Hall.

Ele era alto, os ombros largos. Tinha braços fortes, com bíceps pronunciados que mal cabiam nas mangas da camisa. O cabelo era castanho claro, e o rosto geralmente estava com a barba por fazer. Estava sempre sorrindo, sempre conversando. Mesmo quando o via sozinho, ele demonstrava a confiança de alguém com uma missão a cumprir.

Quando enfim nos falamos, eu estava na fila para entrar no refeitório, com a mesma camiseta cinza do dia anterior. Fiquei pensando que ele poderia reparar nesse detalhe quando percebi que estava um pouco à minha frente na fila.

Depois de passar o cartão de estudante para entrar, ele ficou um pouco para trás em relação aos amigos e parou para falar com o cara que operava a máquina que lia os cartões. Quando chegou a minha vez de entrar, ele interrompeu a conversa e olhou para mim.

"Por acaso você está me seguindo?", ele falou, olhando bem nos meus olhos e sorrindo.

Fiquei toda sem jeito, e acho que ele percebeu.

"Desculpa, foi uma brincadeirinha boba", ele disse. "É que ultimamente estou vendo você em todos os lugares." Peguei meu cartão de volta. "Posso acompanhar você?"

"Pode", respondi. Eu ia encontrar o pessoal do setor de correspondências, mas ninguém tinha chegado ainda. E ele era gatinho. Foi isso que me convenceu: ele era gatinho.

"Aonde a gente está indo?", ele questionou. "Qual fila?"

"A gente está indo para a fila da grelha", respondi. "Quer dizer, se você quiser ficar na fila comigo."

"Na verdade, é perfeito. Estou morrendo de vontade de comer um cheesebúrguer."

"Então, vamos para a fila da grelha."

Entramos na fila em silêncio, mas ele se esforçou para continuar conversando comigo.

"Ryan Lawrence Cooper", ele falou, estendendo a mão. Eu dei risada e o cumprimentei. Seu aperto de mão era bem firme. Fiquei com a sensação de que se ele não quisesse interrompê-lo, não havia nada que eu pudesse fazer. Sua mão era forte mesmo.

"Lauren Maureen Spencer", falei. Ele soltou minha mão.

Eu o imaginava como alguém tranquilo e confiante, equilibrado e charmoso, e ele era assim até certo ponto. Enquanto conversávamos ele ficou meio sem graça, sem saber muito bem o que falar. O cara gato que parecia tão seguro de si, de um jeito que eu jamais conseguiria ser, se revelou... absolutamente humano. Era só alguém com uma aparência agradável, com uma personalidade divertida e que, talvez, se sentisse tão confortável consigo mesmo que fazia as coisas parecerem mais fáceis. Na verdade, não era nada disso. Ele era como eu. E, de repente, isso me fez gostar muito mais dele do que eu esperava. O que me deixou nervosa. Meu estômago começou a se revirar. Minhas mãos começaram a suar.

"Certo, tudo bem, pode admitir", falei, tentando fazer uma gracinha. "É *você* que está me seguindo."

"Tudo bem, eu admito", ele falou, mas logo mudou de ideia. "Não! Claro que não. Mas você notou, né? De repente, você começou a aparecer em todo lugar."

"Quem fez isso foi *você*", respondi, acompanhando o movimento da fila. "Eu só vou aos lugares de sempre."

"Aos *meus* lugares de sempre."

"Vai ver nós temos uma ligação cósmica", eu disse em tom de brincadeira. "Ou, então, temos horários de aula parecidos. A primeira vez que vi você foi no gramado central, acho. Eu estava matando o tempo entre uma aula de introdução à psicologia e outra de estatística. Você devia ter uma aula no campus sul nesse dia, certo?"

"Você sem querer me revelou duas coisas, Lauren", Ryan falou sorrindo.

"Ah, é?", falei.

"É." Ele balançou a cabeça. "A menos importante é que agora eu sei que você vai se formar em psicologia e que frequenta essas duas aulas. Se estivesse te perseguindo mesmo, seria um alvo fácil."

"Certo", concordei. "Mas, se você fosse minimamente bom nisso, já teria descoberto essas coisas há muito tempo."

"Mesmo assim, melhor não arriscar. Ter um perseguidor não é brincadeira."

Finalmente chegou a nossa vez na fila, só que Ryan parecia mais concentrado em mim do que em fazer o pedido. Desviei os olhos dele muito rápido para pedir: "Faz um queijo quente pra mim, por favor?".

"E você?", o atendente perguntou para Ryan.

"Um cheesebúrguer com queijo extra", Ryan respondeu, se inclinando para a frente e roçando sem querer o braço na manga da minha blusa. Senti uma pequena descarga elétrica percorrer meu corpo.

"E a segunda coisa?", questionei.

"Hã?", Ryan perguntou, olhando de volta para mim, já perdido em seus pensamentos.

"Você disse que eu revelei duas coisas."

"Ah!" Ryan sorriu e pôs sua bandeja perto da minha no balcão. "Você disse que me viu no gramado central."

"Certo."

"Mas eu não vi você lá."

"Sei", respondi, sem saber ao certo o que ele quis dizer com isso.

"Então, tecnicamente, você reparou em mim primeiro."

Eu sorri para ele. "Ponto pra você", falei. Peguei meu queijo quente. O atendente entregou o cheesebúrguer de Ryan. Pegamos nossas bandejas e fomos até a máquina de refrigerantes.

"Então", Ryan falou, "como é você que está atrás de mim, acho que vou ser obrigado a esperar você me convidar para sair."

"Como é?", perguntei, meio chocada, meio envergonhada.

"Olha", ele falou, "eu sou uma pessoa paciente. Sei que você precisa criar coragem e fazer um convite que pareça casual."

"Aham", respondi. Peguei um copo e enfiei debaixo da máquina de gelo, que, depois de soltar um barulho alto, produziu míseros três cubos. Ryan deu um tapa na lateral do aparelho. Um monte de gelo despencou no meu copo. Eu agradeci.

"Sem problemas. Então que tal fazermos assim?", Ryan sugeriu. "Eu vou esperar até amanhã, às seis da tarde. Encontro você no saguão do Hedrick Hall. A gente pode sair pra comer alguma coisa e tomar um sorvete. E conversar. Aí você pode me chamar pra sair."

Eu sorri para ele.

"Acho que é justo", ele falou. "Você reparou em mim primeiro." Ele era bem charmoso. E sabia disso.

"Certo. Mas só uma perguntinha", falei, apontando para o cara que operava a máquina que lia os cartões. "Sobre o que você estava falando com ele?" Resolvi perguntar porque tinha quase certeza de qual seria a resposta, e queria ouvir da boca dele.

"Com o cara dos cartões?", Ryan questionou com um sorriso, ciente de que tinha sido desmascarado.

"É, fiquei curiosa para saber o que vocês estavam falando."

Ryan me olhou bem nos olhos. "Eu disse: 'Finge que a gente está conversando. Preciso enrolar um pouco aqui até chegar a vez daquela garota de camiseta cinza'."

Fui arrebatada pela pequena descarga de eletricidade que havia sentido momentos antes. Era como se eu estivesse pegando fogo. Dava para sentir o calor se espalhar da ponta dos dedos das mãos até os dedos dos pés.

"No Hedrick Hall, amanhã às seis da tarde", falei para confirmar que estaria lá. Mas, a essa altura, acho que nós dois sabíamos que eu estava ansiosa para esse encontro chegar logo. Queria que *amanhã* já fosse *agora*.

"Vê se não atrasa", ele falou, sorrindo e se afastando.

Coloquei a bebida na bandeja e atravessei o refeitório como se nada tivesse acontecido. Resolvi sentar sozinha, sem me sentir pronta para encontrar os meus amigos. O sorriso no meu rosto estava largo demais, empolgado demais, reluzente demais.

Cheguei no saguão do Hedrik Hall às cinco para as seis.

Fiquei esperando por alguns minutos, tentando fingir que não estava aguardando ansiosamente a chegada de alguém.

Era um encontro. Um encontro de verdade. Não era um cara me convidando para ir com ele e os amigos a uma festa que ia acontecer na sexta-feira. Não era como ser beijada pelo garoto que eu conhecia desde o oitavo ano e de quem passei a gostar no ensino médio.

Era um encontro.

O que eu ia dizer para ele? Eu mal conhecia o cara! E se eu estivesse com mau hálito ou falasse alguma bobagem? E se meu rímel borrasse e eu passasse a noite inteira sem perceber que estava parecendo um guaxinim?

Em pânico, tentei ver meu reflexo na janela, mas, assim que fiz isso, Ryan apareceu na porta do saguão.

"Uau", ele falou quando me viu. Nesse momento, deixei de me preocupar com qualquer eventual imperfeição. Deixei de ficar encanada com o fato de minhas mãos serem ossudas ou meus lábios serem finos demais. Em vez disso, me concentrei no brilho dos meus cabelos castanhos escuros e no tom cinzento dos meus olhos azuis. Pensei nas minhas pernas compridas ao ver os olhos de Ryan percorrê-las. Fiquei feliz por ter decidido mostrá-las com meu vestido curto preto de jérsei e um moletom de zíper. "Você está linda", ele continuou. "Deve gostar mesmo de mim."

Dei risada, e ele sorriu. Estava usando calça jeans, camiseta e um casaco da universidade por cima.

"E você deve estar se esforçando um bocado para não demonstrar o quanto gosta de *mim*", respondi.

Ele sorriu, mas foi um sorriso diferente dessa vez. Não era para jogar charme. Era uma demonstração de que o *meu* charme tinha funcionado.

Eu me senti bem. Muito, muito bem.

Enquanto comíamos hambúrguer, contamos de onde vínhamos e o que queríamos fazer da vida. Falamos sobre nossas aulas. Descobrimos que tivemos o mesmo professor de oratória no ano anterior.

"O professor Hunt!", Ryan falou, com um tom quase nostálgico.

"Não vem me dizer que você gostava do professor Hunt!", retruquei. Ninguém gostava do professor Hunt. O cara tinha o carisma de uma caixa de papelão.

"E por que não gostaria? Ele é legal. Reconhece o esforço das pessoas! Foi uma das únicas matérias em que eu tirei A naquele semestre."

Ironicamente, oratória foi uma das únicas disciplinas em que tirei B naquele semestre. Mas isso não me pareceu ser a coisa mais agradável a dizer.

"Foi a minha pior aula", respondi. "Oratória não é o meu forte. Eu me dou melhor com pesquisa, dissertações, provas de múltipla escolha. Não me dou bem com essa parte oral."

Quando olhei para ele, senti meu rosto ficar vermelho. Era uma frase bem estranha para se dizer num encontro com alguém que eu mal conhecia. Estava morrendo de medo de que ele fizesse alguma piadinha. Ele fingiu que não percebeu.

"Você parece ser do tipo que tira A em tudo", ele respondeu. Fiquei aliviadíssima. De alguma forma, ele conseguiu reverter esse momento embaraçoso a meu favor.

Fiquei vermelha de novo. Dessa vez por outro motivo. "Bom, eu até que me viro bem", falei. "Mas fiquei impressionada por você ter tirado A em oratória. Isso não é fácil, não."

Ryan deu de ombros. "Acho que eu tenho facilidade para falar em público. Tipo, não fico intimidado pela plateia. Consigo falar numa sala lotada sem ficar inseguro. É o contato cara a cara que me deixa sem jeito."

Senti minha cabeça se inclinar para o lado, uma manifestação física da minha curiosidade. "Você não parece ser do tipo que fica sem jeito em situação nenhuma", comentei. "Não importa quantas pessoas estejam presentes."

Ele sorriu para mim enquanto terminava o hambúrguer. "Não se deixe enganar por esse ar despreocupado", ele avisou. "Sei que sou terrivelmente bonito e o cara mais charmoso que você já viu na vida, mas existe uma razão para eu ter demorado todo esse tempo para conseguir falar com você."

Aquele cara, que parecia tão incrível, gostava de *mim*. Eu o deixava inseguro.

Não sei se existe um nome para a sensação de descobrir que deixamos sem jeito a pessoa que nos deixa sem jeito.

É uma coisa que dá coragem. Deixa a pessoa confiante. Se sentindo capaz de fazer qualquer coisa.

Eu me inclinei sobre a mesa e o beijei. Dei um beijo nele no meio de uma lanchonete, acertando sem querer o pote de ketchup com a manga da blusa. E o movimento não foi nem um pouco calculado. Errei completamente a boca dele. Foi uma coisa meio de lado. Ele foi pego de surpresa, porque ficou imóvel por um momento antes de relaxar. Seu gosto era salgado.

Só quando me afastei foi que me dei conta do que tinha feito. Eu nunca havia tomado a iniciativa de beijar alguém. Sempre tinha sido a pessoa *beijada*. Só *retribuía* o beijo.

Ryan ficou me olhando, confuso. "Pensei que *eu* faria isso", ele comentou.

Nessa hora, fiquei morrendo de vergonha. Era o tipo de coisa que eu tinha lido na seção "momentos embaraçosos" das revistas para meninas adolescentes. "Pois é", falei. "Desculpa. É que... não sei por que eu..."

"Desculpa?", ele retrucou, em choque. "Não precisa pedir desculpas. Esse deve ter sido um dos melhores momentos da minha vida."

Eu o encarei e, mesmo não querendo, abri um sorriso.

"Todas as garotas deveriam beijar assim", ele continuou. "Todas as garotas deveriam ser como você."

No caminho de casa, ele me parou várias vezes em cantinhos escondidos para me beijar. Quanto mais perto estávamos do alojamento, mais demorados eram os beijos. Na porta do prédio, a sensação era de que ficamos nos beijando por horas. Estava frio a essa altura; o sol já havia se posto. Minhas pernas descobertas estavam congelando. Mas eu não sentia nada além das mãos dele em mim, dos seus lábios nos meus. Só conseguia pensar no que estávamos fazendo, na minha mão no pescoço dele, no cheiro do seu corpo, que era de roupa limpa e perfume almiscarado.

Quando chegou o momento de ou passar para a fase seguinte ou nos despedirmos, eu me afastei, segurando sua mão. Dava para ver em seus olhos que ele queria que eu o convidasse para subir. Em vez disso, perguntei: "A gente se vê amanhã?".

"Lógico."

"Você passa aqui pra gente ir tomar café da manhã juntos?"

"Lógico."

"Boa noite", falei, dando um beijo no seu rosto.

Afastei minha mão da dele e me virei para subir. Quase parei para pedir que ele viesse comigo. Não queria que aquele encontro terminasse. Não queria parar de tocá-lo, de ouvir sua voz, de esperar para ouvir o que ele tinha para dizer. Mas não fiz isso. Continuei andando.

Percebi na hora que estava perdida. Estava caidinha por ele. Sabia que iria me entregar para ele, me abrir por completo, deixar que ele partisse meu coração se assim tivesse que ser.

Não havia motivo para ter pressa, eu disse para mim mesma quando entrei sozinha no elevador.

Quando cheguei ao quarto, liguei para Rachel. Precisava contar tudo para ela. Precisava falar sobre como ele era lindo e meigo. Precisava contar sobre as coisas que ele falou, o jeito como me olhava. Precisava reviver tudo com alguém que entendesse o quanto aquilo era emocionante para mim.

E Rachel entendeu totalmente.

"Então, quando você vai dormir com ele? Essa é a minha pergunta", ela falou. "Porque pelo jeito a coisa esquentou aí na calçada. De repente, você pode marcar uma data, sabe? Tipo, não dormir com ele enquanto não estiverem juntos por um determinado número de semanas, dias ou meses." Ela caiu na risada. "Ou anos, se você estiver a fim de fazer esse joguinho."

Respondi que ia deixar as coisas acontecerem naturalmente.

"Péssima ideia", ela me disse. "Você precisa de um plano. E se for para a cama com ele cedo ou tarde demais?"

Na verdade, eu nem sabia se essa possibilidade realmente existia. Eu confiava tanto em Ryan e em mim mesma que nada parecia capaz de dar errado. Era como se eu soubesse que a gente se dava tão bem que nada poderia estragar o que estava acontecendo, mesmo se nos esforçássemos para isso.

E isso me trouxe, ao mesmo tempo, uma alegria intensa e uma tremenda calma.

Aconteceu no quarto de Ryan. O colega com quem ele dividia o alojamento tinha viajado no fim de semana. Ainda não tínhamos confessado um para o outro que estávamos apaixonados, mas isso era óbvio.

Fiquei maravilhada com a maneira como ele compreendeu bem o meu corpo. Não precisei dizer o que queria. Ele sabia. Sabia como me beijar. Sabia onde pôr a mão, o que tocar, como tocar.

Eu nunca tinha entendido a ideia de fazer amor. Parecia uma coisa brega e melodramática. Mas nesse momento compreendi. Não era só uma questão de movimento. Era sentir meu coração se expandir quando ele chegava mais perto. Sentir seu hálito como se fosse um fogo brando. Era perceber que o cérebro parava de funcionar para ser substituído pelo coração.

Eu não queria saber de mais nada além da sensação do seu toque, do seu cheiro, do seu gosto. E queria cada vez mais.

No fim, ficamos deitados juntos, nus e vulneráveis, mas sem nos sentirmos realmente assim. Ele segurou minha mão.

"Tenho uma coisa pra falar, mas não quero que você pense que foi só por causa do que aconteceu", ele avisou.

Eu sabia o que era. Nós dois sabíamos. "Então fala outra hora", sugeri.

Ele pareceu decepcionado, por isso expliquei melhor.

"Quando você disser, eu vou retribuir", esclareci.

Ele sorriu e ficou em silêncio por um tempo. Cheguei a pensar que tivesse dormido. Daí, ele disse: "Isso é bom, né?".

Eu me virei para ele. "É, sim", respondi. "É bom."

"Não", ele retrucou. "É, tipo, perfeito, isso que a gente tem. A gente deveria se casar algum dia."

Pensei nos meus avós, as únicas pessoas casadas que conhecia. Lembrei-me da minha avó cortando a comida do meu avô no prato, quando ele estava se sentindo fraco demais para fazer isso.

"É", respondi. "Algum dia."

Nós tínhamos dezenove anos.

Onze anos atrás

Nas férias de verão, Ryan voltou para casa, no Kansas. Nós conversávamos todos os dias. Mandávamos direto e-mails um para o outro, aguardando impacientemente a resposta. Ficava sentada na cama, esperando que ele chegasse do estágio e me ligasse. Eu o visitei no começo do verão, quando conheci seus pais e sua irmã. Nós nos demos muito bem. Eles pareceram gostar de mim. Passei uma semana lá, e ficamos grudados, com Ryan escapulindo para o quarto de hóspedes para me ver todas as noites. Quando ele me levou ao aeroporto e me acompanhou até o portão de embarque, senti que meu coração estava sendo arrancado do peito. Como eu poderia deixá-lo? Como entrar no avião e voar milhares de quilômetros para longe da minha alma gêmea?

Tentei explicar tudo isso para Rachel, que também estava em casa depois de cursar o primeiro ano de faculdade. Reclamava da saudade que sentia. Falei dele muito mais do que o necessário. Só pensava nisso. Rachel reagia às minhas declarações exageradas de amor dizendo: "Ah, que ótimo. Estou muito feliz por você", e fingindo vomitar logo em seguida.

Enquanto isso, o meu irmão Charlie havia acabado de completar catorze anos e estava prestes a começar o ensino médio, então não tinha a menor vontade de ficar comigo e com Rachel. Ele nem se dava ao trabalho de fingir interesse no que eu tinha a dizer naquelas férias. Assim que eu abria a boca, ele punha os fones de ouvido ou ligava a tv.

Algumas semanas depois de eu voltar do Kansas, Ryan fez questão de ir me visitar. Não fazia diferença se as passagens custavam caro e que ele não tinha dinheiro. Ele disse que valia a pena. Que precisava me ver.

Quando ele desembarcou no aeroporto, eu o vi descendo as escadas rolantes junto com os outros passageiros. Vi que ele procurou meu rosto na multidão. Notei quando ele me achou. Percebi naquele momento o quanto ele me amava, como ele estava aliviado por me ver. E fui capaz de reconhecer todas essas sensações, porque a mesma coisa estava acontecendo comigo.

Ele correu em minha direção, largando a bolsa no chão e me erguendo com um abraço. Em seguida me girou no ar, me apertando com a maior força. Da mesma forma como tinha ficado arrasada por deixá-lo algumas semanas antes, estava eufórica por estarmos juntos de novo.

Ele me pôs no chão e segurou meu rosto entre as mãos para me beijar. Quando finalmente abri os olhos, vi uma mulher mais velha acompanhada dos filhos olhando para nós. Nossos olhares se cruzaram por acaso, e ela sorriu para mim antes de desviar os olhos para o outro lado, num gesto um tanto tímido. A expressão no seu rosto deixava claro que ela já tinha vivido esse tipo de situação.

Minha família então chegou, depois de estacionar o carro. Todo mundo fez questão de ir, em parte porque deixei claro que não queria que ninguém fosse.

Ryan enxugou a mão suada na calça jeans e estendeu-a para cumprimentar a minha mãe.

"Sra. Spencer", ele falou. "Que bom revê-la." Eles já tinham se conhecido, brevemente, quando minha mãe foi me ajudar na mudança para fora do alojamento.

"Ryan, já disse para me chamar de Leslie", minha mãe falou, rindo para ele.

Ryan assentiu com a cabeça e acenou para Rachel e Charlie. "Rachel, Charlie, prazer em conhecê-los. Ouvi falar muito bem de vocês."

"Na verdade", respondeu Charlie, "nós preferimos ser chamados de srta. e sr. Spencer."

Ryan resolveu levar a piada a sério. "Desculpe, sr. Spencer, falha minha. Srta. Spencer", ele disse, tirando o chapéu imaginário e fazendo uma mesura para Rachel. Em seguida, deu um aperto de mão firme em Charlie.

E, talvez por ter sido levado a sério, Charlie resolveu relaxar.

"Certo, tudo bem", ele falou. "Pode me chamar de Charles."

"Você pode chamar ele de Charlie", Rachel corrigiu.

Fomos até a esteira de bagagens. Por mais que Charlie quisesse dar uma de rebelde mimado, ele ficou conversando com Ryan durante todo o trajeto para casa.

Nove anos e meio atrás

No recesso de primavera no último ano de faculdade, Ryan e eu decidimos ficar em Los Angeles. Mas, na última hora, minha mãe conseguiu passagens baratas para Cabo San Lucas e resolveu aproveitar. Foi assim que nós cinco — minha mãe, Rachel, Charlie, Ryan e eu — fomos parar em um avião rumo ao México.

Estranhamente, Charlie se mostrou o mais empolgado com a ideia. Quando nos sentamos no avião — minha mãe, Ryan e eu de um lado do corredor, Rachel, Charlie e um careca desconhecido do outro —, Charlie fez questão de lembrar minha mãe de que a idade legal para beber por lá era dezoito anos.

"Bom saber, querido", ela disse. "Mas isso não muda o fato de você ter dezesseis."

"Mas seria menos ilegal", ele insistiu enquanto afivelava o cinto e as aeromoças percorriam os corredores. "É menos ilegal eu beber no México do que aqui."

"Eu não sei se existem graus de ilegalidade", Rachel comentou, sentando retinha no meio do assento para não encostar no homem careca. Ele já tinha dormido.

"Inclusive, eu acho que a prostituição é legalizada no México", falei. "Né? Não é isso?"

"Bom, não para os menores de idade", Ryan respondeu. "Desculpa aí, Charlie."

Charlie deu de ombros. "Eu não pareço ter dezesseis anos."

"A maconha é legalizada no México?", Rachel perguntou.

"Vamos com calma!", minha mãe interrompeu, irritada. "É uma viagem em *família*. Não estou levando ninguém para o México para ficar doidão e sair com garotas de programa."

E, obviamente, todo mundo caiu na risada. Porque estávamos todos brincando. Pelo menos foi assim que eu entendi a conversa.

"Você é inocente demais, mãe!", Rachel falou.

"A gente estava brincando", acrescentei.

"Falem por vocês!", Charlie retrucou. "Eu estava falando sério. Eles podem me dar bebida por lá."

Ryan deu risada.

Nesse momento me dei conta do quanto Charlie era diferente de Rachel e de mim. E não só nas coisas mais superficiais, como as diferenças comuns entre irmãos e irmãs, entre colegiais e universitários. As distinções eram gritantes.

Rachel e eu tínhamos uma diferença de idade de pouco mais de um ano. Experimentamos uma série de coisas juntas com um ponto de vista parecido. Quando nosso pai foi embora, eu tinha quase quatro anos e meio, e Rachel havia acabado de fazer três. Nossa mãe ainda estava grávida de Charlie. Rachel e eu não temos lembranças muito fortes do nosso pai, mas convivemos com ele. Sabíamos como era sua voz. Charlie chegou ao mundo apenas com a minha mãe para segurá-lo no colo.

Às vezes, eu me perguntava se o fato de Rachel e eu sermos tão próximas, de significarmos tanto uma para a outra, não serviu para isolar Charlie. Quando ele nasceu, nós já tínhamos nosso próprio mundo. Mas a verdade era que Charlie simplesmente nunca se interessou por nós. Na infância, ele brincava sozinho, com as coisas dele. Não queria participar do que eu e Rachel estávamos fazendo. Não queria se envolver nas nossas conversas. Estava sempre em busca do próprio caminho, rejeitando aquele que já tinha sido aberto para ele.

Por maiores que fossem as diferenças, era impressionante nossa semelhança física. Charlie podia não ser parecido com Rachel e eu em termos de temperamento ou personalidade, mas era impossível para ele se distanciar em termos genéticos.

Nós três temos as mesmas maçãs do rosto pronunciadas. E os cabelos escuros e olhos azuis da nossa mãe. Charlie era mais alto e mais magro, Rachel era baixinha e delicada, e eu, mais encorpada e curvilínea. Mas estava na cara que fomos feitos na mesma fôrma.

O avião decolou, e começamos a falar de outras coisas. Quando o sinal de manter os cintos afivelados apagou, minha mãe levantou para ir ao banheiro. Nesse momento, vi Ryan se inclinar no corredor e cochichar alguma coisa com Charlie, que sorriu e assentiu.

"O que foi que você falou pra ele?", perguntei. Ryan abriu um sorriso largo e se recusou a contar. "Não vai me dizer?"

"É um assunto meu e do Charlie", Ryan falou.

"É", Charlie confirmou. "É assunto nosso."

"Você não vai poder comprar bebida pra ele lá", falei. "É disso que vocês estão falando? Porque não vai rolar." Eu estava parecendo uma policial.

"Quem falou sobre comprar bebida?" Ryan perguntou, com cara de inocente.

"Bom, então por que não posso saber o que vocês estavam falando?"

"Existem coisas que não têm nada a ver com você, Lauren", Charlie falou, me provocando.

Fiquei boquiaberta. Minha mãe estava voltando do banheiro.

"Você vai fazer isso!", falei, meio estridente, meio sussurrando. "Você vai embebedar meu irmão de dezesseis anos!"

Quando Rachel, enfim, cansou da conversa, falou: "Ah, Lauren, para com isso. O Ryan se debruçou aqui e disse: 'Vamos ver se eu consigo fazer sua irmã surtar por nada'".

Olhei para Ryan em busca de confirmação, e ele caiu na risada. Assim como Charlie.

"Juro pra você", disse Rachel. "Você é tão fácil de enganar quanto a mamãe."

Um pouco mais de nove anos atrás

Eu fui uma formanda *magna cum laude*, pelo meu elevado desempenho acadêmico. Só não fui *summa cum laude*, "com o maior mérito", por muito pouco, mas Ryan vivia me dizendo para não me preocupar com isso. "É só um diploma", ele falou. "Não tenho nenhum termo em latim no meu, e estou numa boa. Você vai ficar mais que numa boa."

Não dava para negar que as perspectivas eram promissoras. Eu já tinha um emprego no setor de relacionamento com ex-alunos da UCLA. Ainda não sabia o que queria fazer com o diploma de psicologia, mas achava que acabaria descobrindo com o tempo. Ali parecia um lugar tranquilo e confiável para entrar no mercado de trabalho.

No dia da colação de grau, Ryan e eu ficamos em extremidades opostas durante a cerimônia, então só conversamos de manhã e ficamos fazendo caretas um para o outro ao longo do evento. Vi a minha mãe na plateia com sua câmera enorme, sentada ao lado de Rachel e Charlie. Rachel acenava para mim e fazia sinais de positivo. Algumas fileiras para trás, vi os pais de Ryan e a irmã dele.

Enquanto estava lá sentada, esperando meu nome ser chamado, me dei conta de que aquilo era o fim de uma porção de coisas e, mais especificamente, o início da minha vida adulta.

Ryan e eu alugamos uma quitinete em Hollywood. Íamos nos mudar para lá na semana seguinte, no dia 1º. Era um lugar feinho, apertado e escuro. Mas seria nosso.

Na noite anterior, nós tivemos uma briga sobre quais móveis comprar. Ele achava que só precisávamos de um colchão para pôr no chão. Já na minha opinião, como éramos adultos, deveríamos ter uma cama de verdade. Ryan achava que só precisávamos de umas caixas de papelão para guardar nossas roupas; eu fiz questão de comprar cômodas. A coisa ficou feia. Falei que ele estava sendo pão-duro, que não sabia o que era ser adulto. Ele respondeu que eu estava sendo uma menina mimada, que achava que o dinheiro crescia em árvores. Chegou um ponto em que comecei a chorar; ele ficou tão contrariado que seu rosto ficou todo vermelho.

E então, num piscar de olhos, nós dois admitíamos que estávamos errados e implorávamos por perdão com um furor que não aparecia desde a briga anterior. Era sempre assim com a gente. Entre um "eu te amo" e um "me desculpa", um "nunca vou fazer isso de novo" e um *"não sei o que faria sem você"*, acabávamos esquecendo por que tínhamos brigado.

Acordamos naquela manhã com um sorriso estampado no rosto, em um abraço apertado. Tomamos café juntos. Trocamos de roupa juntos. Ajudamos um ao outro com a beca e o capelo.

Nossa vida estava começando. Estávamos amadurecendo.

Fiquei de pé e atravessei a fileira de cadeiras até o palco.

"Lauren Spencer."

Fui até lá, apertei a mão do reitor e peguei meu diploma. Com o canto do olho, vi Ryan. Ele estava segurando um cartaz tão pequeno que só eu vi. "Eu te amo", era o que dizia. E, naquele momento, tive a certeza de que minha vida adulta seria ótima.

Sete anos e meio atrás

No nosso quarto aniversário de namoro, Ryan e eu fomos acampar no parque de Yosemite.

Estávamos formados fazia um ano e meio. Eu ganhava um bom salário no meu emprego na faculdade. Ryan também estava se saindo bem. Estávamos começando a ter alguma folga no pagamento das contas, portanto uma viagem para Yosemite era um gasto que podíamos bancar. Pegamos emprestado o equipamento de camping da minha mãe e levamos comida de casa.

Chegamos lá numa sexta-feira à tarde e montamos nossa barraca. Quando terminamos de nos instalar, o sol estava se pondo e começava a esfriar, então fomos deitar. Na manhã seguinte, acordamos e decidimos fazer uma trilha até a cachoeira Vernal Fall. De acordo com o guia de viagem, era uma trilha difícil, mas a vista lá do alto era inimaginável. Ao ler isso, Ryan falou: "Estou me sentindo no clima de ver uma coisa inimaginável". Nós calçamos as botas e fomos para o carro.

Eu sabia que ele tinha ligado para a minha mãe na semana anterior, desejando o apoio dela para me pedir em casamento. Soube que ele contou que já tinha escolhido a aliança. Minha família não guarda segredo. Até tentamos, mas sempre ficamos empolgados demais diante de notícias boas e nunca conseguimos nos segurar. As coisas simplesmente jorram de nós, como a água de um cano furado. Então, em certo sentido, eu já esperava chegar ao alto da Vernal Fall e vê-lo de joelhos lá em cima.

Mas o guia de viagem não era dos mais exatos. A trilha até a Vernal Fall não era só difícil. Era quase impossível. Pensei várias vezes que já estava acabando, que estávamos chegando lá no alto. Mas pela maneira como o caminho serpenteava pela montanha, só depois de fazer uma curva é que se descobria outra subida pela frente. Eram caminhos traiçoeiros e íngremes, sem lugar para descanso. Num determinado ponto, me cortei em uma pedra e fiquei com um talho profundo no tornozelo. Apesar de estar com a meia toda ensanguentada, não havia o que fazer. Era preciso seguir em frente.

Apesar disso, durante toda a trilha, havia gente na nossa frente e atrás de nós encarando tudo numa boa. Vi, inclusive, pessoas descendo a montanha com sorriso no rosto, cheias de orgulho por terem chegado lá. Senti vontade de agarrá-las pelo colarinho e exigir saber o que ainda havia pela frente. Mas de que adiantaria? Se eu não soubesse por que estava lá, talvez tivesse desistido.

Na segunda hora de trilha, Ryan e eu estávamos nos degraus de escada escavados na montanha, e eles eram tão inclinados e precários que não dava para colocar os dois pés ao mesmo tempo em cada um. Havia uma queda-d'água por perto, e me lembro de ter pensado: É uma bela cachoeira, mas não estou nem aí para isso, porque estou morrendo de cansaço. Parecia que eu nunca chegaria no alto da montanha, e que a vista inimaginável... bom, eu não tinha mais nenhum interesse em tentar imaginá-la. Meu cabelo estava grudado na testa. Minha camiseta, empapada de suor. Minha cara estava vermelha como um pimentão. Isso não é jeito de ser pedida em casamento. E eu nem sabia se a intenção de Ryan era essa. Estava começando a parecer que sim, mas talvez não fosse.

Fiquei com a impressão de que, se pedisse a Ryan para voltarmos e ele aceitasse, provavelmente não estaria atrapalhando nenhum grande plano. Se ele não concordasse, eu seguiria em frente. Subiria o resto da montanha para ver o que aconteceria.

"Está a fim de voltar?", sugeri. "Não sei se aguento fazer isso."

Ryan mal conseguia respirar. Estava alguns degraus atrás de mim. Sua forma física era melhor que a minha, mas ele fez questão de ir atrás, para me ajudar se eu escorregasse.

"Ah, sim", ele falou. "Tudo bem."

De um momento para o outro, me senti desolada. Não tinha me dado conta do quanto desejava ser pedida em casamento até ouvir da boca dele que podíamos dar meia-volta. Foi como naqueles dias em que você não sabe bem o que quer comer, e só quando a outra pessoa sugere comida chinesa você percebe que estava morrendo de vontade de devorar um hambúrguer.

"Ah, então tá", eu disse, começando a apoiar o pé para me virar. Aquele momento me transmitiu uma sensação de fracasso por dois motivos. Pensei em todas as pessoas que vi descendo da montanha. Elas pareciam triunfantes. Quando descesse, eu sabia que pareceria triunfante aos olhos daqueles que cruzassem nosso caminho. Isso mostra bem como fracasso e sucesso podem ter aparências bem semelhantes. Às vezes, só a própria pessoa conhece a verdade.

"Ah, espera aí", Ryan falou. Ele se abaixou para ajeitar a mochila, e fiquei com medo, porque ele estava bem perto da beirada da escada precária. Parecia prestes a despencar na cachoeira.

Mas não foi isso o que aconteceu. Ele tirou a mão da mochila e apoiou cuidadosamente o joelho num dos degraus instáveis. Em seguida, olhou para mim e disse: "Lauren, eu te amo mais que tudo na vida. Você é a razão para eu existir neste mundo. Você me faz feliz de um jeito que pensei que jamais seria. Não consigo viver sem você". Ele estava sorrindo, apesar de os cantos de sua boca tremerem e se voltarem para baixo. Sua voz começou a perder a confiança habitual. Ficou mais trêmula. Percebi que o grupo à nossa frente virou para trás. O grupo de adolescentes atrás de nós deteve o passo e esperou.

"Lauren", ele falou, sem conseguir esconder a emoção, "você quer casar comigo?"

Aquela queda-d'água de repente se transformou na cachoeira mais linda que já vi na vida. Desci correndo os degraus e murmurei um "sim" no ouvido dele. Não hesitei nem por um instante. Nada além da minha resposta de concordância absoluta. *Sim. Sim. Sim. Está maluco? Sim.*

Ryan me abraçou, e eu chorei. De repente ganhei a força de dez homens. Sabia que, se continuássemos em frente, terminaria de escalar aqueles degraus. Conseguiria chegar ao topo daquela maldita montanha.

Ryan se virou e gritou: "Ela disse sim!". As pessoas começaram a aplaudir. Dava para ouvir a voz de Ryan ecoar pelo precipício. "Parabéns!", gritou uma mulher. Juro que foi como se todo o parque de Yosemite estivesse feliz conosco.

Continuamos avançando e, em uma hora, chegamos ao topo. Vernal Fall era muito mais linda do que eu imaginava. Ryan e eu ficamos lá, com os pés dentro da água, deixando a correnteza nos lavar, observando os esquilos comendo suas nozes e os pássaros voarem acima da nossa cabeça. Conversamos sobre o futuro e comemos os sanduíches que levamos. Falamos sobre datas para o casamento, sobre ter filhos, sobre comprar uma casa. O casamento poderia ser dali a um ano e pouco. Os filhos podiam esperar até chegarmos aos trinta anos. Teríamos que aguardar para ver a casa. Talvez por estarmos perto das nuvens, tanto em termos físicos como figurativos, senti que o sol brilhava com mais força naquela tarde, e que eu podia conquistar o mundo. O futuro parecia tão descomplicado.

Quando finalmente fomos embora, foi com uma dor no coração. Aquilo que eu não me sentia capaz de fazer, que nem achava que valia a pena, pareceu, a partir de então, ser a única coisa importante que já tinha feito na vida.

Um pouco mais de seis anos atrás

Dois meses antes do casamento, saímos para comprar uma cama nova. Queríamos uma *queen-size*. Somando colchão, box, cabeceira e lençóis, o tamanho *queen* saía mais barato. Mas, quando chegamos à loja e começamos a ver as camas, nos sentimos tentados a não economizar. Olhamos dois colchões colocados lado a lado, um tamanho *king* e o outro *queen*. Ryan estava atrás de mim, envolvendo meus ombros com os braços, e murmurou na minha orelha: "Vamos trocar pela grandona. Assim, nossas noites de sexo serão como se estivéssemos num hotel". Meu coração disparou, fiquei toda vermelha e avisei o vendedor de que levaríamos a cama *king-size*.

Seis anos atrás

Nós nos casamos em julho. Foi uma cerimônia ao ar livre, no gramado de um hotel perto de Los Angeles. Usei vestido branco. Joguei o buquê. Dançamos a noite toda, Ryan me girou nos braços, me abraçou forte e me exibiu com orgulho. Na manhã seguinte, entramos no carro e fomos para nossa viagem de lua de mel. Pensamos em lugares como Costa Rica ou Paris, ou talvez um cruzeiro pela Riviera italiana. Mas a verdade era que não tínhamos dinheiro para isso. Resolvemos simplificar as coisas. Fomos de carro para a região de Big Sur, na costa da Califórnia, e ficamos num chalé na floresta, longe do resto do mundo por uma semana. Uma lareira e uma bela vista pareciam o único luxo de que precisávamos.

Pegamos a estrada de manhã cedo, na esperança de escapar do trânsito do meio-dia. Paramos para tomar café da manhã e, mais tarde, para almoçar. Fizemos um jogo de perguntas e respostas, e eu fiquei encarregada do rádio, sintonizando estações locais das cidades por onde passávamos. Estávamos apaixonados e encantados com a novidade do casamento. As palavras *marido* e *esposa* pareciam ter um brilho todo particular. Eram simplesmente mais divertidas de falar do que qualquer outra que conhecíamos.

Estávamos a duas horas de Big Sur quando um pneu estourou. O barulho alto nos assustou, e quebrou um pouco da magia que nos envolvia como recém-casados. Eu fui a primeira a saltar do carro; Ryan saiu um segundo depois.

"Porra!", ele exclamou.

"Calma", eu falei para ele. "Vai ficar tudo bem. É só a gente chamar o seguro. Eles vão vir até aqui com todo o equipamento e resolver isso."

"Não vai dar para ligar para o seguro", ele disse.

"Claro que dá", garanti. "O cartão está na minha carteira. Vou lá pegar."

"Não", ele rebateu, sacudindo a cabeça e levando a mão à nuca num gesto de resignação. "Esqueci de pagar a taxa de renovação."

"Ah", falei. A decepção era perceptível na minha voz.

"A cobrança chegou no mês passado, com data do vencimento para o dia quinze e... com o casamento e tudo mais, além do trabalho, eu..." Ele encolheu os ombros e assumiu um tom mais defensivo. "Eu esqueci, tá bom? Desculpa. Nem lembrei."

Eu não estava brava com ele. Foi um erro. Mas estava preocupada em como sair daquela situação. E, além de tudo, me sentia frustrada. Tirando a opção de ligar para o seguro, como a gente trocaria um pneu? Nós não éramos adeptos do faça você mesmo. Éramos dependentes de serviços como os da seguradora. Não fiquei nem um pouco satisfeita com a situação. Na verdade, comecei a achar que éramos dois idiotas imprestáveis parados no acostamento da estrada.

"Você por acaso sabe como trocar um pneu?", perguntei, mesmo sabendo a resposta. Não deveria nem ter feito a pergunta.

"Não", ele falou. "Não sei. Obrigado por lembrar isso."

"Porra", eu disse, deixando de lado a educação para mostrar minha irritação. "O que a gente faz, então?"

"Sei lá!", ele disse. "Tipo, foi um acidente."

"Sim, eu sei, mas o que vamos fazer? Estamos no acostamento de uma estrada no meio do nada. Como é que a gente vai chegar até o chalé?"

"Eu não sei, tá bom? Não sei o que fazer. Acho que tem um estepe no porta-malas", ele falou, e foi até lá confirmar. "Tem, sim", ele informou ao levantar a tampa. "Mas não tem macaco, então nem imagino o que fazer."

"Bom, a gente precisa pensar em alguma coisa."

"Você pode ajudar a pensar também, sabe", ele me disse. "A obrigação não é só minha."

"Eu nunca disse que era, né? Que coisa."

"E então? Qual é sua brilhante ideia?"

"Quer saber?", falei. "Eu... Por que a gente está brigando agora? No meio da nossa lua de mel?"

"Pois é!", ele disse. "Eu sei! Você nem imagina como estou chateado por isso estar acontecendo na nossa lua de mel! Tem ideia de que estou arrasado por ter feito uma cagada dessas e estragado uma coisa que estamos esperando há meses?"

Era impossível ficar brava com Ryan num momento em que ele estava com tanta raiva de si mesmo. Eu me derreti toda assim que percebi que ele estava se culpando pelo acontecido. Esse era um dos motivos de não ser nada prático brigar com ele. Eu insistia na briga até fazê-lo admitir que estava errado, e depois passava o resto da noite tentando pôr panos quentes em tudo, para convencê-lo de que era perfeito.

"Não, amor", eu disse. "Você não estragou nada. Vai dar tudo certo. Eu prometo. Vai ficar tudo bem." Eu o abracei, afundando a cabeça em seu peito e segurando sua mão na lateral da estrada.

"Desculpa", ele falou, com toda a sinceridade.

"Não!", falei. "Não precisa se desculpar. Pagar a conta do seguro não é só obrigação sua. Poderia ter acontecido com qualquer um de nós. Nossa cabeça estava cheia por causa do casamento. Vamos lá", continuei, levantando seu queixo. "Não vamos deixar isso estragar essa viagem."

Ryan começou a rir. "Ah, não?"

"De jeito nenhum!", garanti, tentando animá-lo. "Está brincando? Eu mesma estou me divertindo um monte. Na minha opinião, nossa lua de mel já começou."

"Ah, já?"

"Sim", respondi. "Vamos transformar a coisa numa brincadeira. Vou fazer um sinal para o próximo carro que passar pela estrada, certo? Se pararem e tiverem um macaco para emprestar, eu ganho. No próximo carro, é a sua vez. Quem conseguir o macaco ganha."

Ryan deu risada outra vez. Era tão bom vê-lo rir.

"Nenhum de nós dois sabe usar o macaco", ele argumentou.

"Bom, a gente dá um jeito! Não deve ser tão difícil. Deve dar para aprender no Google."

"Certo, então é sua vez, querida", ele disse.

Mas ele nem teve a chance de participar. Acenei para o primeiro carro que apareceu. O veículo parou e dele saiu um casal que não só emprestou o macaco como, inclusive, nos ensinou a usá-lo e nos ajudou a trocar o pneu.

Voltamos para a estrada rapidinho, sem o menor sinal de raiva ou frustração. Encostei a cabeça no ombro dele, com as costas tortas por cima do console central. Só queria ficar perto dele, tocá-lo. Meu conforto pessoal não interessava.

O estepe nos levou sem incidentes até o chalé em Big Sur. Árvores nos rodeavam do lado direito, e à esquerda, penhascos enormes desciam no Pacífico. O céu estava mudando de cor, de azul para um rosa alaranjado.

Fizemos o check-in — mais um casal em lua de mel nos chalés de Big Sur. A mulher da recepção parecia ser do tipo que já tinha visto de tudo na vida. Para ela não parecia haver mais nenhuma novidade, enquanto para nós tudo era novo.

Nosso quarto era pequeno e aconchegante, com uma lareira a gás na parede oposta à da cama. Quando ajeitamos nossas malas, Ryan falou em tom de brincadeira que a cama da nossa casa era maior que a do chalé. Mas tudo parecia ser bem íntimo. Ele era meu. Eu era dele. A parte mais difícil havia ficado para trás: a cerimônia de casamento, os detalhes, o planejamento, as famílias. Agora éramos só nós, começando uma vida juntos.

Caímos na cama antes mesmo de desfazermos as malas. Ryan subiu em cima de mim. Seu peso me esmagou, me empurrando para baixo e me afundando no colchão. Eu tinha escolhido um homem másculo, um homem forte.

"Amor, me desculpa", ele me disse. "Vou renovar o seguro assim que a gente voltar pra casa. Agora, inclusive! Dá pra fazer daqui."

"Não", falei. "Agora não. Não quero saber disso agora. Não quero que você saia daqui."

"Ah, não?"

"Não", respondi, sacudindo a cabeça.

"Bom, e o que a gente faz, então?", Ryan perguntou. Era o que ele costumava falar quando queria transar. Era seu jeito de me fazer dizer que estava a fim de transar. Ele adorava me fazer dizer as coisas que ele mesmo queria falar.

"Não sei", provoquei. "O que a gente poderia fazer?"

"Você parece estar com uma ideia na cabeça", ele disse, me beijando.

"Não estou pensando em nada. Me deu um branco agora", falei com um sorriso aberto, ciente de que nós dois sabíamos o que não estava sendo dito.

"Não", ele retrucou. "Você estava pensando em transar comigo, sua tarada."

Dei uma gargalhada tão alta que ecoou pelo quarto minúsculo, e Ryan começou a beijar minha clavícula. Foram beijos carinhosos de início, mas logo ele começou a lamber meu pescoço. Quando ele chegou à minha orelha, a coisa ficou séria, e não havia mais motivo para rir.

Três anos atrás

Eu tinha acabado de começar num emprego novo, ainda no setor de relacionamento com ex-alunos, mas dessa vez na Occidental College.

Foi uma ex-colega minha, a Mila, que me recomendou para essa vaga. Tínhamos trabalhado juntas na UCLA, e ela fora contratada pela Occidental no ano anterior. Fiquei empolgada com a ideia de trabalhar com ela, e estava ansiosa por novos ares. Eu adorava a UCLA, mas tinha passado toda a minha vida adulta por lá. Queria conhecer uma nova comunidade acadêmica. Queria lidar com gente nova. Além disso, o fato de o campus da Occidental ser deslumbrante só ajudava. Para quem busca uma mudança de cenário, nada como paisagens de tirar o fôlego.

E, como eu ia ganhar mais, Ryan e eu decidimos encontrar um novo lugar para morar. Quando vimos uma casa para alugar em Hancock Park, paramos na hora para olhar. Parecia grande demais para nós dois, claro. E cara demais também. E, tecnicamente, não precisávamos de um segundo quarto nem de um jardim. Mas queríamos. Ryan pegou o telefone e ligou para o número na placa.

"Alô, eu estou na frente do imóvel de vocês na Rimpau. Quanto é o aluguel?", Ryan falou, e então começou a ouvir atentamente.

"Aham", ele fez. Não dava para ouvir o que a pessoa do outro lado da linha dizia. Ryan andava de um lado para o outro. "E os eletrodomésticos estão incluídos?"

Eu estava louca para ouvir o preço que a pessoa tinha passado para ele.

"Bom, nesses termos para nós não vai dar", Ryan falou. Eu sentei no capô do carro, decepcionada. "Mas, pelo que eu vi, a casa já está para alugar há um tempinho." Ele estava blefando. Não tinha como saber disso. "Então, imagino que vocês tenham uma margem de negociação." Ele ficou escutando e me olhou. Eu sorri para ele. "Certo, e a casa está aberta? Eu e minha esposa podemos fazer uma visita?"

Ryan direcionou seu olhar para o duto de saída de uma calha. "Sim, estou vendo. Vamos dar uma olhada, e eu já ligo de volta." Ele desligou, e nós fomos correndo para a porta da frente. Ryan pegou a chave no cano e abriu a porta para entrarmos.

Boa parte de Los Angeles é composta de ruas movimentadas e aglomerados de prédios, mas Hancock Park é uma área quase inteiramente residencial, com ruas largas e casas afastadas das calçadas. A maior parte do bairro foi construída na década de 1920, e aquele imóvel não era exceção. Era uma casa antiga, mas linda. Fachada de estuque, e no interior arcadas cheias de personalidade, piso de madeira nobre e uma cozinha com ladrilhos em padrão xadrez. Os cômodos eram pequenos e apertados, mas perfeitos para nós. Conseguia me enxergar morando ali. Tinha um lugar perfeito para nosso sofá. Já conseguia até me ver escovando os dentes na pia de porcelana do pré-guerra.

"A gente tem como pagar o aluguel?", perguntei.

"Eu posso arrumar um jeito de fazer negócio, se você quiser", Ryan me garantiu, de pé no meio da casa. Estava tão vazia que sua voz se alastrou depressa, chegando até os cantos mais recônditos do cômodo. "Eu consigo fazer o proprietário baixar o preço até um valor que possamos bancar."

"Como?", questionei. Eu não sabia o quanto estavam pedindo, e Ryan não quis me contar, o que me dizia que era um valor muito mais alto do que o que tínhamos em mente.

"Não esquenta... Você quer morar aqui?", ele perguntou.

"Sim, eu quero. Muito."

"Então, vou conseguir isso para você." Ryan saiu pela porta da frente da casa e voltou para a calçada. Enquanto isso, passei pela cozinha e abri a porta deslizante de vidro que dava para o quintal. Era um espaço pequeno e sem utilidade, um gramadinho com alguns arbustos. Mas havia um velho limoeiro no canto. Os limões estavam espalhados em torno do tronco da árvore, a maioria apodrecida na parte em que a casca estava em contato com o solo. Parecia que ninguém cuidava daquele limoeiro fazia tempo. Ninguém o regava nem o podava. Ninguém se importava com ele. Fui até lá e estendi a mão até um limão ainda no galho. Torci a fruta para arrancá-la da árvore e cheirei. O aroma era fresco e limpo.

Levei o limão comigo para o jardim da frente, para mostrar a Ryan. Ele ainda estava ao telefone, andando de um lado para o outro na calçada. Fiquei olhando para ele, tentando adivinhar como estava se desenrolando a conversa. Finalmente, ele olhou para cima e sorriu, vibrando com o punho fechado e me olhando como se tivéssemos ganhado na loteria. "Primeiro de setembro. Sim, tudo bem."

Quando ele desligou o telefone, fui correndo para os seus braços, dando um pulo e envolvendo sua cintura com as pernas. Ele deu risada.

"Você conseguiu!", falei. "Conseguiu a casa para mim!" Entreguei o limão para ele. "A gente vai ter um limoeiro! Vamos poder fazer limonada, e bolo de limão e... outras coisas com limão! Como foi que você fez isso?", perguntei. "O que falou para convencer o proprietário?"

Ryan sacudiu a cabeça. "Um mágico nunca revela seus segredos."

"Não, estou falando sério, como você conseguiu?"

Ele sorriu e se esquivou. Por alguma razão, eu gostei de não ficar sabendo de nada. Ele tornou o impossível possível. E eu não me importei de não saber qual foi o segredo. Isso me fazia pensar que ele poderia transformar outras impossibilidades em possiblidades. Se eu quisesse alguma coisa de verdade, talvez ele conseguisse para mim.

Comecei a pesquisar cores de tinta naquela mesma noite e a planejar a mudança. Estava tão arrebatada pela casa nova que não suportava mais nem olhar para o apartamento em que morávamos.

Estava no computador, decorando mentalmente o novo espaço e comprando coisas na internet, quando Ryan se aproximou e fechou meu laptop.

"Ei!", protestei. "Eu estava usando!"

Ele sorriu. "Bom, pelo jeito você não vai poder ficar mais no computador", ele disse. "Então, o que a gente pode fazer para passar o tempo?"

"Hã?", questionei. Eu sabia o que ele estava tramando.

"Enfim... já está tarde, é melhor ir para a cama. O que a gente pode fazer lá?" Ele queria transar. E queria que eu sugerisse isso.

"Mas eu estava vendo umas coisas no computador!", falei. Meu tom de voz não era hostil, mas a verdade era que eu não estava a fim.

"Tem certeza de que não tem mais nada em mente? Não está a fim de fazer nenhuma outra coisa?"

Talvez, se ele dissesse o que queria de uma vez, eu até topasse. Não que eu estivesse com vontade. E eu não ia fingir que estava.

"Sim, eu sei exatamente o que estou a fim de fazer", falei. "Quero continuar a pesquisar cortinas!"

Ryan suspirou e abriu meu laptop de volta. "Como você é sem graça", ele falou, dando risada e me dando um beijo no rosto antes de sair da sala.

"Mas você ainda me ama, certo?", brinquei, gritando para ele no quarto.

Ele pôs a cabeça para fora. "Sempre vou amar", ele garantiu. "Até a morte." Em seguida, se jogou no chão e deitou com os olhos fechados e a língua de fora, se fingindo de morto.

"Já morreu?", provoquei.

Ele ficou em silêncio. Ryan era bizarramente bom nessa coisa de ficar imóvel. Até seu peito deixou de subir e descer com a respiração.

"Parece que ele morreu mesmo", falei em voz alta. "Ah, que seja." Soltei um suspiro. "Assim sobra tempo para eu ver mais cortinas."

Nesse momento ele me agarrou e me puxou para junto de si, enfiando os dedos debaixo dos meus braços e me fazendo rir e gritar.

"E agora, hein?", ele falou quando parou de me fazer cócegas. "O que você quer fazer agora?"

"Já falei", eu disse, ficando de pé com um sorriso. "Quero pesquisar mais cortinas."

No dia seguinte à mudança, eu ainda estava desempacotando as coisas das caixas e pensando na hipótese de pintar o quarto quando Ryan apareceu falando: "E se eu dissesse que a gente deveria adotar um cachorro?".

Joguei as roupas de volta na caixa e fui para o corredor pegar os meus sapatos. "Eu diria que é domingo de manhã e que deve ter alguma feira de adoção acontecendo. Pega a chave do carro."

Eu não estava falando totalmente a sério, mas ele não me impediu. Fomos para o carro e rodamos por aí procurando feiras de adoção. Voltamos para casa com Butter, um labrador amarelo de três anos. Ele fez xixi e cocô pela casa toda e não deixou ninguém dormir à noite porque passou o tempo todo se coçando, mas estávamos apaixonados por aquele cachorro. Na manhã seguinte, demos a ele um novo nome, Thumper.

Ryan e eu instalamos uma porta para cães algumas semanas depois e, assim que fizemos isso, Thumper saiu correndo para o quintal. Ficamos observando enquanto ele corria sem parar e pulava na cerca até se acomodar em um cantinho sob o sol.

Eu estava sentada no chão, me alongando, quando ele enfim resolveu entrar de volta. Ele veio se sentar direto no meu colo. Estava cansado de brincar lá fora. Queria ficar comigo.

Chorei durante meia hora porque não conseguia acreditar que amava tanto um cachorro. Quando finalmente me recompus, percebi que tinha terra grudenta no meu colo e nas patas dele, que estava com um cheiro limpo e doce.

Thumper gostava de brincar com limões.

Dois anos atrás

Eu ia lavar os lençóis numa certa noite e decidi que já estava na hora de lavar também a capa do colchão, então tirei tudo da cama e levei para a lavanderia.

Quando fui colocar a capa de volta no colchão, vi uma mancha enorme e seca bem no meio. Tinha formato oval e era de um cinza encardido, enquanto tudo ao redor continuava branco.

Pus a capa de volta na cama e mostrei para Ryan.

"Que estranho, né?", falei. "De onde veio isso?"

Ryan deu uma boa olhada na mancha e, enquanto fazia isso, Thumper entrou no quarto, pulou na cama e encaixou seu corpo peludo bem na mancha cinzenta, com as patas grandes e imundas cruzadas sob o focinho, nos encarando com seus olhos escuros. Mistério resolvido. Tínhamos encontrado o culpado.

Nós trocamos um olhar e começamos a rir. Eu adorava vê-lo gargalhar assim.

"Ele é sujão mesmo", Ryan falou. "Consegue deixar camadas de tecido permanentemente encardidas."

Thumper mal olhava para nós. Não estava nem um pouco preocupado em ser alvo dos nossos risos. Estava todo feliz deitado no meio da cama.

Nós o expulsamos da cama para pôr de volta os lençóis. Juntamos os travesseiros e as cobertas. Quando nos deitamos, dissemos para Thumper que ele podia subir de novo.

Ele voltou direto para seu lugar.

Ryan apagou a luz.

"Para mim", falei, apontando para nós dois com Thumper no meio, "isso basta. Isso é ruim? Na minha opinião, não precisamos de mais nada além de nós três — eu, você e o cachorro. Não me sinto com vontade de trazer um filho para a nossa família. Isso é ruim, né?"

"Bom, a gente sempre falou que ia ser depois dos trinta", Ryan respondeu, como se ainda faltassem décadas para isso.

"Pois é, eu sei", continuei. "Mas você já tem vinte e oito. E eu faço daqui a pouco. Faltam dois anos para chegarem os trinta."

Ryan pensou melhor a respeito. "É, dois anos não parecem tanto tempo assim."

"Você acha que a gente vai estar pronto para ter filhos daqui a dois anos? Acha que a gente já está nesse estágio?"

"Não", ele respondeu simplesmente. "Acho que não."

Ficamos em silêncio por um tempo e, como a luz estava apagada, fiquei sem saber se o assunto estava encerrado e se já estávamos indo dormir.

Estava pegando no sono, e até sonhando, quando ouvi a voz de Ryan dizer: "Mas foi só uma estimativa quando a gente falou trinta. Poderia ser aos trinta e dois, talvez. Ou trinta e quatro."

"É", concordei. "Ou trinta e seis. Tem um monte de gente que tem filhos até depois dos quarenta."

"Ou não tem filho nenhum", Ryan acrescentou. Não foi nada muito carregado de sentido. Ele não estava afirmando nada além de um fato. Alguns casais não tinham filhos. Não havia nada de errado nisso. Não havia problema nenhum em não se sentir pronto, em não saber se estava aberto para isso.

"Certo", falei. "Enfim, a gente pode esperar para ver. Não precisa ser aos trinta só porque planejamos para depois dos trinta."

"Isso", ele disse. Essa palavra ficou pairando no ar.

Tínhamos tempo de sobra para decidir o que queríamos. Ainda éramos jovens. Mesmo assim, não consegui deixar de sentir uma decepção que eu nunca havia experimentado antes: uma percepção de que o futuro poderia não ser exatamente como imaginava.

"Eu te amo", falei no escuro.

"Eu também te amo", ele respondeu, e fomos dormir, com Thumper entre nós.

Um ano e meio atrás

Eu estava lendo uma revista na cama. Ryan estava vendo televisão e fazendo carinho em Thumper. Era quase meia-noite, e eu estava cansada, mas alguma coisa estava me incomodando. Eu guardei a revista.

"Você lembra quando foi a última vez que a gente transou?", perguntei para Ryan.

Ele não desviou os olhos da TV, nem baixou o volume, nem pausou o que estava assistindo.

"Não", ele respondeu sem pensar duas vezes. "Por quê?"

"Bom, você não acha que isso é… sabe como é… nada bom?"

"Acho", ele respondeu.

"Você pode pausar a TV um pouco?", pedi, e ele acatou de má vontade. Ryan me encarou. "Só estou dizendo que talvez seja melhor trabalharmos isso."

"Trabalharmos isso? Não me parece nada bom." Ryan deu risada.

Eu também. "Pois é, eu sei, mas é uma coisa importante. Antes a gente transava direto."

Ele voltou a rir, mas dessa vez não entendi direito por quê. "Quando foi isso?", ele provocou.

"Quê? O tempo todo! Teve épocas em que a gente fazia, tipo, umas quatro vezes por dia."

"Tipo aquela vez na lavanderia?", ele perguntou.

"É!", respondi, sentando na cama, animada por ele enfim concordar comigo.

"Ou quando a gente transou três vezes em quarenta e cinco minutos?"

"É!"

"Ou quando a gente transou no banco de trás do carro numa ruazinha em Westwood?"

"É exatamente disso que eu estou falando!"

"Amor, isso foi na época da faculdade."

Olhei bem para ele, tentando me lembrar se era isso mesmo. Tudo isso foi na época da faculdade? Quando foi que a gente se formou mesmo? Sete anos atrás.

"Com certeza a gente fez um monte de coisas malucas depois disso, não?"

Ryan sacudiu negativamente a cabeça. "Não, nada disso."

"Claro que sim", falei, sentindo minha voz subir de tom.

"Isso não quer dizer nada", ele falou, pegando o controle remoto e voltando a atenção de novo para a TV. "A gente está junto há quase dez anos. Uma hora ia ter que parar de transar o tempo inteiro."

"Então", eu disse, falando mais alto que a TV, "talvez esteja na hora de apimentar as coisas."

"Tudo bem", ele respondeu. "Pode apimentar as coisas, então."

"Acho que vou mesmo!", falei em tom de brincadeira e apagando a luz. Mas... acabei nunca fazendo isso.

Um ano atrás

Era uma noite de sexta-feira de verão. O auge dos dias longos e ensolarados. Eu sabia que Ryan ia encontrar alguns amigos depois do trabalho e demoraria para chegar em casa, portanto, em vez de ir direto para lá do trabalho, decidi ir até a Ikea em Burbank. Estava querendo comprar uma mesinha de centro nova. Thumper tinha roído um dos pés da antiga.

Depois de escolher a mesinha nova e passar no caixa, percebi que era mais tarde do que eu imaginava. Peguei a via expressa e descobri que estava tudo parado por vários quilômetros. Liguei o rádio e fiquei mudando de estação até uma delas anunciar que havia acontecido um acidente envolvendo três carros não muito longe dali. Foi quando tive a certeza de que iria demorar bastante.

O trânsito só voltou a andar depois de uns quarenta e cinco minutos. Quando isso aconteceu, senti meu estado de humor melhorar rapidamente. Estava em alta velocidade pela via expressa quando vi vários carros na minha frente frearem de repente. Mais uma vez, o tráfego parou.

Consegui brecar por pouco, mas, logo em seguida, senti um impacto atrás de mim. O carro foi inteiro levado para a frente.

Meu coração disparou. Meu cérebro entrou em pânico. Olhei no retrovisor e vi, em meio ao lusco-fusco, um carro azul escuro se afastando.

Comecei a manobrar na direção da lateral da via, mas quando cheguei lá, o carro que bateu em mim disparou pelo acostamento e sumiu.

Liguei para Ryan. Ele não atendeu.

Desci do carro e me dirigi lentamente para a traseira do veículo. A parte da direita estava toda amassada, com a lanterna quebrada e a tampa do porta-malas enfiada na lataria.

Liguei para Ryan. Nada de resposta.

Frustrada, voltei para o carro e fui para casa.

Quando cheguei, Ryan estava no sofá, vendo televisão.

"Você estava esse tempo todo em casa?", perguntei.

Ele desligou a TV e olhou para mim. "É, a gente remarcou o bar pra outro dia", disse.

"Por que não atendeu quando eu liguei? Duas vezes?"

Ryan apontou com desdém para o celular, do outro lado da sala. "Desculpa", ele falou. "Devia estar no silencioso. Algum problema?"

Enfim soltei a minha bolsa. "Bom, um carro bateu na minha traseira e fugiu", contei. "Mas eu estou bem."

"Meu Deus!", Ryan falou, correndo para a janela para ver o carro. Eu tinha avisado que estava bem. Mesmo assim, fiquei incomodada por ele não ter se preocupado *comigo*.

"O carro ficou bem amassado", falei. "Mas com certeza o seguro vai cobrir."

Ele se virou para mim. "Você anotou a placa do carro que bateu em você, né?"

"Não", respondi. "Não deu. Foi tudo muito rápido."

"Então eles não vão cobrir", Ryan rebateu, "se você não disser quem foi que causou o prejuízo."

"Me desculpa, Ryan!", eu disse. "Me desculpa se alguém bateu na minha traseira e não fez nem a gentileza de me passar o número da placa."

"Você podia ter anotado enquanto ele fugia", Ryan argumentou. "É só isso que estou dizendo."

"Pois é, mas eu não fiz isso, tá bom?"

Ryan ficou me olhando.

"Eu estou bem, por falar nisso. Não precisa se preocupar comigo. Afinal, foi só um acidente de carro, né? A única questão aqui é ser capaz de informar tudo para a seguradora."

"Não foi isso que eu quis dizer, e você sabe disso. Estou vendo que você está bem. Foi você que me disse que estava."

Ele tinha razão. Eu disse mesmo. Mesmo assim, queria que ele perguntasse. Queria que me abraçasse e lamentasse o que aconteceu comigo. Queria que ele se oferecesse para cuidar de tudo por mim. E, no fundo, estava irritadíssima por ele estar ali vendo um filme enquanto eu estava sozinha no acostamento de uma via expressa, sem saber o que fazer.

"Certo", falei depois de um instante em silêncio. "Vou ligar para a seguradora."

"Quer que eu faça isso para você?", ele ofereceu.

"Pode deixar, obrigada."

A mulher que me atendeu e registrou a queixa me perguntou se eu estava bem. E falou: "Ai, coitada de você". Com certeza dizem isso para todo mundo que sofre um acidente. Com certeza os atendentes são treinados para demonstrar preocupação e serem compreensivos. Mesmo assim, foi um gesto legal. Depois de repassar todas as informações, ela me disse que a seguradora cobriria os reparos. Nós só precisaríamos pagar a franquia mínima.

Quando desliguei o telefone, fui para a sala de estar, onde estava Ryan.

"Eles vão pagar o conserto", falei. Estava tentando manter um tom de voz neutro, mas, na verdade, queria muito mostrar o quanto ele estava errado.

"Que bom", ele disse.

"A gente só precisa pagar a franquia."

"Certo. Se a gente tivesse o número da placa, provavelmente não ia ter que pagar nada. Fica de lição para a próxima vez."

Precisei me segurar com todas as minhas forças para não o xingar de babaca.

Seis meses atrás

"Onde você quer ir jantar?", perguntei para Ryan. Ele chegou do trabalho vinte minutos atrasado. Na verdade, nunca chegava na hora. Às vezes ligava, às vezes não. Mesmo assim, avisando ou não, eu sempre estava faminta quando ele dava as caras.

"Tanto faz", ele falou. "O que você quer comer? Eu só não estou a fim de comida italiana."

Soltei um grunhido. Ele nunca escolhia lugar nenhum. "Vietnamita, então?", sugeri, de pé na frente da porta, pegando meu casaco. Assim que decidíamos, eu já queria ir.

"Argh", ele respondeu, num tom ranzinza. Não queria comida vietnamita também.

"Grego? Tailandês? Indiano?"

"Vamos pedir uma pizza que já está bom", ele disse, tirando o paletó. Estava decidindo que queria ficar em casa. Mas eu queria sair.

"Você acabou de falar que não queria comida italiana", argumentei.

"Vai ser pizza." Seu tom de voz demonstrava uma ligeira irritação. "Você me perguntou o que eu queria. Eu quero pizza."

"Desculpa, eu fiz alguma coisa pra você?", perguntei. "Parece que está com raiva de mim."

"Eu ia dizer a mesma coisa pra você."

"Não", falei, tentando recuar e ser agradável. "Eu só quero comer alguma coisa."

"Vou pegar o cardápio da pizzaria."

"Espera aí", eu o interrompi. "A gente não pode sair para jantar? A gente só está comendo porcaria ultimamente. Ia ser legal sair um pouco."

"Bom, então liga para a Rachel. Me desculpa. Tive um dia difícil no trabalho. Estou morrendo de cansaço. Não posso ficar de fora dessa?"

"Tudo bem", respondi. "Certo. Eu ligo para a Rachel."

Peguei meu celular e saí.

"Quer ir jantar comigo?", perguntei antes mesmo que ela dissesse alô.

"Hoje?", Rachel questionou, surpresa.

"É", respondi. "Por que não hoje?" Era verdade que tínhamos almoçado juntas no dia anterior, e saído para beber duas noites antes, mas e daí? "Eu não posso ver minha própria irmã três vezes em quatro dias?"

Rachel deu risada. "Não é isso, você sabe que eu adoraria me encontrar com você *sete* vezes em quatro dias. *Oito. Nove. Dez* vezes em quatro dias. Mas é Dia dos Namorados, né? Pensei que você tivesse marcado alguma coisa com o Ryan."

Dia dos Namorados. Era Dia dos Namorados. Fiquei com vergonha de admitir, até mesmo para minha irmã, que Ryan e eu tínhamos esquecido.

"Sim, claro, mas o Ryan precisou trabalhar até mais tarde", falei. "Então pensei que seria legal a gente sair para jantar, eu e você."

"Ora, claro que eu topo!", ela respondeu. "Como sempre, estou sem namorado. Vem pra cá."

Quatro meses atrás

Ryan tinha uma viagem de trabalho para San Francisco. Ia ficar lá de segunda-feira até sábado de manhã.

Ele me perguntou se eu queria ir também.

"Não", respondi sem hesitação. "Prefiro guardar as minhas folgas para as férias."

"Certo", ele disse. "Vou avisar para reservarem passagem e hospedagem só pra mim, então."

"Sim, isso mesmo."

À medida que as semanas passavam, eu ficava mais ansiosa por esse tempo sozinha. Parecia a contagem regressiva para as minhas visitas à Disneylândia quando era criança.

Mas, quando faltava só uma semana, ele me ligou no trabalho para contar que a viagem tinha sido cancelada.

"Cancelada?", questionei.

"Pois é", ele falou. "Vou ficar em casa mesmo na semana que vem."

"Que ótimo!", respondi, torcendo para que o meu tom de voz soasse convincente.

"É", Ryan disse. O tom dele não me convenceu nem um pouco.

Três meses atrás

Perdi minha carteira. Estava comigo quando estávamos na loja. Eu me lembrava de ter usado meu cartão de crédito para pagar o vestido que comprei. Ryan estava na seção masculina nessa hora.

Depois, passeamos mais um pouco, pegamos o carro e voltamos para casa. Foi quando dei falta da carteira.

Vasculhamos a sala de estar, as almofadas do sofá, o carro e a entrada da garagem. Eu sabia que só podia estar no shopping. Precisava rastrear nossos passos da loja até o carro.

"Acho que vamos ter que voltar lá para a loja", falei, num tom de quem pede desculpas. Estava me sentindo mal. Não era a primeira vez que perdia a minha carteira. Isso devia acontecer a cada seis meses, mais ou menos. E, em três ocasiões, eu não consegui encontrar.

"Vai você", Ryan disse, entrando em casa. Tínhamos acabado de procurar no carro. "Eu vou ficar por aqui mesmo."

"Tem certeza de que não quer ir?", perguntei. "A gente pode aproveitar e jantar em algum lugar."

"Não, eu como alguma coisa por aqui."

"Sem mim?", questionei.

"Hã?"

"Você vai jantar sem mim?"

"Eu espero você, então", ele disse, como se estivesse me fazendo um favor.

"Não, tudo bem. Mas você parece estar meio bravo. Está mesmo?"

Ele deu de ombros.

Eu sorri para ele, tentando acalmá-lo. "Você achava isso bonitinho, lembra? Eu sempre perder minha carteira? Dizia que a minha falta de organização era um charme."

Ele me lançou um olhar impaciente. "Bom", ele me disse, "depois de onze anos a coisa vai perdendo a graça."

E, depois disso, entrou em casa.

Quando estava saindo com o carro, minha carteira deslizou de baixo do banco do passageiro.

Mas não fez nenhuma diferença. Eu chorei mesmo assim.

Seis semanas atrás

Era o aniversário de trinta anos de Ryan. Fomos encontrar os amigos dele, indo de bar em bar.

Quando chegamos em casa, Ryan começou a tirar a minha roupa no quarto. Desabotoou minha saia, tirou o elástico do meu cabelo e deixou as mechas caírem sobre os ombros. Já sabia como tudo ia acontecer. Ele beijaria o meu pescoço e me puxaria para a cama. Faria as mesmas coisas de sempre, diria as mesmas coisas de sempre. Eu ficaria olhando para o teto, contando os minutos para acabar. Não estava no clima. Só queria dormir.

Segurei sua camisa aberta com as duas mãos e fiz menção de fechá--la. "Eu não estou com vontade", falei, me afastando dele para pegar meu pijama.

Ele suspirou. "É meu aniversário", Ryan argumentou, ainda me segurando, me mantendo próxima.

"Hoje não, desculpa, é que... estou com dor de cabeça, e morrendo de cansaço. Passamos a noite toda naqueles bares cheios de fumaça e eu estou me sentindo... bom, nem um pouco sexy."

"A gente pode tomar um banho", ele insistiu.

"Quem sabe amanhã", sugeri, vestindo uma calça de moletom e encerrando a discussão. "Tudo bem para você? Amanhã?"

"Lauren, é meu aniversário." Seu tom não apresentava nenhum sinal de leveza ou de súplica. Era para informar que ele esperava que eu mudasse de ideia. E isso me deixou com raiva.

Lancei para ele um olhar incrédulo. "E daí? Por acaso eu te devo alguma coisa por isso?"

Na semana passada

Ryan me perguntou onde estava o resto do hambúrguer que comeu na noite anterior.

"Eu dei para o Thumper", respondi. "Misturei com a ração dele."

"Eu guardei porque ia comer", ele retrucou, me olhando como se eu tivesse cometido algum crime.

"Desculpa", falei, dando risada do quanto ele estava levando aquilo a sério. "Mas já estava quase passado", acrescentei. "Duvido que você fosse querer."

"Como se você tivesse alguma ideia do que eu quero", ele rebateu, pegando uma garrafa de água e saindo da cozinha.

De volta ao presente

O trajeto de volta do estádio dos Dodgers é frio e solitário, apesar da temperatura de vinte e seis graus e de estarmos em dois no carro. Usamos o rádio para sutilmente ignorarmos um ao outro por um tempo, mas, no fim, fica claro que não tem nada de sutil nessa cena.

Quando paramos o carro na entrada da garagem, sinto um alívio por poder me afastar dele. Ao nos aproximarmos da porta da frente, já dá para ouvir o Thumper choramingando do outro lado. Ele não se incomoda de ficar sozinho, contudo, assim que percebe nossa chegada — juro que ele consegue nos escutar a dois quarteirões de distância —, sua dependência volta à tona de uma vez. Ele esquece como é viver sem nós assim que descobre que estamos lá.

Ryan enfia a chave na fechadura. Ele se vira para mim e interrompe o gesto. "Desculpa", ele diz.

"É, eu também", respondo. Nem sei por que estou me desculpando. Sinto que estou fazendo isso há meses sem nenhum motivo concreto. O que eu estou fazendo de errado de verdade aqui? O que está acontecendo com a gente? Já li livros sobre isso. Já li matérias em todas as revistas femininas sobre problemas conjugais e como reacender a chama do casamento. Em nenhum lugar encontrei nada que fosse real. Em nenhum lugar encontrei respostas.

Ryan abre a porta, e Thumper vem correndo até nós. Sua empolgação só realça a nossa infelicidade. Por que não podemos ser mais parecidos com ele? Por que eu não posso ser assim tão fácil de agradar? Por que Ryan não pode ficar feliz desse jeito ao me ver?

"Vou tomar banho", Ryan anuncia.

Nem me dou ao trabalho de responder. Ele vai para o banheiro, e eu sento no chão para acariciar Thumper. A sensação de passar a mão em sua pelagem me acalma. Ele lambe meu rosto. Enfia o focinho na minha orelha. Por um instante, me sinto bem.

"Puta que pariu!", Ryan grita do banheiro.

Fecho os olhos por um momento. E me preparo para o que vem pela frente.

"Que foi?", grito.

"Não tem água quente, porra. Você ligou para o proprietário?"

"Pensei que você fosse ligar!"

"Por que sou sempre eu que tem que fazer essas coisas? Por que sempre sobra pra mim?", ele questiona. Ele abriu a porta do banheiro e está parado lá na frente enrolado na toalha.

"Sei lá", respondo. "Normalmente você cuida dessas coisas, então achei que fosse resolver esse problema. Desculpa." Pela maneira como digo, fica claro que não estou me desculpando de verdade.

"Por que você nunca faz o que se compromete a fazer? Qual é a dificuldade de pegar a porcaria do telefone e ligar para o proprietário?"

"Eu não me comprometi a fazer nada. Se quisesse que eu ligasse, deveria ter me falado. Eu não sei ler pensamentos."

"Ah, tudo bem. Já entendi. Desculpa aí. Pensei que estivesse na cara que, se a água não está esquentando, alguém precisa ligar para o proprietário e pedir para resolver o problema."

"Pois é", respondo. "Isso é óbvio. E é normal para mim supor que você vai cuidar disso, como em geral acontece. Assim como eu sou a responsável por lavar toda a roupa suja na porra desta casa."

"Ah, então como você lava as roupas isso te transforma numa espécie de santa?"

"Tudo bem, você cuida das roupas então, se isso não faz diferença. Sabe usar a máquina de lavar, por acaso?"

Ryan dá uma risada. Não porque é engraçado; ele está debochando de mim.

"Você sabe?", continuo. "Estou falando sério. Aposto cem dólares que você não tem ideia de como usar a máquina."

"Com certeza consigo aprender", ele rebate. "Não sou o completo imbecil que você acha que eu sou."

"Eu não acho nada."

"Ah, acha sim, Lauren. Acha. Você age como se fosse a pessoa mais perfeita do mundo que está presa a um marido idiota que não presta para nada além de ligar para o proprietário da casa e avisar quais problemas precisam ser resolvidos. E sabe de uma coisa? Eu vou dar um jeito nisso aí, já que você faz todas as coisas mais complexas que exigem inteligência, como lavar as roupas." Ele começa a vestir de novo as roupas, irritado.

"Aonde você vai?", pergunto.

"Vou ver se consigo arrumar essa porra!", ele diz, calçando os sapatos depressa e com raiva.

"Agora? É quase meia-noite. Você vai é ficar aqui e falar comigo."

"Deixa pra lá, Lauren", Ryan diz. Ele caminha até a porta da frente, pronto para sair. Thumper está sentado nos meus pés, sem saber no que está metido.

"A gente não pode deixar pra lá, Ryan", respondo. "Eu não vou. Nós estamos 'deixando pra lá' já faz meses."

Isso é o que mais me preocupa na nossa situação. Não estamos brigando por causa do aquecedor de água ou pela vaga do estacionamento no estádio. Não estamos brigando por dinheiro, por ciúme ou por falta de comunicação. Estamos brigando porque não sabemos o que fazer para ser felizes. Estamos brigando porque não estamos felizes. Estamos brigando porque não fazemos mais o outro feliz. E, falando pelo menos por mim, estou irritada com isso.

"A gente precisa encarar a situação, Ryan. Estamos brigando há três semanas. No último mês inteiro, acho que só ficamos numa boa por uma noite. O resto do tempo tem sido assim."

"Você pensa que eu não sei?", Ryan responde, gesticulando loucamente. Quando se irrita, seu comportamento confiante e contido se torna descontrolado e agressivo. "Pensa que eu não sei o quanto estou infeliz?"

"Infeliz?", repito. "Infeliz?" Não dá para argumentar contra o que ele está dizendo. O que pega é o jeito como ele diz. Como se eu fosse a culpada por sua infelicidade, por tudo.

"Não estou dizendo nada que você mesma não tenha dito. Por favor, se acalma."

"Me acalmar?"

"Para de repetir tudo o que eu digo em forma de pergunta."

"Então tenta ser um pouco mais claro."

Ryan solta um suspiro, leva a mão à testa e a cobre como se estivesse usando um boné. Está esfregando as têmporas. Não sei quando foi que ele se tornou tão dramático. Em algum momento, ele deixou de ser uma pessoa supercalma e controlada e virou esse *cara*, que solta suspiros altos e esfrega as têmporas como se fosse o próprio Jesus sendo sacrificado. Como se o mundo estivesse desabando em cima *dele*. Dá para perceber que ele quer falar, mas permanece em silêncio. Quando tenta começar, acaba se interrompendo.

Não sei por que faço tanta questão de que ele fale tudo que passa por sua cabeça. Quando brigamos, não suporto vê-lo se segurando. Sabe por quê? Eu sei. É porque, se a pessoa está se segurando de verdade, ela nem abre a boca. Mas ele não faz isso. Tem toda uma encenação: ele finge que não vai dizer nada, mas está na cara que, em algum momento, ele vai falar alguma coisa.

"Fala logo de uma vez", eu peço.

"Não", ele responde. "Não vale a pena."

"Bom, pelo jeito vale. Porque você está morrendo de vontade de falar. Então, vai logo. Eu não tenho a porra da noite inteira."

"Por que você não baixa um pouco esse tom?"

Eu balanço negativamente a cabeça. "Às vezes você é bem cretino mesmo."

"Ah, e você é bem vaca."

"Como é?"

"Lá vamos nós. Sua alteza real se sentiu ofendida."

"É difícil não se sentir ofendida depois de ser chamada de vaca."

"Não é muito diferente de ser chamado de cretino."

"Na verdade, é sim. É muito diferente."

"Lauren, esquece isso. Tudo bem? Me desculpa por ter te chamado de vaca. Finge que eu te chamei de qualquer outra coisa aceitável. A questão é que eu estou de saco cheio. Estou cheio de ver qualquer coisinha se transformar num desastre de proporções épicas. Não posso nem ver um maldito jogo dos Dodgers sem ouvir você resmungando a cada entrada." Thumper levanta dos meus pés e se aproxima de Ryan. Tento não encarar isso como uma escolha da parte dele.

"Se você não quer me ver incomodada, então para de fazer coisas que me incomodam."

"O problema é justamente esse! Não estou fazendo nada para incomodar você."

"Ah, tá. Você comprou os ingressos para o jogo mesmo depois de eu dizer que não estava querendo ir. Não foi para me deixar incomodada, foi porque... por que mesmo?" Vou até a mesa da sala de jantar para encará-lo de um ângulo melhor, de forma mais direta, e acabo não prestando muita atenção na força e na velocidade do meu deslocamento. Bato na mesa com tanta força que o impacto do meu quadril quase derruba o vaso que está lá em cima. O vaso balança, e eu o ajeito melhor.

"Porque eu queria ver o jogo e estava pouco me fodendo se você ia comigo ou não. Só comprei o outro ingresso por educação, na verdade."

Eu cruzo os braços. Consigo sentir meu corpo fazer isso. Sei que não é uma linguagem corporal das mais adequadas. Sei que isso só piora as coisas. Mas não consigo pensar em mais nada para fazer com os braços. "Por educação? Então, você queria passar a noite de sexta sozinho no estádio? Não queria nem que eu fosse?"

"Sinceramente, Lauren", Ryan diz com um tom de novo perfeitamente calmo, "eu não queria que você fosse comigo. Não quero ir com você a lugar nenhum faz meses."

Eis a verdade. Não é uma coisa que ele está dizendo para me magoar. Posso ver isso nos seus olhos, no seu rosto, na maneira como seus lábios relaxam depois de falar. Ele não está nem aí se vai me magoar. Só está dizendo porque é a verdade.

Às vezes as pessoas fazem as coisas porque estão irritadas ou chateadas ou porque estão a fim de brigar. E essas coisas podem magoar. Porém, o que magoa mais é quando alguém faz as coisas por apatia. Por não se importar mais com você como na época da faculdade. Por não se importar mais com você como na época em que se casaram. Por não se importar mais com você.

E, como ainda existe uma parte minúscula dentro de mim que ainda se importa, que fica enfurecida com o fato de ele não se importar mais, faço uma coisa que nunca fiz antes. Que jamais pensei que algum dia fosse fazer. Faço uma coisa que, mesmo enquanto estou fazendo, não acredito que esteja acontecendo de verdade.

Eu pego o vaso. O vaso de vidro. E atiro na porta atrás dele. Com flores e tudo.

Vejo Ryan se abaixar, encolhendo os ombros para proteger o pescoço e as orelhas. Vejo Thumper ficar de pé num pulo. Vejo a água voando pelos ares, os caules e as pétalas se dispersando e caindo no chão, e o vidro se espatifando em tantos pedacinhos que nem consigo me lembrar mais do formato original do vaso.

E, quando todos os cacos terminam de cair, quando Ryan me olha com uma expressão atordoada, quando Thumper sai correndo da sala, a parte minúscula dentro de mim que ainda se importava desaparece. Agora eu também não estou nem aí. É uma sensação de merda. Mas, mesmo assim, é melhor do que se importar.

Ryan fica me encarando por um momento, e então pega a chave na mesinha lateral. Ele afasta a água e o vidro do chão com os pés já calçados e sai pela porta da frente.

Não sei o que ele está pensando. Nem para onde está indo. Nem quanto tempo vai ficar fora. Só sei que esse pode ser, de fato, o fim do nosso casamento. O fim de uma coisa que eu pensei que nunca fosse acabar.

Fico olhando para a porta depois de Ryan sair. Não acredito que atirei um vaso na parede. Não acredito que esse monte de cacos de vidro pelo chão seja responsabilidade minha. Não tinha a intenção de machucá-lo. Eu não joguei *nele*. Mesmo assim, a violência do gesto me assusta. Não sabia que era capaz de uma coisa dessas.

Depois de um tempo, vou para a cozinha pegar uma vassoura e a pá de lixo. Calço um par de sapatos e começo a limpar. Nesse momento, Thumper vem correndo para a sala, e sou obrigada a gritar para que ele fique parado onde está. Ele me obedece, senta e fica me observando. O tilintar dos cacos na lata de lixo é um som quase tranquilizador. *Varrida. Varrida. Tilintar.*

Pego o rolo de papel-toalha, esfrego algumas folhas no chão para remover o restante dos cacos e da água, e em seguida passo o aspirador. Hesito antes de parar de aspirar, porque não sei o que fazer depois de terminar a limpeza. Não sei o que fazer comigo mesma.

Guardo tudo e vou deitar na cama. Eu me lembro de quando a compramos, e do motivo de tê-la comprado.

O que aconteceu com a gente?

Dá para ouvir uma voz na minha cabeça, falando num tom bem claro e direto. *Eu não o amo mais.* É isso que ela diz. *Eu não o amo mais.* E, talvez, a pior parte seja o fato de que, no fundo, sei que é recíproco.

Todas as peças se encaixam. Então, tudo o que está acontecendo é por isso, né? O motivo de todas as brigas. O motivo para eu discordar de tudo o que ele fala. O motivo para eu não suportar mais as coisas que costumava suportar. O motivo para a gente não transar mais. O motivo por que não tentamos mais agradar um ao outro. O motivo por que nunca estamos satisfeitos um com o outro.

Ryan e eu somos duas pessoas que se amavam.

E um dia isso foi muito bonito.

Mas agora é apenas triste.

Ryan voltou bem tarde da noite ou de manhã cedinho. Não sei qual das duas opções. Não acordei quando ele chegou.

Quando acordo de fato, ele está do outro lado da cama, com Thumper entre nós. Ryan está de costas para mim. Ele está roncando. Fico assustada por conseguirmos dormir no meio desse turbilhão. Penso em como as coisas eram no passado, quando nossas brigas nos faziam passar a noite inteira acordados. Não conseguíamos dormir por causa da raiva, era impossível deixar tudo aquilo de lado. Agora estamos à beira da derrota final e ele... está roncando.

Com impaciência, espero ele acordar. Quando isso acontece, ele não dirige uma palavra a mim. Só levanta e vai ao banheiro. Em seguida, se dirige à cozinha, faz uma xícara de café e volta para a cama. Está perto de mim, mas não ao meu lado. Estamos na mesma cama, mas não a compartilhamos.

"A gente não se ama mais", eu digo. Só de ouvir essa frase sair da minha boca, sinto minha pele arrepiar e minha adrenalina subir. Estou tremendo.

Ryan me encara por um momento, sem dúvida em choque, e passa a mão no rosto, enterrando os dedos nos cabelos. Ele é um homem bonito. Fico me perguntando quando foi que deixei de reparar nisso.

Quando nos casamos, a beleza dele quase chamava mais atenção que a minha no dia da cerimônia. Nossas fotos de casamento são lindas, em parte, por causa da beleza dele, do seu sorriso de menino, que enrugava a pele em torno dos seus olhos brilhantes. Só que ele não parece mais tão excepcional assim para mim.

"Seria melhor que você não tivesse dito isso", Ryan responde, sem levantar os olhos e sem tirar as mãos da cabeça. Está paralisado, olhando para a coberta na cama.

"Por quê?", questiono, me sentindo ansiosa para conhecer a opinião dele, desesperada para saber se Ryan se lembra de alguma coisa que esqueci, se considera que eu estou errada. Porque talvez ele consiga me convencer. Talvez eu esteja *errada* mesmo. Quero estar errada. Isso faria com que eu me sentisse muito bem. Vou abraçar meu equívoco e me aferrar a isso. Vou deixar que esse erro domine meu corpo e invada meus pulmões, expulsando-o através do meu choro, com lágrimas pesadas tão carregadas de alívio que vão me deixar mais leve.

"Porque agora não sei como vamos seguir em frente", ele responde. "Não sei o que vamos fazer a partir daqui."

Ele, enfim, olha para mim. Seus olhos estão vermelhos. Quando tira os dedos dos cabelos, deixa-os desarrumados, apontando para várias direções diferentes. Penso em falar *O que você quer dizer com isso?*, mas acabo perguntando: "Desde quando você sabe?".

A expressão no rosto de Ryan não é exatamente de tristeza, é meio apática, quando pergunta: "Isso faz diferença?". Sinceramente, não sei. Mas eu insisto.

"Eu acabei de descobrir", conto. "Queria saber há quanto tempo você sente que não me ama mais."

"Sei lá. Algumas semanas, eu acho", ele responde, voltando a olhar para a coberta listrada e multicolorida. Fico agradecida por isso. É algo capaz de manter sua atenção. Assim, talvez, ele não olhe para mim.

"Tipo um mês?", pergunto.

"É." Ele encolhe os ombros. "Ou menos, algumas semanas, como eu falei."

"Quando?", insisto. Não sei por quê, mas levanto da cama. Preciso ficar de pé. Meu corpo está pedindo isso.

"Acabei de falar", ele responde, sem se mexer na cama.

"Não", contesto, encostando na parede do quarto. "Quer dizer, como você se deu conta?"

"O que aconteceu para *você* se dar conta?", ele rebate. As listras da coberta falharam em seu propósito. Ele olha para mim. Eu estremeço.

"Não sei", respondo. "Foi uma coisa que passou pela minha cabeça. Num momento, eu não sabia o que estava acontecendo; no instante seguinte, simplesmente... entendi."

"Comigo foi a mesma coisa", ele diz. "A mesma coisa."

"Mas em que dia foi isso? O que a gente estava fazendo?" Não sei por que quero tanto essa informação. Parece que estou atrás de uma coisa que não conheço — a versão dele dessa situação. "Só estou querendo pôr as coisas num contexto."

"Esquece isso, tá bom?" De volta às listras.

"Que tal ser sincero? Estamos tirando as coisas a limpo aqui. É só dizer o que pensa. Precisamos pôr tudo para fora, lavar toda a roupa suja. É só falar. É só..."

"Eu não estou apaixonado por outra mulher, se é isso que você quer saber", ele afirma.

Não era isso que eu queria saber.

"Mas eu..." Ele continua. "Percebi que estou olhando para elas de um jeito diferente."

"Outras mulheres?"

"É. Eu reparo nelas agora. Antes não estava nem aí. Me peguei olhando para uma mulher e... notei que não penso em você da mesma forma que penso nelas."

"Outras mulheres?"

"É."

Eu absorvo a informação. Thumper desce da cama e vem até mim. Será que ele consegue sentir o que está acontecendo? Nosso cachorro senta aos meus pés perto da porta e olha para Ryan. Meu coração fica apertado. No final, posso acabar perdendo Thumper.

"E o que isso significa?", pergunto baixinho, com um tom suave. Mudei nosso destino quando falei o que sentia em voz alta. Fui eu que iniciei esse movimento. Estou arrancando nós dois dessa prisão confortável. Tenho muitos problemas, e sei que isso vai criar muitos outros, só que viver com alguém que não amo mais não vai ser um deles. Não mais.

Ryan vem até mim e me abraça. Queria que a sensação de estar nos braços dele fosse melhor. Sua voz sai tão baixa e tranquila quanto a minha. "Não pode ser o fim, Lauren. Deve ser só uma fase difícil ou coisa do tipo."

"Mas", digo olhando para ele, pronta para confessar aquilo que está sufocado dentro de mim há tanto tempo, "eu não aguento mais você."

Era para ser um alívio profundo e visceral, mas, assim que essa frase sai da minha boca, me arrependo. Gostaria de ser o tipo de pessoa que não precisa expressar suas aflições. Gostaria de ser o tipo de pessoa que guarda tudo para si e poupa os sentimentos dos outros. Mas não sou assim. Minha raiva precisa sair de dentro de mim. Precisa ser libertada e ressoar pelas paredes até chegar aos ouvidos da pessoa a quem vou machucar.

Ryan e eu sentamos no chão, numa postura idêntica, apoiando as costas na parede, com os joelhos dobrados à frente do corpo e os braços cruzados. Passamos tempo juntos o suficiente para sabermos agir em sincronia, mesmo quando nenhum de nós deseja isso. Thumper se acomoda aos pés dele, aquecendo-os com sua barriga. Gostaria de amar Ryan da mesma forma que amo Thumper. Queria amá-lo, protegê-lo, acreditar nele e me sentir disposta a me jogar na frente de um ônibus em movimento para salvá-lo, como eu faria se fosse pelo nosso cachorro. São dois tipos de amor bem diferentes, né? Não deveriam nem ser expressos com a mesma palavra. O amor que Ryan e eu sentimos um pelo outro acaba.

Por fim, Ryan volta a falar. "Não tenho ideia do que fazer agora", ele diz, ainda sentado ao meu lado, mas agora com as costas encurvadas, numa postura de derrota, com o olhar voltado para um prego no assoalho de madeira do quarto.

"Eu também não", respondo, olhando para ele e me lembrando de como costumava me derreter toda ao sentir seu cheiro. Ele está muito perto de mim, e respiro fundo, tentando cheirá-lo, buscando aquela alegria de novo. Imagino que, se respirar bem fundo, seu cheiro vai invadir meu nariz e inundar meu coração. Talvez eu volte a me sentir inebriada. Talvez eu possa voltar a ser feliz se me deixar levar pelo seu cheiro. Mas não adianta. Não sinto nada.

Ryan começa a rir. Ele consegue fazer isso de alguma forma. "Não sei por que estou rindo", ele explica, recobrando a compostura. "É a situação mais triste pela qual já passei na vida."

E, então, sua voz fica embargada, e as lágrimas escorrem de seus olhos. Ele me olha de verdade pela primeira vez em um ano. E repete o que disse, de forma lenta e deliberada. "É a situação mais triste pela qual já passei na vida."

Por um instante, penso que podemos chorar juntos. Esse pode ser o início do nosso processo de cura. Mas, assim que vou pôr a cabeça no ombro dele, Ryan fica de pé.

"Vou ligar para o proprietário da casa", ele avisa. "A gente precisa de água quente."

"Eu anotei 'terapia de casal', 'viver em casas separadas' e 'casamento aberto'", digo, sentada à mesa de jantar. Estou com um papel na minha frente. Ryan tem outro à sua frente. Não aceito a ideia de um casamento aberto. Só estou registrando tudo que me vem à mente. Mas tenho certeza de que uma relação aberta não é uma opção viável.

"Casamento aberto?", Ryan questiona, intrigado.

"Pode ignorar essa", aviso. "É que... eu não tinha mais nenhuma outra ideia."

"Não é uma opção tão ruim", Ryan comenta, o que me deixa morrendo de raiva dele. Claro que ele diria isso. Claro que toparia. É a cara de Ryan ignorar a parte da terapia de casal e agarrar a oportunidade de transar com outra pessoa.

"Enfim...", digo, irritada. "Me diz o que você escreveu."

"Certo." Ryan olha para a sua folha de papel. "Eu escrevi 'voltar a namorar' e 'fase de separação'."

"Não sei o que isso significa", falei.

"Bom, a primeira opção é mais ou menos a mesma coisa que você falou sobre viver em casas separadas. A gente poderia ver se o relacionamento poderia dar certo morando longe um do outro, saindo de vez em quando e se vendo menos. De repente, pode tirar um pouco a pressão. E transformar os nossos encontros em uma ocasião mais excitante."

"Certo, e a segunda opção?"

"A gente se separa por um tempo."

"Tipo, como se estivesse tudo acabado mesmo?"

"Bom, é isso", ele começa a explicar. "Eu saio de casa, ou você sai, e a gente vê como ficamos sozinhos, sem a companhia um do outro."

"E depois?"

"Sei lá. De repente, um tempo separados pode fazer a gente... sabe como é, ter vontade de tentar de novo."

"E por quanto tempo seria? Tipo alguns meses?"

"Eu estava pensando em mais tempo."

"Quanto tempo?"

"Sei lá, Lauren. Nossa", Ryan resmunga, perdendo a paciência com o meu excesso de perguntas. Faz algumas semanas que dissemos um para o outro que não nos amamos mais. Estamos pisando em ovos. É o início do processo de remover o band-aid. Um band-aid bem grande e bem grudento.

"Só estava pedindo para você explicar melhor qual é a sua sugestão", comento. "Não precisa se sentir como se estivesse num interrogatório policial."

"Tipo um ano. Nós passamos um ano separados."

"E podemos ir para a cama com outras pessoas?"

"É", Ryan responde, me olhando como se eu fosse uma idiota. "Acho que a ideia é justamente essa."

Ryan deixou bem claro que não me vê da mesma forma como encara outras mulheres. Isso machuca. Mas quando tento entender por que magoa, não consigo encontrar uma resposta. E, na verdade, eu também não penso mais nele nesses termos.

"Vamos falar sobre isso mais tarde", sugiro, levantando da mesa.

"Acho melhor a gente conversar agora", Ryan rebate. "Não vira as costas pra mim."

"Estou pedindo com educação", digo, com uma voz bem clara e articulada, "para conversarmos sobre isso mais tarde, por favor."

"Tudo bem," Ryan responde, levantando da mesa e jogando sua folha de papel para cima. "Estou caindo fora."

Não pergunto aonde ele vai. Isso tem acontecido tantas vezes que já sei que a resposta vai ser uma coisa inócua. Tenho raiva dele por ser tão previsível. Ele vai até um bar beber alguma coisa. Vai ao cinema. Vai ligar para os amigos e jogar basquete. Tanto faz. Vai voltar quando quiser e, logo que chegar, o ar dentro de casa vai estar carregado de tensão, a ponto de fazer com que eu me sinta sufocada.

Fico deitada no sofá durante horas, contemplando a ideia de passar um ano sem o meu marido. É, ao mesmo tempo, libertador e apavorante. Penso nele dormindo com outra mulher, mas isso logo se transforma na possibilidade de eu ir para a cama com outro homem. Não sei quem ele é, mas consigo visualizar suas mãos em mim. Seus lábios em mim. Consigo imaginar a maneira como ele me olha, fazendo com que eu me sinta a única mulher em sua vida, a mulher mais importante do mundo. Imagino seu corpo magro e seus cabelos escuros. Imagino sua voz grave. E me imagino nervosa, com uma ansiedade que não sinto há anos.

Quando Ryan finalmente chega, digo que acho que ele está certo. Nós deveríamos passar um ano separados.

Ryan solta um suspiro, e seus ombros despencam. Ele tenta falar, mas sua voz fica presa na garganta. Vou até ele e o abraço. Começo a chorar. Finalmente, depois de tanto tempo, voltamos a concordar. Esperamos as emoções assentarem um pouco. Sentimos o alívio que estamos proporcionando um ao outro. No fim das contas, é isso: um imenso alívio. Como jogar água fria numa queimadura.

Quando desfazemos o abraço, Ryan se oferece para sair de casa. Diz que eu posso ficar com a casa por um ano. Concordo com ele. Não retruco. Ele está me oferecendo um presente. Eu aceito de bom grado. Ficamos sentados em silêncio no sofá, de mãos dadas, sem olhar um para o outro por um tempo que parece se estender por horas. É tão bom parar de brigar.

Então, percebemos que cada um de nós estava achando que ficaria com Thumper.

Brigamos por causa do cachorro até as cinco da manhã.

A maior parte das coisas de Ryan está embalada. Tem caixas espalhadas por toda a sala de estar e pelo quarto, com palavras como "Livros" e "Coisas de banheiro" escritas com caneta hidrográfica preta. O caminhão de mudança está a caminho. Ryan está no quarto encaixotando os sapatos. Dá para ouvir cada par sendo jogado na caixa.

    Pego algumas coisas minhas e me preparo para sair. Não vou conseguir ficar para ver isso. Estou contente que ele esteja indo embora. De verdade. Repito isso para mim mesma o tempo todo. Fico pensando na minha nova liberdade. Mas percebo que não sei bem o que isso significa — liberdade. Não sei quais são os desdobramentos práticos das minhas atitudes. Cuidamos apenas do básico em termos de preparação. Não conversamos sobre como nos sentiríamos, nem como seria essa vida nova. Nos limitamos à parte financeira. Falamos sobre desmembrar a conta conjunta. Discutimos como pagar dois aluguéis. Como mantê-lo no meu plano de saúde. Sobre a necessidade de entrar com um pedido de separação judicial. "Vamos resolver isso quando chegar a hora", Ryan falou, e eu deixei que ficasse por isso mesmo. Fiquei satisfeita com essa resposta. Porque, de fato, não quero registrar nada disso por escrito.

    Ontem à noite falei para Ryan que não queria estar presente quando ele fosse embora. Ele concordou que seria melhor se eu fosse passar o fim de semana fora e lhe desse espaço para conduzir a mudança conforme achasse melhor. "A última coisa que eu quero é você criticando o jeito como embalei a escova de dente", Ryan me falou. Seu tom de voz foi brincalhão, mas eram palavras sinceras. Dava para sentir a tensão e o ressentimento por trás delas. O sorriso em seu rosto era o de um vendedor de concessionária, fingindo que todo mundo está se divertindo no processo de negociação quando, na verdade, um quer passar a perna no outro.

Peguei meu desodorante e meu sabonete facial. Só coloquei o essencial no meu nécessaire. Guardei a escova de dente num estojo próprio para viagem, para não sujar as cerdas. Ryan costuma enfiar tudo numa sacola plástica. Ele tem o direito de ficar na defensiva sobre a maneira como embala sua escova. Porque sempre faz isso errado. Ponho tudo dentro da minha bolsa e fecho o zíper. Para o bem ou para o mal, estou pronta para ir.

Minha intenção é ir direto para a casa de Rachel. Minha irmã sabe que as coisas não vão muito bem entre mim e Ryan. Percebeu como ando tensa e o quanto o critico, sendo que quase nunca tenho alguma coisa positiva para contar. Mas eu sempre garanto que as coisas estão bem. Não sei por que tive tanta dificuldade em admitir meus problemas para ela. De alguma forma, acho que escondi tudo porque contar para Rachel tornaria os problemas ainda mais concretos. Já tinha falado para a Mila. A tensão, as brigas, a perda do amor, a ideia da separação. Por algum motivo, na minha cabeça, não tinha problema Mila saber, porque isso não significaria que a situação toda ficaria consolidada. Mas, para Rachel, qualquer comunicado seria oficial. Haveria uma testemunha. Eu não teria como voltar atrás e fingir que nada aconteceu. Talvez seja essa a diferença entre uma irmã e uma amiga: uma amiga pode entender os problemas que estamos enfrentando no presente, mas uma irmã sabe tudo sobre nosso passado, e vai fazer questão de incluir isso na conversa. Ou talvez nem exista uma diferença entre amigas e irmãs. Pode ser só uma diferença entre Mila e Rachel.

Mas desta vez está acontecendo *mesmo*. O caminhão de mudança está a caminho. E, para encarar tudo isso, vou precisar de Rachel, que vai segurar minha mão e dizer que vai ficar tudo bem, que vai acreditar em mim. Vou ser obrigada a admitir para ela que meu casamento fracassou. Que *eu* fracassei. Que não sou a irmã mais velha bem resolvida que sempre fingi ser. Que não sou mais aquela que tem a vida toda em ordem.

Encontro Ryan no quarto, juntando as caixas de roupas. Já separamos os móveis. Vamos ter que fazer compras sozinhos. Agora preciso de uma tv nova. Ryan vai precisar de panelas e frigideiras. O que parecia ser um todo agora se resume a duas metades.

"Tá", digo. "Agora já estou indo, vou deixar você aqui." Ryan chamou alguns amigos para vir ajudar. Ele não precisa de mim.

Ele não precisa de mim.

"Certo", ele responde, olhando para o closet. Nosso closet. Meu closet. Ryan, enfim, olha para mim, e percebo que andou chorando. Ele inspira e solta o ar com força, tentando se controlar, tentando controlar seus sentimentos. De repente, meu coração se aperta e toma conta de mim. Não posso deixá-lo assim. Não posso. Não posso deixá-lo sofrendo.

Ele precisa de mim.

Vou correndo até ele. E o abraço. Deixo que enterre seu rosto em mim. Eu o seguro enquanto ele desabafa, e, então, digo: "Quer saber? Isso é pura bobagem. Vou ficar". Toda essa ideia de separação foi muito forçada e absurda. Nós precisávamos de um sinal de alerta. Era disso que precisávamos para ver como estávamos sendo bobos. Claro que nós nos amávamos! Sempre nos amamos. Só esquecemos por um tempo, mas agora vai ficar tudo bem. Levamos um ao outro ao limite, e aprendemos nossa lição. Não precisamos seguir adiante com isso. Já foi. Podemos encerrar esse experimento bizarro aqui mesmo e fazer tudo voltar a ser como antes. Casamentos nem sempre são um mar de rosas. Nós sabemos disso. Foi uma bobagem da nossa parte. "Esquece isso", digo. "Você não vai para lugar nenhum, amor. Não precisa ir para lugar nenhum."

Ele fica em silêncio por mais algum tempo, e sacode negativamente a cabeça. "Não", ele responde, secando as lágrimas. "Eu preciso ir embora." Fico olhando para ele, segurando-o ainda entre os meus braços. Ele reforça o que diz. "Melhor você ir", recomenda, limpando as lágrimas. Ele está de volta ao plano inicial.

Nesse momento, eu desmorono. Não derreto como manteiga nem murcho pouco a pouco como um pneu. Estilhaço como vidro, me despedaçando em mil pedaços.

Meu coração está destruído. E sei que, mesmo que algum dia cicatrize, vai ficar diferente, vai parecer diferente, vai bater diferente.

Levanto e pego minha bolsa. Thumper me segue até a porta da frente. Olho para ele com a mão na maçaneta, pronta para sair. Ele me olha, todo ingênuo e cheio de admiração. Para ele, é como se eu estivesse saindo para um passeio. Não sei por quem me sinto pior: por Ryan, por

Thumper ou por mim. Não consigo aguentar nem por um segundo. Não consigo fazer um carinho de despedida. Viro a maçaneta e saio, batendo a porta atrás de mim. Não paro para respirar nem para me recompor. Entro no carro, limpo os olhos e saio para a casa de Rachel. Não tenho forças suficientes para me manter de pé sozinha.

Preciso da minha irmã.

PARTE DOIS
Chuva de outono

"Só preciso que você escute o que eu tenho para falar e não tente me convencer do contrário. Não me julgue. Nem diga que estou cometendo um erro, mesmo se achar isso. Só preciso que você me escute e me diga que vai ficar tudo bem. É disso que eu preciso, basicamente. Preciso que você me diga que vai ficar tudo bem, mesmo se achar que não."

"Tudo bem." Rachel concorda imediatamente. Ela não tem opção, né? Eu apareci na porta da casa dela sem avisar às nove horas da manhã de um sábado, gritando "Não me julgue!" Ela é obrigada a aceitar. "Quer entrar? Ou...", ela começa a falar, mas nem espero pelo fim da pergunta.

"O Ryan e eu estamos nos separando."

"Ai, meu Deus", ela diz, em choque. Rachel fica me olhando por um instante para, em seguida, abrir a porta para mim. Eu entro. Ela ainda está de pijama, o que me parece bem razoável. Deve ter acabado de acordar. É possível, inclusive, que estivesse tendo um sonho agradável no momento em que toquei a campainha.

Quando ela fecha a porta atrás de mim, percebe que estou com uma bolsa com roupas, e começa a montar as peças do quebra-cabeça.

Rachel pega a bolsa do meu ombro e põe no sofá. "O que você... quer dizer, como foi que... como foi que vocês dois... você está bem? É isso o que importa. Como você está se sentindo?"

Eu encolho os ombros. Na maioria das vezes, quando faço esse gesto, é porque estou indiferente. Mas agora, mesmo se eu der de ombros um milhão de vezes, não vou demonstrar indiferença.

"Quer falar sobre o motivo para estar se separando?", Rachel pergunta tranquilamente. "Ou quer que eu te faça... sei lá. O que as pessoas comem quando estão se divorciando?"

"A gente não está se divorciando", digo, passando por ela e me sentando no sofá.

"Ah", ela solta, se aproximando. "Você disse que estava se separando, então imaginei que..." Ela esconde os pés sob o corpo, sentando de pernas cruzadas, virando-se para mim. A calça de seu pijama é branca com listras azuis e salmão. A blusinha regata é do mesmo salmão das listras da calça. Devem ter sido comprados em conjunto. Minha irmã é o tipo de pessoa que usa conjuntinhos. Enquanto eu não consigo combinar duas peças de roupa de jeito nenhum.

"É uma separação", explico. "Tipo, a gente vai passar um tempo sem se ver, mas depois vai tentar de novo, sabe."

"Vocês vão ver como é viver separado, é isso? Estão fazendo uma espécie de teste?"

"Não."

"Então... Lauren, tem alguma coisa que eu não estou entendendo aqui?"

"Você falou que não ia me julgar."

"Eu não estou julgando", ela diz, segurando minha mão. "Estou tentando entender."

"Nós precisamos de um tempo longe um do outro. Não dá mais para viver na mesma casa. A gente não se suporta mais." O olhar no rosto dela confirma que Rachel já sabia disso fazia algum tempo, mas finjo que não percebo.

"Mas vocês não estão se divorciando porque...?", ela pergunta, com um tom de voz gentil. Acho que é disso que mais preciso no momento. Estou funcionando quase como um cachorro, na verdade, as palavras em si não interessam. Só estou registrando os sons mais tranquilizadores e reconfortantes. "Enfim, se vocês estão com problemas já há algum tempo, se não dá nem para continuar vivendo juntos, por que não romper de vez?"

Paro um pouco para pensar numa resposta. A palavra *divórcio* nunca tinha vindo à tona.

Claro que passou pela minha cabeça. Até pensei em dizer em voz alta. Mas não escrevi como uma opção viável naquele pedaço de papel. E, apesar de conseguir imaginar que Ryan tenha pensado, refletido e *quase* mencionado essa possibilidade, alguma coisa o impediu também.

É importante lembrar que nenhum dos dois sugeriu se divorciar. Nenhum de nós disse que essa coisa que temos juntos, que entrou em colapso e não está funcionando, nenhum de nós disse que deveríamos jogar tudo pela janela.

"Não sei", falo quando finalmente respondo. "Porque fiz uma promessa, talvez. Ou, sei lá, espero que exista uma terceira opção que não seja viver infeliz ou desistir de tudo."

Rachel reflete um pouco. "E quanto tempo vai durar essa separação?" Ela fala "separação" como se fosse uma palavra que acabei de inventar.

Eu respiro fundo. E solto o ar devagar. "Um ano." Minha determinação começa a fraquejar. Minha compostura começa a ceder. A verdadeira dor relacionada ao que estou fazendo começa a se infiltrar lentamente, do mesmo modo que um raio de sol consegue brilhar tanto a ponto de romper com um dia nublado.

Rachel percebe que estou começando a chorar antes mesmo de as lágrimas se formarem nos meus olhos. Por isso, relaxa ainda mais sua postura para me consolar: é disso que eu preciso. Ela não precisa saber dos detalhes. Só quer me abraçar e dizer que vai ficar tudo bem, mesmo que não fique. Ela faz exatamente isso: me abraça, acaricia os meus cabelos e diz o que estou esperando a manhã toda para ouvir.

"Vai ficar tudo bem, de verdade", Rachel diz, com uma voz tão suave como se estivesse falando com um bebê. "Sei que foi o que você me pediu para falar. Mas é a verdade. Vai ficar tudo bem."

"Como é que você sabe?" Eu não deveria fazer perguntas como essa. Pedi para ela me dizer uma coisa. Ela disse. Não tenho por que pressioná-la. Não devo pedir para ela falar alguma coisa fora do roteiro. Mas ela parece tão confiante, tão certa de que vai ficar tudo bem, que fico curiosa para saber que versão de mim está vendo nesse momento. O que a Lauren da cabeça dela faria para ficar bem? E o que eu posso fazer para ficar mais parecida com essa Lauren?

"Sei que vai ficar bem porque tudo termina bem. Se ainda não estiver bem, é porque ainda não terminou."

Eu me afasto para encará-la. "Isso não é uma das frases das suas canecas?"

Rachel encolhe os ombros. "Só porque está numa caneca não significa que não seja verdade."

"Não mesmo", respondo, deitando a cabeça no colo dela. "Acho que você tem razão."

"E sabe o que mais eu sei?", ela diz.

"O quê?"

"Sei que você vai ter um ano muito bom pela frente."

"Acho bem difícil de acreditar. Vou fazer trinta anos, e estou prestes a me divorciar."

"Pensei que você não fosse se divorciar", Rachel comenta.

Eu reviro os olhos. "É uma hipérbole, Rachel. Uma figura de linguagem." Fico bem arrogante quando estou insegura. Não sei se é mesmo uma hipérbole. Vou garantir para todo mundo, inclusive minha irmã, que o divórcio não vai rolar. Mas e se acontecer? De verdade?

"Não, é sério", ela diz. "Essa é a parte mais difícil. Mas eu te conheço, e sei que não faz nada que não deveria. Não vai encarar a separação como uma brincadeira. Ryan também não. Ele é uma boa pessoa. E você também. Se vocês decidiram que era uma boa ideia, então é isso mesmo. E boas ideias nunca são uma má ideia."

Depois de um instante de silêncio, nós duas caímos na risada.

"Certo, essa última parte não fez muito sentido, mas você entendeu o que eu quis dizer."

Olho para ela, que me olha de volta. Sempre entendo o que ela quer dizer. A gente sempre se entendeu. Mais ainda, sempre acreditamos uma na outra. E eu preciso que acreditem em mim agora.

"Que bom que você está aqui", Rachel me diz. "Não pelas circunstâncias, claro. Mas fico contente por você estar aqui."

"Sério?"

"Sim, é bom te ver, só você."

"Sem o Ryan?"

"Sim", ela diz. "Eu adoro o Ryan, mas amo você. Vai ser legal passar esse ano só com você."

Ela leva muito mais jeito com as palavras do que imagina, porque, pela primeira vez, fico animada com o que está por vir. Vai ser bom ter esse ano só para mim.

"Certo, tenho uma pergunta delicada, eu acho", Rachel me diz. Estamos na mesa da cozinha dela. Ela me fez torradas com canela e chantili por cima. Quero tirar uma foto, porque a comida ficou linda e apetitosa. Ela põe o prato na minha frente enquanto fala, e imediatamente paro de ouvi-la. Sei que o gosto vai estar ainda melhor que a aparência. O que não é pouca coisa. Mas esse é o forte de Rachel. Ela faz panquecas de Oreo. Faz crepes *red velvet* com recheio de *cream cheese*. Ela não sabe fazer um ensopado ou fritar um ovo, mas ela arrasa com receitas que exigem um pacote de açúcar e creme de leite.

"Isso ficou incrível", digo a ela, pegando meu garfo. Espeto a ponta no cantinho da torrada e arrasto contra o prato até arrancar um pedaço. O gosto é como eu imaginava: de que tudo vai ficar bem. "Ai, meu Deus", comento.

"Pois é, né?" Rachel não tem o menor pudor de admitir que prepara coisas gostosas. E faz isso como se não tivesse nenhuma responsabilidade pelo produto final. Se você disser que o bolo de abóbora com especiarias dela é o mais delicioso que já provou na vida, Rachel vai responder algo do tipo: "Ah, nem me fala. Uma perdição". E você vai ficar com a impressão de que ela está elogiando a receita, e não a si mesma.

"Enfim", digo a ela depois de mastigar o pedaço, "qual é a sua pergunta delicada?"

"Bom", ela começa, lambendo o chantili do garfo. "Quem vai ficar..." Ela se interrompe e meio que desiste. Não sabe como fazer a pergunta.

"Com o Thumper?", me antecipo, para ela não precisar fazer isso. "Quem vai ficar com o Thumper?"

"Isso, quem vai cuidar do Thumper?"

Eu respiro fundo. "Vou ficar com ele pelos primeiros dois meses, para não ser uma mudança muito repentina." Me sinto uma idiota ao dizer isso. Ryan e eu agimos como se Thumper fosse uma criança, e isso transparece das formas mais embaraçosas. Mas Rachel nem pisca ao me ouvir.

"E depois ele fica com o Ryan?"

"Sim, pelos dois meses seguintes. É o que combinamos até janeiro. Depois disso vamos renegociar."

"Entendi."

"Parece bobagem, né?", comento. A verdade é que aceitei a ideia na hora quando Ryan propôs. Isso significava que, não importa o que acontecesse, nós nos veríamos de novo em dois meses, o que me transmitiu uma sensação de segurança. É como se eu estivesse tirando as rodinhas de trás da bicicleta de forma gradual.

"Não", Rachel responde, sem olhar para mim. Ela continua a tomar o café da manhã. "De jeito nenhum. Cada um faz as coisas do seu jeito."

"Bom, e então o quê?", pergunto.

Rachel parece... sei lá. O rosto dela está estranho. Ela parece estar se segurando. "Como assim?", ela questiona.

"O que você está pensando que não está me dizendo?"

"Pensei que você queria receber apoio moral!", Rachel rebate, meio rindo e meio na defensiva. "Não tenho como expressar tudo o que penso e dizer só o que você quer ouvir ao mesmo tempo."

Eu dou risada. "É, pois é."

Ficamos em silêncio por um tempo. Devorei todo o meu prato. Não resta mais o que fazer a não ser olhar para o prato vazio. Começo a remexer as migalhas com o garfo.

"Mas o que é, afinal?", pergunto. Eu quero saber. Não sei ao certo por quê. Talvez precise mais da verdade do que só ouvir o que quero. Talvez não exista nenhum momento na vida em que a verdade seja desnecessária. Ou talvez a verdade seja ainda mais necessária quando a gente não quer ouvi-la. "Pode falar. Eu aguento o tranco."

Rachel suspira. "É que...", ela começa, e olha para mim. "Estou me sentindo mal pelo Ryan."

Não sei o que esperava ouvir, mas não era isso. Esperava um comentário sobre estar levando a sério demais o lance do Thumper. Esperava que ela me aconselhasse a dar mais uma chance para o Ryan. Esperava que ela dissesse a única coisa que tenho medo de que seja a verdade: que estou sendo uma garota mimada e que todo casamento é difícil, então era melhor calar a boca e parar com essa palhaçada, porque não estar feliz não é problema nenhum.

Mas não é isso que ela diz. Ela fica toda triste e comenta: "Quer dizer... ele perdeu a mulher, a casa e o cachorro no mesmo dia".

Eu não respondo nada. Fico só olhando para ela. Absorvendo o que foi dito.

Ela tem razão. Eu era apaixonada por aquele homem. Era eu quem garantia que ele tivesse tudo o que queria. Desde quando sou aquela que tira tudo isso dele?

Começo a chorar. Apoio a cabeça na mesa, e Rachel vem ficar do meu lado.

"Desculpa", ela diz. "Me desculpa! Ouviu? Eu não sou boa nisso. Sou péssima. Sou uma merda nessas coisas. Você é uma pessoa boa, e está fazendo a coisa certa."

"Thumper só vai ficar dois meses comigo", respondo. "E a coisa toda vai durar um ano."

"Eu sei!", Rachel diz, me abraçando e apertando meus ombros. "O Ryan está bem. Eu sei que sim. Ele é o tipo de cara que está sempre bem, sabe como é."

"Você acha mesmo que ele está bem?", pergunto, levantando a cabeça da mesa. É péssimo pensar que ele está bem. Quase tão ruim quanto pensar que está infeliz. Não suporto a ideia de que ele esteja bem, nem de que esteja mal.

"Não", responde Rachel. Consigo perceber seu desespero para se desvencilhar da conversa. Nada do que disser vai ser a coisa certa, e ela sabe disso, e talvez esteja um pouco irritada comigo por tê-la colocado nessa situação. "O que eu quis dizer foi que ele vai ficar bem. Não que ele está totalmente numa boa."

"Certo", digo, me recompondo. "Nós dois vamos ficar bem."

"Certo", ela repete, reproduzindo o tom de tranquilidade na minha voz. "Muito bem."

Então esse é meu objetivo. Ficar bem.

Eu estou bem.

Ryan está bem.

Nós vamos ficar bem.

Um dia, isso tudo vai acabar bem.

Existe uma grande diferença entre o que está bem e o que *vai* ficar bem, mas, por ora, decido fingir que é tudo a mesma coisa.

"Você sabe que vai precisar contar para a mamãe em breve, né?", Rachel me lembra.

"Sei."

"E para o Charlie", ela complementa. "Vai saber qual será a reação do Charlie? Pode ser qualquer coisa."

Eu assinto com a cabeça, perdida nos meus pensamentos. Penso em como contar para eles. Imagino Charlie fazendo uma piada. Não sei se minha mãe vai ficar decepcionada comigo. Se vai se sentir como eu, um fracasso. Um instante depois, percebo que essa linha de raciocínio não vai me levar a lugar nenhum. "Quer saber?", eu digo.

"O quê?"

"Eles vão ficar bem."

Rachel sorri para mim. "Vão, sim. Eles vão ficar bem."

Volto para casa no domingo às sete horas, o horário que combinei com Ryan. Sabia que ele não estaria lá. A intenção era bem essa. Mas, quando abro a porta da casa vazia, o fato de ele ter ido embora me atinge com toda a força. Estou sozinha.

Minha casa parece ter sido assaltada. Ryan não levou nada além do que o combinado, mas mesmo assim parece que ele levou tudo o que tínhamos. O grosso da mobília está aqui, claro, mas onde estão os DVDs? A prateleira de livros? O quebra-cabeça do mapa de Los Angeles que montamos e emolduramos? Foi tudo embora.

Thumper vem correndo até mim, com as orelhinhas marrons sacudindo sobre a cabeça, e eu vou ao chão quando suas patas me atingem no quadril, tirando meu equilíbrio. Caio sobre o piso de madeira com um baque surdo, mas não sinto quase nada. Só o que me interessa é o amor desse cachorro, que está lambendo meu rosto e pulando em cima de mim. Ele roça o focinho na minha orelha. Parece felicíssimo em me ver. Estou em casa. Não está mais como era. Mas ainda é minha casa.

Vou até os fundos para alimentar Thumper. Ele fica me olhando por um momento antes de começar a comer.

Acendo a luz da sala de jantar e vejo um bilhete deixado por Ryan. Não esperava que ele fosse deixar alguma coisa. Ao ver o bilhete ali, me sinto tentada a sair correndo e abri-lo na hora. O que ainda teria para dizer? Quero saber o que ele ainda tem a dizer. Minha mão rasga o envelope antes mesmo de receber o comando do cérebro para isso.

A caligrafia dele é bem infantil. É difícil identificar a letra dos homens pela sua "masculinidade", pois, em geral, não possuem nenhuma sofisticação. Quando chegam ao sexto ano na escola, eles devem decidir que têm mais com que se preocupar.

Querida Lauren,

Não se engane: eu te amo sim. Só porque não estou sentindo esse amor no coração não significa que não esteja lá. Eu sei que está. Estou indo embora porque preciso encontrá-lo. Prometo isso para você.

Por favor, não me ligue nem me escreva. Preciso ficar sozinho. Você também. Estou falando sério desta vez. Mesmo se as coisas ficarem difíceis, nós precisamos disso. É a única maneira de avançarmos para um ponto melhor do que aquele onde estamos. Se você me ligar, não vou atender. Não quero voltar atrás no que estamos fazendo. Não vou voltar para o ponto onde estávamos.

Com isso em mente, gostaria de te desejar um feliz aniversário agora, apesar de ainda faltarem algumas semanas. Sei que os trinta anos vão ser difíceis, mas também vão ser bons, e, como não vamos estar conversando, queria deixar claro que vou estar pensando em você.

Cuide bem do meu menino, o Thumper. Ligo daqui a dois meses para combinar a entrega. Talvez um encontro num lugar público como dois pais divorciados — apesar de não sermos nem uma coisa nem outra.

Com amor,
Ryan
P.S.: Alimentei o Thumper antes de sair.

Olho para Thumper, que está parado aos meus pés, me encarando. "Seu malandrinho", digo a ele. "Você já tinha comido."

Leio a carta um monte de vezes. Examino cada palavra. Elas me magoam e me enchem de esperança. Me fazem chorar e me deixam irritada. No fim, dobro e jogo no lixo. Fico olhando para o papel jogado lá dentro. Me parece errado descartá-lo assim. Como se eu devesse guardá-lo. Como se isso pudesse ser mantido como um caderno de memórias da nossa relação.

Vou para o quarto e procuro a caixa de sapatos que guardo no alto da última prateleira. Não consigo alcançá-la sozinha. Volto para o closet do corredor e pego o banquinho. Entro de novo no closet do quarto e estendo os dedos para agarrar a borda da caixa, que despenca no chão e se abre. Os papéis se espalham pelo carpete. Canhotos de ingressos. Bilhetinhos em post-its. Fotografias desbotadas. E, então, vejo o que estava procurando.

A primeira carta que Ryan me escreveu. Foi algumas semanas depois de termos nos conhecido no refeitório da universidade. Ele escreveu em uma folha de fichário, que foi dobrada tantas vezes que agora se recusa a ficar aberta para ser lida.

Coisas que gosto em você:
1. *Quando eu digo uma coisa engraçada, você ri tão alto que até passa mal.*
2. *Outro dia, você usou literalmente a frase "Isso me dá calafrios".*
3. *Sua bunda. (Desculpa, é um fato irrefutável.)*
4. *Você ter achado que* chili con carne *era pimentão com milho.*
5. *Você é mais inteligente, engraçada, bonita e legal que qualquer outra garota que conheço.*

Algumas semanas depois de ter recebido a carta, ele percebeu que eu a guardei. Encontrou na minha escrivaninha no alojamento universitário. E, quando eu não estava olhando, rasurou a palavra *gosto* e trocou por *amo*. *Coisas que amo em você.*

E acrescentou uma sexta razão com uma caneta de cor diferente.

6. *Você acredita em mim. E está sempre bem. E vê o mundo como um lugar maravilhoso.*

Essa carta foi o motivo para eu começar a guardar coisas na caixa de sapatos. Mas... não posso pôr a mensagem que ele me deixou agora na caixa. Simplesmente não posso. Ela precisa continuar no lixo.

Ponho tudo de volta na caixa e a guardo no armário. Escovo os dentes. Visto o pijama. Vou para a cama.

Chamo Thumper. Ele vem correndo e deita ao meu lado. Apago a luz e fico deitada no escuro com os olhos bem abertos. Fico assim por tanto tempo que meus olhos se ajustam à falta de luminosidade. A escuridão parece esmaecer; o que era um negrume opaco se torna um cinza translúcido, e vejo que, apesar de ter um corpo quente ao meu lado, estou sozinha nesta casa.

Não estou triste. Nem mesmo melancólica. Na verdade, estou com medo. Pela primeira vez na vida, estou só. Sou uma mulher solteira sozinha em casa no meio da noite. Se alguém tentar invadir a casa, só posso contar comigo mesma e com um labrador bonzinho. Se ouvir um barulho estranho, eu mesma vou ter que ir investigar. Estou me sentindo como uma criança sentada em volta da fogueira do acampamento ouvindo histórias de terror.

Sei que estou bem. Mas não é o que parece, de jeito nenhum.

Volto ao trabalho na segunda-feira, e fico surpresa por não ter que falar com ninguém sobre tudo o que está acontecendo. O pessoal sabe que sou casada, mas esse assunto quase nunca vem à tona. "Como foi o fim de semana?" ou "Fez alguma coisa divertida?" são perguntas fáceis de encarar com sinceridade, porém omitindo os fatos mais importantes. "Foi tudo bem. E o seu?" e "Ah, passei um tempão com a minha irmã. E você?" parecem ser respostas satisfatórias. Na hora do almoço, me dou conta de que é possível se desvencilhar de quase todas as perguntas sobre a vida pessoal simplesmente perguntando primeiro.

Mas Mila me conhece. Me conhece de verdade. Vem sendo minha confidente há meses. Ela sabe de tudo. Então, quando chegamos ao carro para sair para o almoço, ela baixa o tom de voz e resolve falar sério.

"Então", ela começa enquanto engata a marcha do carro, "como você está?"

"Estou... bem", respondo. "Estou mesmo. O fim de semana foi horrível, chorei um monte. Passei o sábado à noite chorando na cama da minha irmã enquanto ela via um seriado sobre zumbis. Mas aí voltei para casa ontem à noite e... estou bem."

"Aham", Mila faz. "Você se espalhou na cama? Bebeu uma taça de vinho e tomou um banho sem ninguém pra te incomodar?"

Mila está com Christina, sua companheira, há cinco anos. Elas têm gêmeos de três anos de idade. Alguma coisa me diz que ela acaba de descrever uma fantasia sua.

"Não exatamente", respondo. "Eu só... cheguei e fui para a cama, basicamente."

Ela estaciona em uma vaga perto da entrada, e nós descemos.

"Se fosse eu", ela diz, "estaria achando o máximo. Um ano pode parecer muito tempo, mas passa rapidinho. Agora você tem liberdade! Pode viver a vida. Pode deixar tudo cheiroso. Pode comprar uma colcha florida."

"A Christina não deixa você ter uma colcha florida?"

"Ela detesta estampas floridas. Adora flores. Odeia motivos florais."

Parece bobagem, mas uma colcha florida de repente passa a ser uma coisa que sinto vontade de ter. Nunca morei sozinha depois de adulta. Mas agora posso comprar um cobertor com uma flor enorme no meio. Ou um laço de fita. Ou, sei lá, qualquer coisa de mininha que os homens não gostam. É isso que eu quero. Quero me cercar de feminilidade. Não preciso justificar meus gastos para ninguém. Não preciso argumentar sobre a necessidade de ter um edredom novo. Posso simplesmente ir e comprar.

"Que diabos eu fiquei fazendo?", digo para Mila quando entramos na fila. "Por que não comecei a redecorar a casa assim que ele saiu?"

"Pois é!", Mila responde. "Você precisa ir às compras assim que sair do trabalho. Compre todas as porcarias que sempre quis ter, mas sempre achou bobagem."

"Vou fazer isso mesmo!", garanto.

Mila bate a mão na minha. Comemos nossos sanduíches e conversamos sobre outras coisas. Só voltamos a mencionar Ryan quando Mila para o carro depois de chegarmos ao campus.

"Estou morrendo de inveja", ela comenta. "Se a Christina fosse embora, eu acenderia uma vela com aroma de baunilha em cada canto da casa. Passaria pelos cômodos e" — ela respira fundo e solta o ar pela boca — "ahhhh." Em seguida continua, como se fosse uma coisa que tivesse acabado de lhe passar pela cabeça: "Você não precisa usar mais calcinhas sensuais e desconfortáveis. Pode viver de lingerie confortável."

Eu dou risada. "Você não usa lingeries confortáveis?"

"Uso sutiã de renda com uma calcinha combinando todos os dias", Mila revela. "Sei como manter minha mulher *feliz*." Então ela recua. "Não quis dizer que você não... desculpa. Era só uma brincadeira."

Dou risada outra vez. "Tudo bem. Ainda não me recuperei da surpresa de saber que você usa lingeries sensuais todos os dias."

Mila dá de ombros. "Ela gosta. E eu gosto que ela goste. Mas, puxa, que inveja de você, que vai poder usar calcinhas de vovó agora."

"Eu acho que nem tenho calcinhas de vovó", conto. "Tipo, uso as lingeries normais do dia a dia de qualquer pessoa. Ah, espera", digo ao me lembrar de uma coisa. "Tem uma calcinha que não uso mais porque o Ryan sempre tirava sarro. Dizia que era minha calcinha paraquedas."

"Supergigante? Cobertura total? Parece que você está sentada numa nuvem?"

"Eu adorava!"

"Então veste quando chegar em casa, menina. A hora é agora."

A hora é agora. Sim, isso mesmo.

Depois do trabalho, compro um travesseiro branco, grande e fofinho, duas colchas listradas e um edredom rosa com o desenho de uma papoula enorme no meio. Olho para a cama e penso que parece saída diretamente das páginas de uma revista. Ficou linda.

Tomo um banho, usando toda a água quente e cantando a plenos pulmões porque ninguém vai ouvir. Depois que saio do chuveiro, me enxugo com uma toalha e vou para o quarto. Remexo na primeira gaveta da cômoda, passando pelas calcinhas estilo biquíni e eventuais modelos fio-dental e, então, a encontro. Minha calcinha paraquedas.

Eu visto e fico parada no meio do quarto. Não parece uma coisa tão mágica como era na minha lembrança. É só uma roupa de baixo como qualquer outra. Vou me ver no espelho. Então, era disso que Ryan estava falando. A peça fica frouxa na virilha e na bunda. Juntando isso com a cintura que vai até acima do umbigo, parece que estou de fralda.

Me viro para a cama com um olhar renovado. Eu nem gosto de estampas floridas. O que estou fazendo? Gosto de azul. De amarelo. De verde. Não gosto de rosa. Nunca na minha vida gostei de rosa. Essa "liberdade" logo começa a parecer uma coisa insignificante. É com isso que eu estava empolgada? Comprar uma coberta florida? Usar calcinha larga?

Mila não pode acender velas em casa porque Christina não gosta, e a felicidade de Christina é mais importante que as malditas velas. Essa é a grande verdade. Mila não está acorrentada a ela. Estão juntas porque querem. Mila prefere ter sua companheira a ter velas. Estaria infeliz sem ela, e as velas seriam só um consolo. Tudo aqui se resume a isso. Um consolo.

Uma coisinha mínima em uma situação que é uma verdadeira merda.

Charlie me liga tarde da noite um dia. Não muito, mas o suficiente para ser um horário incomum. Vou correndo até o telefone, com o coração aos pulos. Minha mente está convencida de que é Ryan. Tem uma mancha de café na minha camiseta. Está assim há dias. Quando não tem ninguém pra ver nossa sujeira, descobrimos o quanto toleramos estarmos sujos.

Quando olho o identificador de chamadas do telefone e vejo que é Charlie, e não Ryan, fico surpresa ao notar como isso me deixa triste. De verdade. Mas, logo em seguida, vem a preocupação. Porque Charlie nunca liga. Ele não está nem no mesmo fuso horário que eu.

Charlie se mudou de Los Angeles na primeira oportunidade. Foi fazer faculdade no estado de Washington. E depois de se formar, se mudou para o Colorado. Por algum motivo, no ano passado, foi parar em Chicago. Não duvido que, em breve, ele apareça no canto mais escondido do Maine.

"Charlie?", atendo.

"Oi", ele diz. A voz de Charlie é áspera e rouca. Ele passou a adolescência fumando escondido. Assim que Rachel e eu descobrimos, quando ele tinha uns dezessete anos, não conseguíamos acreditar. Além de ser fumante, ele ocultou isso de nós. Até entendíamos que não quisesse contar para minha mãe, mas para nós? Por que não contou para nós? Ele largou o cigarro alguns anos atrás. "Eu acordei você?"

"Não", respondo. "Estou acordada. Como vão as coisas? Como você está?"

"Tudo bem comigo", ele diz. "Estou bem. E você?"

"Ah", eu faço, respirando fundo enquanto decido o que quero dizer e como. "Estou bem", eu falo. Acho que, no fim das contas, não quero dizer nada.

"Bem?"

"É, bem."

"Bom, não foi isso que eu ouvi dizer. Me disseram que você está no meio de um D-I-V-Ó-R-C-I-O."

Porra, Rachel.

"Foi a Rachel que contou?"

"Não", Charlie responde, começando a se explicar.

"Só pode ter sido a Rachel. Ninguém mais sabe."

"Relaxa, Lo. Foi o Ryan que me falou."

"Você conversou com o Ryan?"

"Ele é meu cunhado. Pensei que tivesse permissão para falar com ele."

"Não, é que…"

"Eu liguei, e ele me falou que vocês estão em processo de D-I-V-Ó--R-C-I-O."

"Por que você fica soletrando a palavra em vez de falar? E a gente não está se divorciando. Foi isso que o Ryan falou? Que estamos no meio de um divórcio?" Até eu consigo notar o pânico e o frenesi na minha voz.

"Ele disse que vocês estão dando um tempo. E, quando perguntei se vocês estão em fase de separação, ele respondeu que sim, claro."

"Bom, não é assim tão simples, né? Não é, tipo, uma separação formal."

"Lauren, você conhece algum casal que voltou a ficar junto depois de se separar? Todo mundo acaba se divorciando depois disso."

"O que você quer, Charlie? Está ligando só para saber se eu quero me matar?"

"Na verdade, são duas coisas. Liguei para saber se você estava bem. Se eu posso ajudar de alguma forma."

"Estou bem, obrigada", respondo. "Qual é a segunda coisa?"

"Bom, aí é que a coisa se complica."

"Que promissor", comento, já voltando à cama.

"Um dos motivos para eu ter ligado para o Ryan é porque a mamãe decidiu dar uma festa surpresa para você."

Só pode ser alguma brincadeira sem graça da parte dele. "Muito engraçado", retruco.

"Não, cara. É sério."

"Por que ela faria isso?" Já não estou mais na cama. Ando de um lado para o outro, como costumo fazer quando estou nervosa.

"Ela acha que a gente não faz muitas coisas tradicionais em família, pelo que entendi. E quer dar uma festa."

"Na casa dela?"

"Na casa dela."

"E onde você entra nisso?"

"Bom, ela me comprou uma passagem para eu ir."

"Você vai vir de Chicago só para comemorar meu aniversário de trinta anos?"

"Eu não faria isso se tivesse que pagar pela passagem, pode acreditar."

"Você é mesmo um doce de pessoa."

"Não é isso, é que eu odeio aniversários. Você sabe. Tentei explicar isso para a mamãe. Ela se recusa a ouvir. E você teve sorte de eu ter falado com o Ryan antes. Ela disse que ia ligar para ele amanhã, e eu disse que podia deixar isso comigo, já que a gente não se falava fazia tempo. O que, no fim, foi bom, porque com certeza a mamãe não ia gostar de ficar sabendo de tudo da mesma forma que eu descobri."

"A Rachel já sabe?"

"Da festa?"

"É."

"Duvido. A mamãe me contou só hoje. Disse que tudo dependia de eu poder ir ou não, e se o Ryan poderia levar você até a casa dela com uma desculpa qualquer, por isso liguei para ele."

"Deve ter sido uma conversa bem constrangedora", comento, finalmente começando a me acalmar, por algum motivo. "Com o Ryan."

"Não foi das melhores mesmo. Mas ele perguntou de você."

"Ah, é?"

"É, perguntou como você estava. E eu tive que dizer: 'Cara, ninguém tinha me contado que vocês tinham terminado. Como é que eu vou saber?'."

Nós dois damos risada, mas, logo em seguida, sinto necessidade de esclarecer a situação: "A gente não terminou, na verdade".

"Sei", Charlie retruca. "Então, escuta só. Você precisa contar para a mamãe antes da festa. Ela vai querer saber onde está o Ryan, e o clima vai ficar péssimo. Enfim, só queria te avisar. Tipo, você tem três semanas para fazer isso. Não é pouco tempo."

"Beleza", respondo. "Ei, que legal que você vai vir para casa."

"Pois é", ele diz. "Vai ser bom rever vocês." Depois de um instante de silêncio, ele acrescenta: "Além disso, Lauren, sei que você tem a Rachel e tal, mas... pode contar comigo também. Eu sempre vou te apoiar. Eu te amo, sabia?"

O fato de meu irmão ser bem babaca às vezes é parte do motivo pelo qual ele consegue fazer com que eu me sinta muito melhor. Para ele dizer que me ama, só pode ser verdade. Quando ele diz que sempre vai me apoiar, é porque vai mesmo.

"Valeu", respondo. "Obrigada. Eu vou ficar bem."

"Está zoando com a minha cara? Claro que vai, nem precisava dizer", ele responde, e na voz dele isso soa mais verdadeiro que das outras vezes que ouvi essa frase.

Desligamos o telefone, e eu volto para a cama. Apago a luz, abraço Thumper e começo a cochilar, mas o celular toca de novo. Já sei quem é antes mesmo de olhar para a tela.

"Oi, Rach", atendo.

"A mamãe vai fazer uma festa surpresa para você", ela me diz. Pelo seu tom de voz, está na cara que está se divertindo um bocado com a minha situação constrangedora.

"Eu sei", respondo. "Acabei de falar com o Charlie."

"Ela vai pagar a passagem para o Charlie vir."

"Eu sei", respondo. "Acabei de falar com ele."

"E vai pagar a passagem para a vó Lois também. E para o tio Fletcher."

"Disso eu não sabia."

"Pelo jeito, ela quer apresentar o namorado novo dela para todo mundo."

"Ela arrumou um namorado novo?"

"Você por acaso fala com ela?"

De fato, não ligo para a minha mãe há semanas. Ela mora a meia hora da minha casa, mas é bem fácil evitar uma pessoa se você nunca atende às ligações dela.

"O nome dele é Bill. Ao que parece, é mecânico."

"É o mecânico dela?"

"Sei lá", Rachel responde. "Que diferença isso faz?"

"Não sei", digo. "Só não consigo imaginar a mamãe dando em cima do cara que arruma o carro dela."

"Ela disse que ele é gostosão."

"Gostosão?"

"É, foi isso que ela falou."

"Que coisa mais esquisita."

"Sim, é totalmente esquisito, de uma forma legal."

"Eu vou dormir", interrompo. "Preciso deixar meu subconsciente lidar com tudo isso nos sonhos."

"Certo", diz Rachel. "Mas você precisa avisar à mamãe que se separou, né? Tipo, antes da festa. Caso contrário, vai ser um desastre."

"Quando foi a última vez que ela deu uma festa?", pergunto a Rachel.

"Não faço ideia. Acho que no início dos anos noventa."

"Pois é. Vai ser um desastre de qualquer forma, não importa o que eu faça."

"Você acha que ela vai usar a poncheira?"

"Quê?"

"Não é a cara da mãe ter uma poncheira?"

Por alguma razão, essa é a coisa mais engraçada que ouvi hoje. Minha mãe com certeza deve ter uma poncheira.

"Certo, agora preciso ir dormir."

"E serpentina. Com certeza vai ter serpentina."

"Já estou na cama."

"Quer tentar adivinhar quantos rolos de serpentina?"

"Isso não faria sentido. Precisa ter muita serpentina pra que dê certo essa decoração."

"Ah, é. Aposto cinco dólares que vai ter serpentina."

"Eu vou dormir", aviso pela última vez.

"Tá bom. Só estou dizendo... cinco dólares na mesa que vai ter serpentinas. Quer apostar ou não quer?"

"Você está maluca?"

"Quer ou não quer?"

"Quero", respondo. "Está apostado. Boa noite."

"Boa noite!", Rachel enfim se despede e desliga o telefone. Deito a cabeça no travesseiro e sinto o cheiro de Thumper. Ele está bem fedido. Os cachorros são todos fedorentos, mas para mim é maravilhoso sentir o cheiro de Thumper. Para mim, seu cheiro é o paraíso. Fecho os olhos e começo a pegar no sono. Meu cérebro tenta absorver todas as notícias recentes. Sonho que estou chegando à minha festa e todo mundo grita "Surpresa!". Vejo minha mãe junto com um cara vestido como piloto de carros de corrida. Rachel e Charlie estão lá. E, quando a gritaria termina, dou uma olhada nos convidados e vejo Ryan. Ele vem até mim. E me beija. E me diz: "Eu jamais perderia o seu aniversário".

Quando acordo, sei que foi tudo um sonho. Mas é inevitável não sentir a esperança de que, talvez, de repente, possa ter sido uma premonição.

"Então, querida, quais são os planos para o seu aniversário? Os trinta estão chegando!", minha mãe diz quando atendo o telefone. Seu tom de voz é de animação. Minha mãe está sempre animada. É o tipo de mulher que raramente assume que está infeliz, que se acha capaz de enganar o mundo inteiro com um sorriso.

"Hã", digo. Será que tenho chance de evitar essa calamidade? Eu poderia dizer que já tenho planos, para fazê-la desistir dessa história toda. Mas ela já comprou a passagem de Charlie. O tio Fletcher também vem. "Não, nada. Estou livre", respondo, um tanto resignada.

"Ótimo! Por que você não vem aqui com o Ryan, que eu preparo um jantar para vocês?" Ela diz isso como se fosse resolver todos os problemas do mundo. Minha mãe quase nunca cozinhava para nós quando éramos mais novos. Simplesmente não tinha tempo. Além de trabalhar em tempo integral como corretora de imóveis, ela precisava levar e buscar os três filhos na escola e ajudar nas lições de casa, por isso pedíamos bastante pizza. E ficávamos com várias babás. E víamos muita TV. Não porque ela não nos amava. Mas porque é impossível estar em mais de um lugar ao mesmo tempo. Se minha mãe pudesse ir contra as leis da física, ela faria isso. Porém, não era possível. Então, apesar de saber que ela não vai fazer jantar nenhum, que isso é só um pretexto, a ideia de uma refeição caseira preparada pela minha mãe me agrada. Não em termos de nostalgia, mas de novidade. Como se eu visse um pato usando calça.

"Certo, parece uma boa ideia", digo. Sei que o momento é este. Preciso avisar que irei só. É minha oportunidade de tocar no assunto.

"Ah, eu queria perguntar", minha mãe se manifesta primeiro. "Tudo bem se eu convidar o Bill, meu namorado?"

Ouvir minha mãe de cinquenta e nove anos usar a palavra *namorado* é meio desconcertante. Precisamos de uma nova palavra para descrever relacionamentos entre pessoas mais velhas. O vocabulário não deveria evoluir com o tempo? Quem está encarregado de resolver essa questão?

"Ah, não, tudo bem. Inclusive, eu ia te avisar que o Ryan não vai poder ir."

"Quê?" A voz antes despreocupada da minha mãe se torna mais aguda.

"Bom, o Ryan está..."

"Quer saber? O que vocês decidirem está bom para mim. Às vezes, eu fico ansiosa demais para ver vocês o tempo todo."

"Ah, sim", digo. "E eu sei que o Ryan..."

"Eu quero muito que ele conheça o Bill também", minha mãe interrompe. "Quando surgir a oportunidade. Sei que vocês são ocupados. Mas um dos filhos do Bill é casado com uma tremenda megera, e eu vivo dizendo como eu tirei a sorte grande com o Ryan. Acho que não é a mesma coisa, genros e noras, mas acho que o Ryan se incorporou muito bem à família. Por outro lado, isso me deixa preocupada. Quem será que a Rachel vai escolher? Ou pior! O Charlie. Juro para você, esse menino pode ter uns dez filhos espalhados por seis estados, e a gente nunca ficaria sabendo. Mas você, minha menina, você soube escolher."

Isso é uma das coisas que a minha mãe sempre me diz. É sua maneira de elogiar Ryan e a mim ao mesmo tempo. Quando nos casamos, ele costumava tirar sarro de mim por isso. "Você escolheu tão bem!", ele dizia a caminho da casa dela. "Tão bem, Lauren!"

"É", eu digo. "Pois é."

E, com essa dupla afirmativa, eu me afundo ainda mais. Não posso contar agora. Nem nunca.

"Então, o que o Ryan tem a fazer que é mais importante que o aniversário da mulher dele?", minha mãe questiona, de repente se dando conta de que tem alguma coisa errada na situação.

"Hã?", pergunto, tentando ganhar tempo.

"Como é que ele pode perder o seu aniversário?"

"Pois é. Ele precisa trabalhar. É um projeto grande. Superimportante."

"Então vocês vão comemorar num outro dia?"

"É. Isso mesmo."

"Ora, que ótima notícia!", ela diz, mais uma vez soando toda satisfeita. "Vou ter você só para mim. E você vai poder conhecer o Bill!"

"Sim, estou animada também por isso. Não sabia que você estava namorando."

"Ah", minha mãe diz. "Espera só para ver. Você vai ficar de queixo caído. Ele é um charme." Praticamente consigo ouvir o rosto dela ficando vermelho.

Eu dou risada. "Que ótimo."

"Então vamos ser eu, você e o Bill?", minha mãe confirma.

"Bom, que tal a Rachel?", sugiro. Não sei por que estou entrando nesse jogo. Sei que o mundo inteiro vai estar lá.

"Claro", minha mãe responde. "Adorei. Minhas meninas e o meu homem."

Argh. Minha mãe não sabe como é estranho ouvi-la falar essas coisas. Quer dizer, talvez até saiba, mas não deve ser uma questão para ela. Credo.

"Vamos deixar de lado um pouco essa coisa de 'meu homem'", digo, dando risada.

Ela ri também. "Ai, Lauren", ela responde. "Para de se reprimir!"

"Eu não sou reprimida, mãe."

"Bom, então se solta mais", ela me diz. "E me deixa ser um pouco ridícula. Estou apaixonada."

"Que maravilha, mãe. Fico muito feliz por você."

"Diz para o Ryan que ele vai conhecer o Bill em breve!"

"Pode deixar, mãe. Te amo."

Desligo o telefone e seguro a cabeça entre as mãos.

Sou uma mentirosa de marca maior. Uma cara de pau.

As duas semanas seguintes são difíceis. Não vou a lugar nenhum. Passo a maior parte do tempo na cama. Faço vários passeios com Thumper. Rachel me liga toda noite lá pelas seis horas para me convidar para jantar fora. Às vezes, aceito. Às vezes, recuso. Não planejo nenhum programa com as amigas.

Vejo bastante televisão, em especial à noite. Descubro que deixar a TV ligada na hora de dormir torna mais fácil esquecer que estou sozinha em casa. Pego no sono com mais facilidade. E então, quando acordo, as coisas não parecem tão desoladoras e mortas de manhã por causa do som dos programas matinais.

Eu me pergunto o tempo todo se Ryan está indo bem. Será que está pensando em mim? Que sente minha falta? O que estará fazendo com seu tempo livre? Onde será que está morando? Várias vezes já peguei o celular para mandar uma mensagem para ele. Fico pensando que não tem problema nenhum ele saber que estou pensando nele. Mas nunca mandei mensagem nenhuma. Ele me pediu para não fazer isso. Nunca sei se não apertar o botão de enviar é uma coisa positiva ou negativa. Não sei se não estou falando com ele porque acredito nessa ideia de dar um tempo ou porque acho que uma simples mensagem não vai fazer a menor diferença. Sei lá.

Imaginei que, depois de algumas semanas, quando Thumper e eu nos acostumássemos a um novo ritmo de vida, eu já teria resolvido certas questões. Contudo, me sinto tão em dúvida agora quanto antes de ele ir embora.

Para ser sincera, acho que esperava que, assim que Ryan saísse de casa, eu me daria conta de que não consigo viver sem ele, e ele chegaria à mesma conclusão em relação a mim, e que nós voltaríamos correndo um para o outro, ansiosos para ficarmos juntos novamente. Nos meus sonhos mais loucos, eu imaginei nós dois nos beijando sob a chuva. Imaginei que voltaria a me sentir como éramos aos dezenove anos.

Mas estou vendo que não vai ser nada fácil. As mudanças, pelo menos na minha vida, costumam acontecer num fluxo mais lento e constante. Não numa avalanche. Mais como um efeito bola de neve. Acho que não deveria usar o inverno como metáfora para explicar a minha vida. Só vi neve de verdade três vezes desde que nasci.

Tudo isso serve para eu entender que preciso ser paciente. E eu consigo ser assim. Posso esperar para ver. Já se passaram quatro semanas e meia. Agora faltam quarenta e sete e meia. Talvez, então, eu consiga viver esse momento na chuva. Talvez o meu marido volte correndo para mim, me amando com a mesma intensidade de quando tínhamos dezenove anos.

Na noite do meu aniversário, Rachel toca a campainha de casa pontualmente às seis e meia.

"Então", ela diz enquanto entra. "O tio Fletcher vai dormir no sofá da casa da mamãe. A vovó Lois, pelo jeito, se recusou a ficar lá e decidiu se hospedar no Standard."

"No Standard? Aquele em West Hollywood?", questiono. Rachel assente. O Standard é um hotel moderninho na Sunset Strip. Tem nichos de plástico transparente pendurados no teto em vez de cadeiras para sentar. A piscina fica cheia de uma garotada de vinte e poucos anos com trajes de banho caríssimos e óculos escuros ainda mais caros. Atrás do balcão da recepção, tem uma gaiola de vidro com jovens modelos pagas para ficarem deitadas lá dentro sem fazer nada, só estão lá para as pessoas olharem para elas. É isso mesmo.

"Que diabos a vovó vai fazer no Standard?", pergunto a Rachel.

Ela não consegue parar de rir. "Você vai demorar muito para ficar pronta?"

"Não", respondo, indo procurar um calçado. "Mas, sério mesmo, como ela foi parar nesse lugar?", grito do quarto.

"Ao que parece, uma amiga da vó falou para ela sobre o Priceline", Rachel explica.

"Aham", faço enquanto procuro debaixo da cama pela outra sandália.

"Ela entrou no site e clicou na região do mapa que fica na metade do caminho entre a nossa casa e a da mamãe." Rachel mora perto de mim em Miracle Mile, e a minha mãe, depois de os filhos saírem de casa, encontrou um lugar menorzinho para ela nas colinas. Minha avó poderia tranquilamente se hospedar na casa de qualquer uma de nós. Estamos no máximo a vinte e cinco minutos de carro umas das outras, se usarmos as vias menos movimentadas. E nós sempre usamos as vias menos movimentadas. Eu diria, inclusive, que encontrar o trajeto mais exótico de um lugar para o outro é a atividade mais competitiva dentro da minha família. Por exemplo: "Ah, você atravessou o Laurel Canyon inteiro? É mais rápido cortar pelo Mount Olympus."

"Certo", digo. Encontrei a sandália! Volto para a sala de estar.

"E ela disse que estava a fim de gastar."

"Entendi."

"E que ficaria em qualquer hotel que coubesse no bolso dela."

"Tá certo, mas o Standard não é nada barato."

"Bom, então ela deve estar disposta a gastar bem. Porque é lá que vai ficar."

"Ela devia estar esperando, sei lá, um Hilton ou coisa do tipo, né?"

"É isso que eu acho."

Começo a gargalhar. Minha avó é uma velhinha bem bacana. Sabe muito bem distinguir as coisas. Mas tem uma postura deliciosamente ranzinza em relação a coisas que considera "palhaçadas". Na última vez em que a vi, contei que Ryan e eu costumávamos pedir pizza por um aplicativo no celular, e ela me disse: "Querida, isso é palhaçada. É só pegar o maldito telefone e ligar."

"Ela não vai gostar de ver a menina atrás da parede de vidro."

"Não mesmo", Rachel concorda, aos risos.

"Certo, estou pronta. Vamos acabar logo com isso." Abro a porta para Rachel e faço um aceno de despedida para Thumper.

"Feliz aniversário, aliás", Rachel me diz quando vamos para o carro.

"Obrigada."

"Recebeu minha mensagem de voz de aniversário?", ela pergunta.

"Sim", respondo. "A mensagem de voz, a de texto, o e-mail e o post no Facebook."

"Eu não faço nada pela metade."

"Obrigada", repito para ela enquanto entramos no carro.

Foi bom receber desejos de felicidade o dia todo. Recebi e-mails de amigos. Mila me levou para almoçar num restaurante tailandês. Minha mãe me ligou. Charlie me ligou. Foi um dia bom. Mas meu cérebro quase não consegue deixar de pensar que Ryan não me ligou. Não deveria ficar surpresa. Ele me avisou que não ligaria. Mas não consigo pensar em outra coisa. Toda vez que meu celular apita ou que recebo um e-mail, sinto uma ponta de esperança. Talvez ele não resista e se sinta obrigado a ligar. Talvez queira ouvir minha voz.

Sem a presença do Ryan, não parece um aniversário de verdade. Era para ele ter me acordado dizendo: "Parabéns, aniversariante do dia!", como faz todos os anos. E era para ele ter me levado para tomar café da manhã em algum lugar. E ter me mandado flores no trabalho. E ido até lá para ir almoçar comigo. Ele se empenhava um bocado em comemorar meu aniversário. Principalmente porque sabe que eu odeio esse tipo de data. Não gosto de ser pressionada a me divertir. Não gosto de ficar mais velha. Por isso ele me mantinha distraída o dia todo com presentes especiais e ideias criativas. Teve um ano que ele me mandou oito cartões de aniversário no trabalho, um para cada hora em que eu estivesse por lá.

Era para Ryan me fazer um jantar hoje à noite também. Era para ele ter feito o "macarrão com camarões mágicos", que, até onde eu sei, só leva aqueles camarõezinhos mais comuns que são vendidos em pacotinhos congelados no supermercado. Mas sempre fica uma delícia. E nós só comemos isso no meu aniversário, o que sempre me deixa ansiosa para a chegada do meu aniversário. Porque sei que vou comer o "macarrão com camarões mágicos".

Ele conseguia me fazer sair da minha própria cabeça. Sabia como me deixar contente, como me tornar uma pessoa mais feliz. E onde está ele agora?

Por um breve momento, imagino que ele pode estar lá. Talvez ele esteja na festa. Talvez todo mundo saiba, menos eu. Talvez ele esteja me esperando.

Rachel liga o rádio, expulsando esses pensamentos da minha cabeça. Eu fico grata. Quando saímos da via expressa, ela abaixa o volume.

"Não vai ser tão ruim", ela comenta quando chegamos ao bairro da minha mãe.

"Não mesmo, eu sei", respondo. "Vai ser como ver um show de comédia sem graça. Uma coisa insuportável, mas que não chega ser uma perda de tempo completa."

"Certo e, se isso serve de consolo, todas essas pessoas estão aqui porque te amam."

"Certo."

Rachel estaciona na frente da casa da minha mãe. Ela esterça as rodas e puxa o freio de mão. As ruas do bairro são inclinadas e cheias de buracos. É preciso tomar cuidado ao estacionar e olhar por onde anda. Pela janela do carro, vejo a casa da minha mãe. Ela não saberia esconder que está dando uma festa nem que sua vida dependesse disso. Consigo ver o contorno da careca do tio Fletcher por trás da cortina da sala de estar.

"Muito bem", digo. "Lá vamos nós."

Rachel e eu caminhamos até a porta da frente e tocamos a campainha. Acho que é essa a senha. Todo mundo fica em silêncio lá dentro. Não sei quantas pessoas estão na casa, mas dá para sentir uma bela diferença no ambiente quando todos ficam quietos.

Ouço minha mãe se aproximar da porta. Ela abre e sorri para mim. Não sei por que fiquei tão emotiva durante o trajeto de carro. Ryan não preparou o "macarrão com camarões mágicos" nos meus dois últimos aniversários. Na última vez, tivemos uma discussão a respeito do ponto do camarão, e ele nunca mais fez.

Rachel e minha mãe me lançam olhares cheios de expectativas, e então acontece, de uma forma mais barulhenta e agressiva que eu poderia imaginar.

"SURPRESA!"

Eu já estava esperando, e mesmo assim levei um susto. Tem tanta gente. É uma coisa sufocante. Tantos olhos sobre mim, tantas pessoas me olhando. E nenhuma delas é Ryan.

Começo a chorar. E por algum motivo, talvez por saber que não posso chorar porque assim vou estragar tudo, levanto a cabeça e sorrio, segurando as lágrimas. "Ai, meu Deus! Não acredito! Estou me sentindo a mulher mais especial do mundo!"

Quando a agitação diminui, a situação fica mais fácil de ser administrada. As pessoas param de olhar para mim. Se viram umas para as outras e conversam. Vou até a cozinha pegar uma bebida. Estou esperando encontrar vinho ou cerveja, mas dou de cara com uma poncheira em cima da bancada.

Charlie se aproxima por trás de mim. "Dei uma batizada nisso", ele conta. Eu me viro para olhá-lo. Está com a mesma aparência da última vez que o vi, alguns meses atrás. Ele ficou mais cheinho na adolescência, cresceu para os lados em vez de para cima. Parece ter desistido de se barbear, e o cabelo oleoso indica que parece ter desistido de usar xampu também, mas os olhos azuis continuam brilhando intensamente. É tão bom ver o rosto do meu irmão diante de mim. Dou um abraço nele.

"Estou muito feliz de ver você", eu falo. "Essa festa esquisita pelo menos trouxe você pra cá."

"Pois é", Charlie responde. "Como você está?"

"Estou bem", digo, balançando a cabeça. Ainda não me sinto confortável no papel da pessoa em crise. Em geral é Charlie quem está vivendo algum drama. Sou eu quem deveria estar ouvindo sobre seus problemas, não o contrário.

"Certo", ele diz, parecendo contente em deixar a conversa por isso mesmo. Deve se sentir estranho sendo o ombro amigo, sendo que esse papel costuma ser o meu.

"Então, como foi a viagem?", pergunto.

Charlie abre a geladeira e pega outra cerveja. Ele não me olha nos olhos. "Tranquilo", responde, tirando a tampa da garrafa, arremessando-a no lixo praticamente com um único movimento. Às vezes, fico preocupada com o fato de ele lidar com tampinhas de garrafa com tanta eficiência. É uma coisa que exige prática, e meu medo é que ele esteja praticando demais.

"Você está escondendo alguma coisa", comento. Pego a concha da poncheira e sirvo um pouco da bebida num copo de plástico transparente. Tenho certeza de que minha mãe comprou tudo isso na Party City.

"Não é nada, não. O voo foi tranquilo. Você viu as serpentinas na sala de jantar?"

"Está falando sério?", pergunto, derrotada. "Estou devendo cinco dólares para a Rachel, então." Dou um gole no ponche. Está forte. Um horror. "Ai, meu Deus, você batizou isso mesmo."

"Claro que sim. Foi o que eu acabei de falar." Charlie passa por mim ao sair da cozinha, voltando para a sala de estar. Dou mais um gole e sinto o líquido descer queimando. Por alguma razão, continuo com a bebida na mão, como se fosse um escudo contra o interrogatório que vem pela frente. E, então, é minha vez de voltar para a sala.

Vai começar.

"Então, cadê o Ryan?", pergunta Tina, a melhor amiga da minha mãe. Invento alguma coisa relacionada a trabalho.

Depois é a vez de Martin, um primo de segundo grau, vir com um "Como estão as coisas com o Ryan?". Respondo que está tudo bem.

Não tem muita gente amiga minha aqui. Por exemplo, Mila não foi convidada. Só estão presentes os amigos da minha mãe e quase toda minha família. Passo meia hora recebendo parabéns e me esquivando de perguntas sobre Ryan como se fossem balas disparadas na minha direção. Mas sei que a pessoa a ser temida de verdade é minha avó Lois. É ela quem faz as perguntas mais sérias. É como no jogo de videogame do Super Mario Bros.: todos os parentes com boas intenções são as tartarugas e os cogumelos do mal de que eu devo me desviar ou pular em cima, enquanto minha avó é o rei Koopa, me esperando para o confronto final. O que acho mais reconfortante nessa analogia é que os meus Luigis são Rachel e Charlie. Eles, inclusive, vão ter que lidar com a mesma situação em algum momento no futuro. Talvez com eles seja diferente, mas, no fim, vai ser quase a mesma coisa.

Seja como for, resolvo que é melhor encarar a situação logo de uma vez, então vou procurar minha avó. Quando a encontro, ela está sentada sozinha no sofá. Dou mais um gole caprichado no ponche antes de sentar ao lado dela. A bebida machuca minha garganta à medida que desce.

"Oi, vó", digo, dando um abraço nela, que mal consegue levantar do sofá, então preciso tomar toda a iniciativa. Na minha opinião, quando a pessoa envelhece, o corpo pode assumir duas formas: agradavelmente rechonchudo ou elficamente magro. Minha avó ficou agradavelmente rechonchuda. Seu rosto é redondo e simpático. Os olhos mantêm o brilho de sempre. Os cabelos são branquinhos e bagunçados. Ela guarda certa semelhança com a Mamãe Noel.

Sento um pouco perto demais dela, e o meio do sofá começa a afundar. Estamos ambas escorregando para o centro do móvel. Mas tenho medo de parecer indelicada se me afastar.

"Querida, chega mais para lá", minha avó me pede. "Você está me fazendo escorregar no sofá."

"Ah, desculpa, vó", respondo, deslizando para o lado. "Como é que você está?"

"Bom, o câncer está voltando, mas fora isso estou bem." Minha avó está sempre com câncer. Na verdade, nem sei o que isso significa. Ela nunca esclarece a questão. Só diz que tem câncer e, quando começamos a perguntar a respeito, não explica que tipo de câncer nem qual é o diagnóstico. Isso começou quando meu avô morreu, seis anos atrás. No começo, nós brigávamos com ela toda vez que dizia isso, mas agora deixamos para lá. É uma esquisitice de família que nem percebo mais, a não ser quando tem alguém de fora presente. No Dia de Ação de Graças de alguns anos atrás, convidamos Shawn, um amigo de Ryan, para jantar conosco, e, no caminho de volta para casa, ele ficou perguntando: "Sua avó tem câncer? Ela está bem?". Foi quando me dei conta de que provavelmente pareceu um absurdo para ele que minha avó tivesse anunciado ter câncer para a família toda e ninguém deu bola. Minha sensação é que ela deseja estar com câncer para poder se juntar ao meu avô em breve.

"E as coisas em casa, estão bem? Com o tio Fletcher?", pergunto.

"Está tudo bem. Minha vida é um tédio, Lauren. Pode parar de perguntar sobre mim. O que eu quero saber é..." Lá vem. O momento que eu vinha temendo. Lá vem. "Quando você e o seu marido bonitão vão me dar um bisneto?"

"Bom, você sabe como essas coisas são, vó", digo, dando um gole no ponche para ganhar tempo.

"Não, querida, eu não sei. Você tem trinta anos. Não tem mais a vida inteira pela frente."

"Eu sei", respondo.

"Estou tentando não encher o saco. Só lembre que não vou continuar aqui para sempre, e quero conhecer esse pacotinho antes de partir."

Tendo câncer ou não, minha avó tem oitenta e sete anos. Pode não ter mais muitos anos pela frente. De repente, me dou conta de que sou sua única esperança de ter um bisneto. O tio Fletcher não tem filhos. Rachel também não vai ter num futuro próximo. E Charlie? Até parece. Como meu casamento virou um fracasso colossal, pelo fato de estar tão distante do meu marido que não sei nem onde ele mora, essa chance pode não se concretizar. Eu. Eu sou a razão de ela não conhecer a próxima geração da família. Poderia proporcionar isso a ela se estivesse num casamento saudável, se estivesse numa relação bem-sucedida.

"Enfim", continuo, dando um último gole no meu ponche. "Vou conversar com o Ryan."

"O seu avô me falou que não estava pronto para ter filhos, sabia?"

"Ah, é?", pergunto, aliviada por não estarmos mais falando de mim. "E como foi que aconteceu, então?"

"O que ele poderia fazer?", minha avó rebate. "Estava na hora de ter filhos."

"Simples assim, é?"

"É." Minha avó me dá um tapinha no joelho. "As coisas são bem mais simples do que vocês jovenzinhas pensam. Inclusive sua mãe. Quer dizer, às vezes."

"Minha mãe parece estar bem", comento. Olho para o outro lado da sala e a vejo conversando com um cara mais velho. É alto e bonito, no estilo coroa enxuto. Está olhando para ela como se minha mãe tivesse um segredo e ele quisesse saber qual é. "Aquele é o Bill, né?"

Minha avó espreme os olhos. "Eu estou sem óculos", ela diz. "É um bonitão?"

"É", respondo. "Num estilo coroa."

"Praticamente um jovem, você quer dizer", ela brinca.

"É", digo. "Foi isso que eu quis dizer."

"Se estiver olhando para ela como alguém de dieta encara um hambúrguer, então sim. Esse é o Bill. Fomos apresentados hoje, e ele ficava trocando olhares com a sua mãe como se fossem dois adolescentes."

"Ah, que gracinha!", comento.

Minha avó desmerece meu comentário com um gesto de mão. "Sua mãe tem quase sessenta anos de idade. De adolescente não tem nada."

"Você acredita no amor, vó?" Por que estou fazendo isso? Estou meio alta por causa da bebida, na verdade, então deve ser por isso.

"Claro que sim!", ela responde. "Está pensando que eu sou o quê? Algum monstro sem coração?"

"Não, é que..." Olho de novo para a minha mãe. Ela parece bem feliz. "Não é ótimo? Eles parecerem tão apaixonados?"

"É uma palhaçada", minha avó decreta. "Ela está quase na época de pedir aposentadoria por idade."

"Você amou o vô a vida toda?" Talvez não. Talvez eu seja como ela. Talvez ela seja como eu. Terminar como minha avó não seria nada ruim.

"O tempo todo", ela garante. "Todos os dias." Certo, talvez não.

"E como conseguiu?", pergunto.

"Que história é essa de como consegui? Eu não tive escolha. Simples assim."

Olho para minha mãe, uma mulher que respeito e admiro. Uma mulher com três filhos e sem marido, mas que, aos cinquenta e nove anos, arrumou um namorado novo. Minha mãe vai transar hoje à noite. Vai ter o tipo de transa que faz a gente se sentir como se um mundo novo tivesse acabado de ser descoberto. E minha avó vai dormir no seu quarto de hotel, acreditando que tem câncer, para em breve se juntar ao homem que não lhe deu escolha a não ser amá-lo, que cuidou dela e ficou ao seu lado até a morte, o homem que lhe deu filhos e a cumprimentava com um beijo no rosto todos os dias quando chegava em casa à noite.

Não sei como me encaixo nessa história. Não sei qual dessas mulheres eu sou. Talvez não seja nenhuma das duas. Mas seria legal ser uma delas. Assim eu teria alguma direção a seguir. Saberia o que acontece depois. Poderia perguntar a alguém o que fazer, e ter uma resposta, uma resposta de verdade.

Se não sou nenhuma delas, se sou minha própria pessoa, uma mulher única, com um casamento único, então vou ter que descobrir o que fazer sozinha.

Não quero fazer isso.

*

Quando reencontro Rachel, estou saindo do banheiro.

"Você me deve cinco dólares pelas serpentinas", ela diz.

"E vou pagar", respondo.

"Como é que você está se saindo?"

"Em esconder a verdade?"

"É", ela diz. "E todo o resto."

Respiro fundo. "Estou bem." Não sei qual deve ser a resposta. Mas acho que não é a que acabei de dar.

"Já conheceu o Bill?"

"Não." Balanço a cabeça. "Mas de longe ele pareceu legal."

"Ah, ele é bem legal. E trata a mãe como se fosse uma princesa. É estranho. Quer dizer, é o máximo. Mas também dá vontade de dizer 'Credo, mãe'. E ela se esbalda. Argh, você sabe como ela é, não? Tipo, ela adora esse tipo de atenção."

"Pois é, a mãe é assim mesmo", digo. "Vou pegar mais uma bebida."

Rachel e eu vamos para a cozinha. Quando passamos pelas portas duplas, pegamos a minha mãe e Bill se beijando. Ele se afasta, e a minha mãe fica vermelha. Tenho quase certeza de ter visto a mão dele dentro da blusa dela. Rachel e eu ficamos imóveis por um momento, e Charlie aparece atrás de nós. A minha mãe começa a arrumar os cabelos. Bill tenta agir como se nada tivesse acontecido. Não é difícil para Charlie deduzir o que acabou de acontecer. Uma cena não recomendada para menores. Porém, os protagonistas são uma mãe e três filhos adultos, então não poderia ser mais constrangedora.

"Olá, meninos", minha mãe diz, como se estivesse apenas lavando os pratos.

Bill estende a mão para se apresentar para mim. "Bill", ele diz, apertando minha mão e sacudindo com força. Seus olhos são verdes. Os cabelos são grisalhos, com mais fios brancos do que pretos. Mas o sorriso é reluzente.

"Lauren", respondo, fazendo contato visual e sorrindo, como me ensinaram desde pequena.

"Eu sei!", Bill exclama. "Ouvi falar muito de você."

"Pois é."

"Rachel, me ajuda a levar a bandeja com os queijos para a sala?", minha mãe pede.

"Ah, sim", Rachel responde, sorrindo e se divertindo tanto com a situação constrangedora que deve ter se arrependido de não ter uma pipoquinha para acompanhar a cena. Ela pega uma bandeja e sai com a minha mãe.

"Só vim pegar uma cerveja", avisa Charlie, pegando mais uma garrafa e saindo. Não tem nem tempo de jogar a tampinha no lixo. Sai em dois segundos marcados no relógio. Agora estou sozinha com Bill.

"Feliz aniversário", deseja Bill.

"Ah, muito obrigada", respondo. Por que estou tão sem graça? Acho que não estou acostumada a conhecer os namorados da minha mãe. Quer dizer, sei que eles existem, mas as relações não duram tempo suficiente para os caras poderem ser convidados para uma festa de aniversário. "Então você é mecânico?", pergunto. Não sei o que mais poderia dizer.

"Ah, não", Bill responde. "A gente se conheceu na oficina mecânica. A confusão deve ter vindo daí. Sou analista financeiro."

"Ah", digo. "Desculpa, eu não sabia. Que engraçado. Que coisa mais aleatória achar que você era mecânico."

"Não tem problema", tranquiliza Bill. "Eu bem que gostaria de ser mecânico. Não sei consertar porcaria nenhuma."

"Então você não é do tipo que conserta torneiras vazando?"

"Posso ajudar na sua declaração de imposto de renda", ele explica. "Eu sou esse tipo de cara."

Bill põe os braços para trás e apoia as mãos no balcão. Sua tranquilidade me faz relaxar, mas também percebo que ele quer continuar conversando por um tempo. Está ficando bem à vontade. Acho que está tentando me conhecer melhor.

"E você trabalha com relações institucionais com ex-alunos, certo? Foi o que a sua mãe me falou."

"Isso mesmo", respondo. "E gosto muito."

"Do que especificamente?"

"Bom, gosto de interagir com os ex-estudantes. A gente conhece gente que se formou há pouco tempo e procura orientação com formandos mais antigos, e tem também o pessoal que se graduou um tempão atrás e se oferece para ser mentor de alguém mais novo. É divertido."

"Assim você vai me inspirar a procurar minha alma mater", ele comenta aos risos. "Ao que me parece está fazendo um ótimo trabalho."

Vou ter que fazer uma suposição aqui e imaginar que Bill foi casado por muito tempo, e que a minha mãe é sua primeira namorada — ou uma das primeiras — desde o falecimento de sua esposa. Isso tudo parece ser novidade para ele.

"Você também tem filhos?", pergunto.

Ele assente com a cabeça, e seu rosto se ilumina. "Quatro meninos", ele conta. "Homens, na verdade. Thatcher, Sterling, Campbell e Baker."

Deus do céu. Esses são os piores nomes que já ouvi. "Ah, belos nomes", comento.

"Não mesmo", ele responde. "Os nomes são horríveis. Mas são nomes de família. Da família da minha mulher. Minha falecida mulher, na verdade. Enfim, são bons rapazes. O caçula acabou de se formar em Berkeley."

"Ah, que ótimo", digo. Conversamos sobre Rachel e Charlie, e depois, previsivelmente, o assunto passa a ser a minha mãe.

"Ela é uma mulher e tanto", Bill comenta.

"Isso ela é mesmo", concordo.

"Não, é sério. Eu não... não estou muito acostumado a namorar. Mas a sua mãe me fez sentir esperança. Me fez recuperar o ânimo. Posso dizer isso? Não é muito esquisito?"

"Não", asseguro, balançando a cabeça. "É legal ouvir isso. Ela merece alguém que se sente assim quando pensa nela."

"Então, você sabe como é, né? Pelo que diz a sua mãe, você e Ryan formam um ótimo casal."

Não é pouca coisa para digerir. Minha mãe apaixonada. Esse homem abrindo seu coração para mim sem nenhuma razão aparente. Ryan longe daqui. É coisa demais para absorver. Vou até a poncheira e sirvo um copo. O ponche ainda está quase todo lá. Minha mãe deve estar repondo a bebida de tempos em tempos. Esquece, mãe. Ninguém gosta de ponche. Dou um gole e imediatamente me lembro de como está forte e azedo. Viro o copo inteiro, forçando goela abaixo e colocando o copo de volta no balcão.

Bill dá uma olhada para mim. "Está tudo bem?", ele pergunta.

"Tudo ótimo, Bill." As pessoas precisam parar de me perguntar isso. Minha resposta não vai mudar.

Quando o bolo aparece, já tomei mais dois copos de ponche. A esta altura, meu hálito deve estar inflamável. Com a minha mãe e o resto da família parados em torno do bolo e as velas lançando sombras bruxuleantes no teto, olho ao redor e tenho uma epifania sobre a merda que a minha vida se tornou.

Estou fazendo trinta anos. Já tenho trinta anos. E não estou comemorando com o homem que amei desde os dezenove, mas com o tio Fletcher, que está me encarando do outro lado da mesa. Ele só está interessado no bolo. Fazer trinta anos não deveria ser assim. Aos trinta, as pessoas já têm as coisas encaminhadas, não? Eu não deveria estar questionando tudo o que fiz na vida.

Sopro as velinhas, e a sala começa a ficar enevoada. Minha mãe passa a distribuir as fatias de bolo. O tio Fletcher fica com o maior pedaço. O meu prato sem querer cai no chão e, como ninguém percebe, simplesmente o deixo lá. Não é uma coisa muito bacana de fazer, mas tenho a impressão de que, se me agachar, tudo vai começar a girar ao meu redor.

Por fim, Rachel vem falar comigo. "Você não parece muito bem", ela comenta.

"Não é uma coisa muito legar de dizer", rebato.

"Não, é sério", ela insiste. "Está meio pálida."

"Estou bêbada, menina", explico. "É assim que as pessoas bêbadas ficam."

"O que você está bebendo?"

"O ponche! Esse ponche deliciosamente horroroso."

"Você bebeu aquela coisa?"

"Não está todo mundo bebendo?"

"Não", Rachel responde. "Não consegui dar nem um gole. Estava péssimo. Acho que não tem ninguém bebendo aquilo."

Olho ao redor e percebo que não tem ninguém segurando outra coisa que não seja copos d'água ou long necks de cerveja.

"Por isso que a poncheira ainda está cheia", eu digo.

Rachel chama Charlie. Ele vem até nós como se estivesse fazendo um favor.

"Você batizou o ponche com o quê?", ela pergunta.

"Por quê?"

"Porque a Lauren está bebendo aquela coisa a noite toda."

"Ô-ou", ele diz num tom brincalhão.

"Charlie, o que você pôs naquilo?" O tom de voz de Rachel fica sério, e dá para perceber que ela não está achando a menor graça.

"Charlie", Rachel diz, irritada.

"Everclear", ele revela. O nome fica pairando no ar por um tempo, e então Charlie me pergunta: "Quanto você bebeu?".

"Uns quatro copos." Nesse momento percebo que não estou no controle total das minhas faculdades mentais. Os meus "s" saem muito mais parecidos com "z".

"Merda", Charlie e Rachel dizem em uníssono, ainda que sem querer.

"De verdade, não imaginava que alguém fosse querer mais do que um copo, no máximo dois", continua Charlie.

"Caras, o que é esse Everclear? Por que beber isso é um problema?" Já não sei mais se estou falando direito. Por outro lado, não vejo nenhum problema em continuar falando, mesmo se estiver saindo tudo errado.

"É uma bebida com 95% de teor alcoólico. É ilegal em alguns estados. Só por esse detalhe já dá para perceber o quanto é forte", Rachel me diz, e então se vira para Charlie: "Acho melhor levá-la para casa."

Estranhamente, Charlie não discorda. "É." Ele assente com a cabeça. "Lauren, quando foi a última vez que você bebeu até vomitar?"

"Até o quê?"

"Até vomitar."

"Não faço ideia."

"Vou dizer para a mãe que você não está se sentindo bem", Rachel avisa. "Charlie, você vai com ela até o carro?"

"Vocês estão sendo muito bundalhões." Opa. Isso não é uma palavra. Mas poderia ser. "Alguém anota isso: b-u-n-d-a..."

Rachel se afasta, e Charlie me pega pelo braço e me puxa para a porta. "Me desculpa, sério mesmo. Pensei que as pessoas iam perceber que estava forte demais e iam parar de beber. Achei que o tio Fletcher fosse tomar uns copinhos e dançar em cima da mesa, sei lá. Alguma coisa divertida."

"Caras, isso seria muito divertido."

"Por que você está me chamando de caras?", Charlie pergunta.

Olho para ele e penso a respeito. Em seguida dou de ombros. Quando chegamos à porta, minha mãe e Rachel entram na nossa frente.

"Mãe, eu vou embora com ela", Rachel diz.

Mas minha mãe já está com a mão na minha testa, medindo minha temperatura. "Você está suada, querida. Acho melhor descansar." Ela dá uma boa olhada em mim. "Você está bêbada?"

"Estou!", respondo. Que hilário, né? Ora, eu tenho trinta anos. Tenho idade para me embebedar!

"Eu batizei o ponche", Charlie conta. Dá para ver que ele está arrependido.

"Com o quê?", minha mãe pergunta.

Rachel entra na conversa. "Ficou bem forte, é isso que interessa. E a Lauren não sabia. E acabou bebendo um pouco demais, então acho melhor ela ir para casa."

"Porra, Charlie, como assim?", minha mãe reclama. Quando ela fala palavrão, é porque está irritada de verdade. É como ouvir as outras mães chamarem os filhos pelo nome completo.

"Achei que podia ser divertido", ele justifica. "Ninguém estava bebendo mesmo."

"Claramente, tinha alguém bebendo."

"Eu sei, mãe. Já pedi desculpas. Dá para mudar de assunto."

"Vão com ela para casa, então", minha mãe diz. Ela não é do tipo que grita. Simplesmente fica decepcionada. E isso é de cortar o coração às vezes. Fico me sentindo mal por Charlie. Ele tende a causar decepções mais do que nós duas. "A que horas o Ryan vai chegar em casa para cuidar de você?", minha mãe pergunta.

Rachel entra na conversa: "Eu fico com ela, mãe. Ela só está bêbada. Não é nada de mais."

"Mas o Ryan vai estar lá, não? Ele pode deixar você deitada de lado, para não engasgar com o próprio vômito." Minha mãe não é de beber e, por causa disso, pensa que todo mundo vai acabar como o Jimi Hendrix.

"Claro, mãe, ele vai estar lá", Rachel diz. "Eu só vou embora quando ele chegar."

"Ah, então você vai ficar lá um tempãããããão", digo.

"Quê?", minha mãe questiona.

Rachel e Charlie tentam me impedir dizendo "Para com isso, Lauren" e "Vamos logo, Lauren".

"Não, tudo bem, pessoal. A mamãe pode saber."

"Eu posso saber do quê?", minha mãe questiona. "Lauren, o que está acontecendo?"

"O Ryan foi embora. Escafedeu-se. Está morando em outro lugar. Não sei nem onde. Ele falou para eu não ligar. Mas fiquei com o Thumper. U-hu!"

"Como é?" Os ombros da minha mãe desabam. Rachel e Charlie fecham a porta da casa, contrariados. Nós quase conseguimos escapar ilesos.

"Ele foi embora. Nós não moramos mais juntos."

"Por quê?"

"Principalmente porque o nosso amor morreu", digo aos risos. Olho ao redor, esperando ver mais risadas, mas não tem ninguém rindo.

"Lauren, por favor me diz que você está brincando."

"Não."

"E isso faz quanto tempo?"

"Algumas semanas. Umas semaninhas. Mas você não ouviu que eu fiquei com o Thumper?"

"Acho melhor a gente levar a Lauren para casa", Rachel diz, e minha mãe faz menção de responder, mas não diz nada.

Ela me dá um beijo no rosto. "Algum de vocês dois fica com ela?"

Charlie e Rachel se oferecem para cumprir essa tarefa. Que gracinha. Meus irmãos fofinhos.

"Certo", minha mãe diz. "Boa noite."

Eles se despedem e, quando estou saindo, aviso minha mãe: "Eu derrubei meu bolo no chão sem querer. Está ali no canto."

Mas acho que ela não está me ouvindo.

Charlie e Rachel me colocam no banco de trás do carro, e percebo o quanto estou cansada. Quando pegamos um sinal fechado, ouço Charlie dizer para Rachel pegar a Highland no sentido do Beverly Boulevard, e então ele se vira para trás e sugere que eu durma um pouco. Assinto com a cabeça e fecho os olhos por um instante, e depois...

Acordo com o som da campainha tocando. O mundo parece enevoado e pesado, é como se o ar ao meu redor me empurrasse para baixo. Começo a levantar e percebo que Rachel está deitada ao meu lado. Thumper está num canto, todo encolhidinho.

A campainha toca de novo, e escuto alguém ir abrir a porta. Minha cabeça parece uma bola de boliche equilibrada em cima de um fio de espaguete. Me arrasto pela casa até encontrar meu irmão e minha mãe, parados um de cada lado da porta. Charlie deve ter dormido no sofá.

"Oi", digo a eles. Minha voz reverbera dentro da minha cabeça. Faz meus olhos e meu maxilar vibrarem. Os dois se viram para mim. Minha mãe está com uma bandeja de papelão com quatro cafés para viagem na mão. Rachel aparece logo depois de mim.

"Ah, que bom", minha mãe diz, entrando na minha casa. Thumper ouve a voz dela e vem correndo. "Estão todos acordados."

Ela entrega um dos copos para Charlie. "Americano", avisa, antes de passar o copo para ele.

Charlie o pega com um sorriso. "Valeu, mãe."

Minha mãe, então, estende um copo para Rachel, que anda em sua direção. "Latte desnatado", ela informa.

Com os outros dois copos na bandeja, a minha mãe pega o seu e o deixa na mesinha perto da porta, fazendo um sinal para eu pegar o último.

"Expresso duplo", ela diz. "Achei que você ia precisar de ajuda para acordar."

Eu pego o copo de sua mão com um movimento suave. "Obrigada, mãe."

Ela fecha a porta, e o ar gelado para de entrar na casa. Sei que mais tarde o tempo vai ficar bem quente, mas as manhãs de setembro costumam ser nubladas e um pouco frias. Minhas mãos estão geladas, e é bom sentir o copo quente entre meus dedos.

"Não trouxe café para o Thumper, né?", questiono, fazendo uma brincadeira, e a minha mãe — e que mãe! — enfia a mão na bolsa e tira um saco de papel com bacon dentro.

"Fiz um pouco de bacon a mais no café da manhã", ela diz. Thumper vai correndo até ela. Minha mãe se abaixa e dá o bacon para ele, acariciando sua cabeça e deixando que lamba seu rosto.

Estou soterrada pelo amor da minha mãe no momento. Ela sabe muito bem como fazer isso. Quando é que a gente aprende isso na vida? Quando uma pessoa aprende de fato o que fazer?

Minha mãe volta a ficar de pé e lança um olhar para Rachel e Charlie. "Por que vocês não saem para dar uma volta?", ela sugere.

Charlie faz menção de recusar, mas Rachel intervém. "Pode ser", ela diz. "A gente leva o Thumper." Quando Rachel pega a coleira, Thumper fica tão empolgado que negar o passeio seria uma crueldade.

Charlie revira os olhos e aceita, resignado. "Certo, tudo bem."

Em instantes, eles já saíram, e o abrir e fechar da porta faz o ar frio voltar a entrar na casa. Minha mãe me olha como alguém que encara um coelhinho de estimação à beira da morte. "Acho que precisamos conversar", ela diz.

"Tá, tudo bem", respondo, voltando para o quarto e indo deitar na cama. Está quentinho lá, debaixo das cobertas. Vejo minha mãe observando minha casa e notando as coisas que não estão mais aqui. Ela não menciona nada.

"Então", minha mãe começa, sentando ao meu lado, abrindo a tampa de seu café e soprando o vapor que sobe. "Me conta o que aconteceu."

Para começar, eu a informo sobre os fatos. Quando ele foi embora. Para onde estavam se encaminhando as coisas. Conto sobre a briga no estádio dos Dodgers. Digo que sinto que não o amo mais. Falo da conversa que tivemos sobre o que fazer. Menciono tudo que me lembro, e tudo o que sou capaz de suportar.

Só que ela quer mais. Quer saber não só quando e onde, mas como e por quê. Passei tanto tempo sem pensar nessas coisas que tenho dificuldade em pôr os pensamentos no lugar.

"Por que você não me contou?", ela questiona.

"Sei lá", respondo, direcionando meu olhar para o abajur na mesa de cabeceira.

"Sabe, sim", ela insiste. "Você sabe por quê."

"Por quê?", repito. Ela parece saber a resposta.

"Não, *eu* não sei", ela explica. "Mas você parece que sim."

"Acho que o assunto simplesmente não surgiu naturalmente", justifico.

"Esse assunto jamais surgiria naturalmente. Você estava esperando que eu perguntasse se vocês dois ainda estavam juntos? E aí você poderia dizer: 'Na verdade, mãe...'?"

"Não queria te decepcionar. Não queria que você pensasse que... eu estraguei tudo, sabe como é? Mas ainda tem conserto. Posso dar um jeito na situação. Não está tudo destruído. Eu ainda consigo."

"Consegue o quê?"

"Continuar casada. Eu ainda consigo."

"Quem disse que não?"

"Bom, no momento não estou conseguindo. Mas eu consigo."

"Eu sei que sim, querida", ela diz. "De todas as pessoas que eu conheço, você é a mais capaz de fazer as coisas que se propõe a fazer."

"Mas, tipo, não quero que você pense que eu fracassei. Ainda não."

"Se o seu casamento não der certo...", ela começa, e não me deixa interrompê-la. "Mas vai dar, eu sei que vai dar. Mas, se não der, isso não quer dizer que você fracassou."

"Mãe", respondo, com a voz ficando embargada. "É exatamente isso que quer dizer."

"Nesse caso não existe fracasso nem vitória nem derrota", ela garante. "É a vida, Lauren. É um amor, um casamento. Se você ficar casada por um determinado número de anos felizes e depois decidir que não quer continuar assim e decide ser feliz com outra pessoa, ou fazendo outra coisa, não é um fracasso. É a vida, só isso. O amor é assim mesmo. Por que isso seria um fracasso?"

"Porque um casamento significa um comprometimento. É uma promessa de ficar junto. Se você se separar, quer dizer que fracassou nesse compromisso."

"Minha nossa, você está parecendo a sua avó."

"Bom, mas a verdade não é essa?"

"Não sei", minha mãe responde. "Não sou nenhuma especialista em casamentos, está na cara. Fui casada por alguns anos, e cadê meu marido?"

Pois é, *onde* está meu pai? Sinceramente, quase nunca penso sobre isso. Ele pode ter uma família na Dakota do Norte, ou talvez esteja morando na beira de uma praia na América Central. Ou pode estar em qualquer lista telefônica. Não tenho ideia, nunca fui atrás. Jamais o procurei porque nunca senti falta de sua presença. As pessoas só vão atrás de respostas quando têm perguntas. Minha família sempre me pareceu completa. Minha mãe sempre foi tudo para mim. Às vezes me esqueço disso. Não valorizo sua capacidade de me guiar, de conduzir a família como nossa única e verdadeira líder.

"Mas na minha opinião", ela continua, "sua vida amorosa precisa ter amor. Se não tiver, por mais que você tente, se você for sincera, justa e boa, e decidir que a relação chegou ao fim e que é preciso procurar o amor em outro lugar, então... o que mais o mundo pode exigir de você?"

Reflito sobre o que ela disse. Na verdade, fico sem saber o que pensar, ao que parece. "Eu não quero que você deixe de gostar do Ryan", digo.

"Querida, eu amo esse rapaz como se fosse um filho meu. Estou falando sério. Gosto dele. E acredito nele. Quero que ele seja feliz, tanto quanto você. E jamais culparia alguém por fazer uma coisa em nome de sua verdade pessoal." Às vezes, minha mãe fala como se estivesse sendo entrevistada pela Oprah Winfrey. Acho que é porque assiste ao programa dela há vinte anos. "Quando você começou a namorar o Ryan, gostei dele porque estava na cara que era uma boa pessoa. Aprendi a amá-lo porque ele sempre punha você em primeiro lugar, e te tratava bem, e confiei nele para fazer a coisa certa ao seu lado. Ainda acredito que ele faça o que imagina ser o certo para vocês dois. Isso não muda nada diante do fato de vocês dizerem que não se amam mais. Ele continua sendo quem sempre foi."

"Então, não é o tipo de situação que, se a gente reatar, você não vai mais gostar do Ryan?"

Minha mãe dá risada e suspira ao mesmo tempo. "Não", ela diz. "Não é esse tipo de situação. Só o que me interessa é que vocês dois sejam felizes. Se só um dos dois puder ser feliz, torço para que seja você. Mas quero a felicidade dos dois. E acredito que você esteja fazendo tudo o que for preciso para ser feliz. Se eu entendo ou não, ou se faria a mesma coisa no seu lugar, não interessa. Eu confio em vocês dois."

É estranho como as palavras ditas pela pessoa certa na hora certa são capazes de nos animar e nos fortalecer. Nos fazem mudar de ideia. Levantam o nosso astral. Ainda bem que Charlie batizou o ponche. Ainda bem que contei para a minha mãe.

Ouço Charlie e Rachel voltando, e, com isso, penso que a conversa esteja encerrada, mas minha mãe grita: "Só mais um minutinho, o.k.?"

"Tá", Rachel grita lá da sala, e começa a conversar com Charlie. A voz dele é mais alta que a nossa. Minha voz e a da minha mãe reverberam pela parede, mas a dele as atravessa. Sua risada abafada serve como som de fundo enquanto minha mãe termina o que tem a dizer.

"Mas uma coisa eu te digo, Lauren: você não pode esconder isso, entendeu? Precisa ser forte, parar de se preocupar com o que as pessoas pensam e dizer a verdade, ora essa. Precisa ser confiante e ter orgulho do que você e o Ryan estão tentando fazer."

"E o que nós estamos tentando fazer?", questiono. "Não sei por que isso seria motivo de orgulho."

"Vocês estão tentando continuar casados", ela explica. "E recuperar a felicidade enquanto isso. Uma coisa que eu nunca consegui. Então, para mim, isso é uma demonstração de coragem. Para mim, você está sendo corajosa."

É uma coisa estranha de ouvir, porque esse tempo todo fiquei me preparando para ser chamada de covarde.

"Tudo bem", minha mãe grita. "Já podem vir."

Rachel aparece na porta. Charlie vem logo atrás, e Thumper está aos pés dela. Vejo todos eles na minha casa, e percebo que fazia tempo que não ficávamos em família, só nós. Ryan entrou na minha vida de tal maneira que começou a fazer parte disso também. Mas talvez não seja um problema ele não estar mais aqui neste momento. É bom poder olhar ao redor e ver... minha família.

Minha mãe acena com a mão para mostrar que eles são bem-vindos. Meus irmãos entram e sentam na cama. Thumper dá um jeito de se enfiar no meio, tentando chamar a atenção de todo mundo.

"Está tudo bem?", Rachel pergunta.

"Tudo ótimo", respondo, e isso parece servir como senha para que a conversa se desvie dos meus problemas conjugais e se volte para outras coisas, por exemplo o que Charlie vai fazer da vida. (Ele nem imagina.) Se Rachel está namorando (Quem ela iria namorar?) E se Thumper, por acaso, precisa de mais uma dose de remédio para pulgas. (Sim.) O voo de volta de Charlie está marcado para hoje à noite, e acho que isso faz minha mãe se sentir um tanto emotiva.

"Nós podemos jantar lá em casa hoje à noite?", ela pergunta. "Em família?"

"Meu voo é às dez", Charlie avisa.

"A gente leva você", digo a ele, incluindo Rachel no passeio. "Podemos sair da casa da mãe lá pelas oito."

"E eu posso servir o jantar às seis?", ela sugere.

"Servir o jantar?", Rachel questiona. "Você mesma vai cozinhar?"

Minha mãe fecha a cara. "Por que vocês agem como se eu nunca tivesse preparado uma refeição na vida?"

Nós três trocamos olhares e começamos a rir. Por mais que sejamos uma família, também somos três irmãos de um lado e uma mãe do outro. Às vezes, fica três contra uma.

"Eu já fiz jantares antes, né", minha mãe continua, ignorando nossos risos. "Vocês vão ver. Vou preparar uma coisa bem gostosa."

Pelo jeito, sou eu quem está com uma disposição mais generosa. "Tudo bem, mãe. Está certo. A gente chega lá às seis. Para comer uma refeição caseira."

"Ah, assim vocês me deixam tão feliz! Não consigo nem dizer quanto. Os três na minha casa para um jantar de domingo." Ela levanta da cama. "A sua avó e o Fletcher vão embora daqui a pouco, então vou almoçar com eles. Depois disso, vou passar no mercado. Ainda não sei o que vou cozinhar. Mas vai ficar ótimo." Ela balança a cabeça. "Ótimo mesmo."

Minha mãe junta suas coisas e se despede de nós. Eu a acompanho até o carro e agradeço a conversa.

"Querida, não precisa me agradecer", ela diz, se acomodando no assento do motorista de seu utilitário esportivo. "Eu criei três filhos. Para ser bem sincera, é um alívio alguém ainda precisar de mim."

Dou risada e a abraço pela janela do carro. Nem percebi que precisava dela até ouvir isso. Que estupidez, não? "A gente se vê hoje à noite", digo.

"Às seis horas!", ela grita enquanto dá ré no carro.

Assinto com a cabeça e faço um aceno. Observo enquanto ela se afasta. Fico olhando até o carro dela, que é bem grande e veloz, parecer pequeno e bem lento.

O prato principal do jantar está queimado, mas acho que minha mãe nem percebeu. Apesar do frango torrado e das batatas meio duras, tudo parece combinar muito bem. Ninguém toca no nome de Ryan. Nós tiramos sarro de Rachel. Fazemos perguntas sobre Bill. Charlie parece feliz em estar aqui. Ninguém comenta que a comida está péssima. Para ser sincera, acho que ninguém liga.

Minha mãe fez comida demais. Ou então fomos nós que não aguentamos comer tudo. Seja como for, sobrou bastante coisa. Quando terminamos de tirar os pratos e de guardar o que restou em potes de plástico, já está na hora de ir.

"E então, quem quer levar o frango? Charlie? Quer comer no avião?"

"Você quer que eu leve metade de um frango assado para dentro de um avião?"

Minha mãe fecha a cara para ele e entrega o pote para Rachel. "Você vai comer, né?"

"Claro", ela garante. "Obrigada, mãe." Em seguida ela olha para Charlie e faz que não com a cabeça. Minha mãe entrega as ervilhas e as cenouras para mim, e as batatas doces para Charlie.

"As batatas você pode levar, pelo menos", minha mãe diz, mas Charlie não aceita. Ele nunca cede. Isso foi uma coisa que eu nunca entendi, ou que ele nunca aprendeu sobre a vida. Às vezes, é preciso simplesmente pegar as batatas, agradecer e depois jogar no lixo quando não houver ninguém vendo.

Nós nos despedimos e tomamos o caminho da rua. Rachel se ofereceu para dirigir, porque ainda estou de ressaca por causa de ontem à noite. Vai demorar alguns dias para eu me sentir pronta para operar maquinário pesado. Charlie senta no banco da frente, e eu me acomodo atrás.

Detesto ir ao aeroporto. O LAX é um pesadelo, mas não é só isso. O caminho até lá apresenta um lado nada agradável de Los Angeles. Não dá para ver as praias e o pôr do sol. Não dá para ver as palmeiras e as luzes da cidade. Só galerias comerciais e clubes de striptease. Só estacionamentos e lojas de conveniência. Ir ao aeroporto significa ver a cidade pelos olhos de seus detratores: sem vida, sem cultura, tediosa e nada autêntica.

Por isso nem me dou ao trabalho de olhar pela janela. Fecho os olhos e escuto Charlie e Rachel discutindo se é melhor pegar a via expressa ou o La Cienega Boulevard. Rachel ganha a discussão, tanto por estar dirigindo como por também estar certa. A via expressa vai estar sem trânsito a esta hora da noite.

Quando chegamos, Rachel embica o carro no estacionamento.

"Por que você vai estacionar? É só me deixar aqui", Charlie diz. Não faz muito sentido, mas minha família não costuma largar as pessoas no aeroporto. Nós gastamos dinheiro com estacionamento. Atravessamos vias movimentadas. Acompanhamos o viajante até o portão de segurança. Nunca entendi por quê.

"Para com isso, Charlie", Rachel responde. "A gente vai até lá com você."

Charlie revira os olhos e começa a resmungar, mas depois desiste. "Tá bom", ele diz. "Tudo bem." Talvez ele tenha aprendido que, às vezes, é preciso levar as batatas.

Estacionamos o carro e andamos até o terminal. Sendo bem sincera, não temos muito o que conversar. Mas, quando Charlie faz o check-in e se dirige para o portão de embarque, quando chega a hora da despedida, fico triste por ver meu irmão caçula ir embora. Ele é teimoso, e até meio babaca. Não trata as pessoas como deveria. E batiza o ponche da festa com Everclear. Mas é uma boa pessoa, tem um bom coração. E é meu irmão mais novo.

"Vou sentir sua falta", digo em meio a um abraço.

"Eu também", ele responde. "E estou orgulhoso de você e coisa e tal. Sabe como é, por isso tudo."

Não fico insistindo no assunto, não como gostaria. Não peço para ele sentar para me responder: *Por que me disse isso? O que você acha que eu estou fazendo? Acha que vou conseguir dar um jeito na situação? Acha que o Ryan vai voltar para mim? A minha vida acabou?* Digo apenas: "Obrigada".

Rachel o abraça também, e ele vai embora, de volta a Chicago, um lugar com quatro estações do ano e muito ar frio. Nunca vou entender isso. Vem gente de todo o país para curtir os invernos ensolarados e os verões amenos da Califórnia. Charlie se mandou na primeira oportunidade que teve, em busca de chuva e neve.

Na volta para o carro, Rachel e eu nos perdemos e acabamos indo parar no andar de baixo, na área de desembarque. Me dou conta de que o desembarque é um lugar muito melhor que o embarque. O embarque significa despedida. O desembarque representa uma chegada.

Dou uma olhada nas portas giratórias. Vejo pais voltando para suas famílias. Vejo homens e mulheres em trajes formais de trabalho à procura de seus motoristas. Vejo uma jovem, provavelmente uma universitária, correr na direção do rapaz que a espera. Vejo quando ela o abraça. Vejo quando ele a beija. Vejo no rosto deles sensações que conheço muito bem. O alívio. A alegria. É o olhar que surge no rosto das pessoas que, enfim, estão frente a frente com o que tanto sonharam, podendo tocar um ao outro com a ponta dos dedos e envolver um ao outro nos braços. Pelo jeito, observo por tempo demais, porque ela se vira para mim. Abro um sorriso envergonhado e desvio o olhar. Lembro quando era eu quem estava esperando na área de desembarque pela pessoa amada. Agora sou a mulher que testemunha o reencontro.

Por um instante, chego a pensar que se o visse agora, se Ryan estivesse aqui, teria o mesmo olhar do jovem casal no meu rosto. Sinto muita falta dele nos meus braços. Mas quanto tempo isso duraria? Quanto tempo depois eu me irritaria com ele?

Quando, enfim, tomamos a direção certa, descemos para o nível da rua e passamos pelas pessoas procurando táxis ou entrando nos carros que vieram buscá-las. Estamos paradas diante da faixa de pedestres, esperando para atravessar, quando vejo duas pessoas esperando um ônibus. Com a mesma rapidez com que me reconheço no espelho, percebo quem estou olhando. Sem dúvida nenhuma, é Ryan quem está ali de costas para mim.

De início, nem estranho a situação; meu cérebro simplesmente registra a visão como um evento banal, uma coisa corriqueira. Ah, aí está aquele sujeito que está sempre por perto. É ele. Só que desta vez está de mão dada com uma morena alta e magra. E está se inclinando para beijá-la.

Meu coração se comprime. Meu queixo cai. Rachel começa a atravessar, mas eu fico ali parada, paralisada. Rachel se vira para mim, e direciona o olhar para o mesmo ponto que o meu. Ela também registra a cena. Ryan. Ryan no desembarque. Ryan. No desembarque. Beijando uma mulher. Meu coração dispara de tal maneira que parece até que consigo ouvi-lo bater. Será que é possível ouvir o sangue pulsando pelo corpo? Como se fosse o baque de um gongo pesado?

Rachel segura minha mão e não diz nada. Está determinada a me tirar desta situação. Quer que eu atravesse logo. Quer me levar até o carro. Mas o sinal agora fechou, e não dá para sair correndo no meio dos carros, por mais que isso pareça a melhor coisa a fazer no momento.

Ainda bem que ela está me segurando. Acho que não teria o autocontrole necessário para não ir até lá e dar uma porrada nele. Sinto vontade de atirá-lo no chão e perguntar por que está fazendo isso. Perguntar como ele consegue se olhar no espelho. Juro por Deus que a mágoa que estou sentindo se manifesta fisicamente. É uma dor física. E está me rasgando por dentro. E então o sinal abre, e vou colocando um pé na frente do outro e avançando, sem pensar em nada além do quanto isso me machuca e em qual pé vai onde. Quando chegamos ao outro lado, quando o sinal volta a ficar vermelho, eu me viro para olhá-lo. Agora estamos separados por um mar de automóveis em movimento.

Quando meus olhos o encontram outra vez, quando se fixam em seu rosto, vejo claramente que estava enganada. Não é ele. Não é Ryan.

Eu sou capaz de encontrar Ryan no meio de uma multidão. Consigo sentir seu cheiro de longe. Alguns meses atrás, nós nos perdemos no mercado, e eu o encontrei quando ouvi seu espirro a alguns corredores de distância. Mas neste momento, neste aeroporto, eu me confundi. Não é Ryan. Todo o medo, o ciúme, a mágoa e a dor aguda que me cortavam — nada disso era real. Foi só minha imaginação. É impressionante, na verdade, o que minha mente é capaz de fazer comigo por causa de um simples mal-entendido.

"Não era ele", digo para Rachel.

Ela diminui o passo para olhar. "O quê, está falando sério?", ela questiona, estreitando os olhos. "Ai, meu Deus, não mesmo."

"Não era ele", repito, atordoada. Minha pulsação desacelera, meu coração relaxa. Mesmo assim, continuo superestimulada e assustada. Tento controlar minha respiração.

Rachel leva a mão ao peito. "Ah, graças a Deus", ela comenta. "Eu não queria ter que acalmar você depois disso."

Nós entramos no carro. Eu coloco o cinto de segurança. Abro o vidro da janela. *Está tudo bem*, penso comigo mesma. *Não aconteceu nada*.

Mas um dia vai acontecer.

Ele vai beijar outra pessoa, se é que ainda não fez isso. Vai tocar o corpo dela. Vai sentir por ela um desejo que por mim não existe mais. Vai contar coisas que nunca revelou para ninguém além de mim. Vai deitar junto dela, se sentindo satisfeito e feliz. Vai se lembrar de como pode ser bom estar na companhia de uma mulher. E, apesar de tudo o que está acontecendo, não vai nem pensar em mim. E eu não posso fazer absolutamente nada para impedir isso.

Ao longo dos dias seguintes, não consigo pensar em outra coisa. Estou fervilhando de ciúme sem nenhum motivo concreto. Isso me consome a ponto de não me deixar dormir à noite. Na sexta-feira, não consigo mais guardar o assunto só para mim. Peço um conselho para Mila.

"Você acha que ele já dormiu com alguém?", pergunto a ela enquanto tomamos um chá na cozinha do escritório.

"Como é que eu vou saber?"

"Só estou perguntando o que você acha."

"Por que a gente não conversa sobre isso na hora do almoço?", Mila sugere, olhando ao redor da cozinha na esperança de que ninguém esteja olhando.

"Certo, tudo bem", respondo.

Mila e eu vamos a um restaurante chinês, onde ela espera quatro minutos para tocar no assunto. Foi mais tempo do que eu gostaria de ter esperado, mas não queria parecer uma louca.

"Você quer saber a verdade?", ela pergunta.

Não sei bem como responder, porque é perfeitamente possível que eu queira ouvir uma mentira.

"Sim", ela responde. "Acho que já."

É como uma facada no peito. Nunca tive ciúmes de Ryan. Sempre ficou claro que ele não queria mais ninguém além de mim. Durante quase todo nosso relacionamento, era evidente que ele me amava e me desejava. Nunca me senti ameaçada por mulher nenhuma. Ele era meu. E fui eu que o libertei.

"Por quê?", questiono. "Por que você acha isso?"

"Bom, para começo de conversa, ele é homem. Essa é a evidência maior. Em segundo lugar, você mesma me falou que vocês não andavam transando muito. Então, provavelmente ele estava cheio de desejo reprimido. Deve ter ido para a cama com a primeira mulher que deu algum mole para ele."

Dou um longo gole no meu refrigerante, que engulo de forma ruidosa. "Você acha que ele arrumou alguém mais bonita que eu?"

"E eu lá tenho como saber?", Mila rebate. "Você precisa parar de se torturar. Aceita que provavelmente já deve ter rolado. Esse estresse de ficar perguntando isso não vale a pena. É melhor presumir que aconteceu e aprender a lidar com essa possibilidade. Ele dormiu com outra. O que você quer fazer a respeito?"

"Morrer, na verdade", respondo. Por que isso é tão terrível? Por que estou me sentindo pior do que quando ele foi embora? Decidir pela separação foi difícil. A separação foi dura. Mas isso? É uma coisa completamente diferente. É destruidor. É... Sei lá. Parece que nunca vou conseguir me recuperar.

Mila segura minha mão. "Vai morrer nada. Vai começar a viver! É essa a questão aqui. Qual é! Você não era mais feliz com ele. Não vamos idealizar o passado. Você estava bem insatisfeita. E foi bem clara quando disse que não amava mais seu marido. Cada um está seguindo seu caminho. No mínimo, você deveria usar esse tempo para encontrar o seu caminho."

"O que você quer dizer com isso?", pergunto. Não é isso o que eu estou fazendo?

Mila baixa o garfo e junta as mãos, indo direto ao ponto. "O que você vai fazer no fim de semana?", ela questiona. "Tem algum plano para hoje à noite?"

"Bom, peguei um livro novo na biblioteca", digo. Mila faz uma careta, mas não me interrompe. "E ouvi dizer que a entrada do Museu de Arte do Condado de Los Angeles vai ser gratuita amanhã, então pensei em dar uma passada lá. Faz tempo que não vou." Essa segunda parte é invenção minha. Não tenho intenção nenhuma de ir lá. Não ponho os pés num museu de arte desde a época da faculdade. E provavelmente não vou começar a fazer isso agora. Só não queria admitir que não tenho nenhum plano.

"Aham." Mila não ficou nem um pouco impressionada.

"Que foi?", pergunto.

"É mais ou menos o mesmo que eu vou fazer, só que, em vez do museu, vou levar o Brendan e o Jackson ao barbeiro."

"E...?"

"Eu estou num relacionamento estável com gêmeos para criar, e você está solteira."

Solteira? Não. Eu não estou solteira. "Não estou solteira", retruco. "Estou... casada, mas..."

"Sem marido?"

"Ah, eu não gosto dessa expressão." Não sei por quê, mas tem alguma coisa nesse jeito de falar que me incomoda.

"Você está solteira, Lauren. Está morando sozinha. Não tem obrigação nenhuma de estar em algum lugar num horário determinado."

"Bom, às vezes a Rachel..." Não chego nem a terminar a frase. "Tudo bem, estou solteira", admito. "E daí?"

"Vê se sai de casa! Vai encher a cara e trepar com um desconhecido."

"Ai, meu Deus!" Não sei por que estou tão chocada. Acho que é porque ela está falando de mim. De mim! Eu sei que é isso que as pessoas fazem. Vão a um bar, conhecem alguém e fazem sexo casual depois de saírem juntas algumas vezes, ou na mesma noite, ou depois do tempo necessário para admitirem o que estão a fim de fazer. Mas eu nunca fiz isso. Na verdade, nunca tive a oportunidade. Agora parece que tenho, no entanto, sinto que esse barco já zarpou sem mim; não tenho como entrar nessa brincadeira a esta altura. Eu me recomponho e olho para Mila, cuja expressão facial permanece a mesma.

"É sério", ela diz. "Você precisa sair da concha. Precisa ter um caso ou coisa do tipo. Precisa transar. Com alguém que não seja Ryan. Experimentar a coisa com outra pessoa. Você já dormiu com alguém além dele?"

"Já", respondo, um tanto na defensiva. "Tive um namorado na época do colégio."

"Só isso?"

"É!", digo, agora totalmente na defensiva. "Qual é o problema?"

"Isso não é suficiente."

"É, sim!", rebato.

Mila sacode a cabeça e volta a baixar o garfo. Ela tenta outra abordagem. "Você lembra como se sentiu na primeira vez em que beijou o Ryan?"

"Sim", digo e, numa fração de segundo, volto àquele momento. Estou inclinada sobre a mesa, por cima do meu hambúrguer e das minhas fritas. Dando um beijo nele. E me lembro de como me senti quando ele me beijou. Quando me beijava ao chegar em casa. Ao se despedir de mim. Mesmo depois que os beijos se tornaram uma coisa corriqueira como respirar, meio no automático, eu ainda pensava nas primeiras vezes. Gostava de reviver esses instantes quando meu coração parava assim que nossos lábios se tocavam.

"Lembra de como foi bom o primeiro beijo? Da descarga elétrica que rolou? Como se você fosse capaz de iluminar uma casa inteira com o calor do seu corpo?"

"Pelo jeito você pensa bastante nisso."

"Eu adoro o início de relacionamentos", Mila comenta, sonhadora. "Quando a Christina me beijou pela primeira vez... não existe nada igual. Agora, a gente se beija e é tipo: 'E aí, tudo bem? Que cheiro é esse? Você tirou o lixo?'."

Nós duas caímos na risada.

"Enfim, eu fico animada por você, sabendo que tem a chance de experimentar essa sensação de novo. Você pode conhecer alguém e sentir aquele frio na barriga de novo se quiser."

"Não posso, não", rebato. "Ainda preciso voltar para o meu marido."

"Ah, sim, daqui a dez meses e meio. Tem casamentos *inteiros* que não duram isso. Você pode viver um caso, Lauren. Para voltar a se sentir como se tivesse dezenove anos. No seu lugar, seria isso que eu estaria fazendo."

Reflito a respeito por um minuto. Parece uma boa ideia, em vários sentidos, mas também é assustador e confuso. Como eu posso ter um caso sendo uma mulher casada? Como lidar com dois relacionamentos significativos ao mesmo tempo? Um romance em andamento e um casamento em estado de espera?

"Você acha que o Ryan está tendo um caso?", pergunto a Mila.

Ela perde a paciência. "É nisso que você está pensando depois de tudo o que falei?"

"Não", respondo. "Eu entendi o que você quis dizer. Entendi mesmo. É que... se ele estiver... o que isso quer dizer?"

"Não quer dizer absolutamente nada."

"Nada?"

"Nada. Você amava o seu namorado do colégio?"

Eu dou de ombros. "Sim."

"Ele significa alguma coisa para a sua vida hoje?"

"Não", respondo, sacudindo a cabeça.

"Bom, então você já teve um caso."

Apesar dos conselhos de Mila, continuo obcecada. Penso sobre o assunto no caminho de volta para casa. Enquanto alimento Thumper. Enquanto vejo tv, leio um livro e escovo os dentes. Isso me deixa maluca. Meu cérebro passa sem parar as cenas que imaginei várias vezes. Entro num buraco negro. Só quero saber o que está acontecendo na vida dele. Só quero ouvir sua voz. Só quero saber se ele está bem e se ainda é meu. Não é possível que eu já o tenha perdido. Ele não pode estar com outra pessoa ainda. Não pode ser. Não consigo viver assim. Não consigo viver sem ele. Preciso saber como ele está.

Quero ligar para ele. Preciso ligar para ele. Simplesmente preciso. Eu pego o celular. Aperto o botão ao lado do nome dele, mas imediatamente cancelo a chamada. Não deu nem tempo de tocar. Não posso fazer isso. Ele não quer. Me pediu para não ligar. Não posso ligar para ele.

Meu laptop está bem na minha frente. Ao meu alcance. Quando abro o computador, não sei ao certo o que estou procurando. Não sei muito bem o que estou fazendo. E então, ao abrir o navegador, percebo exatamente o que estou fazendo. Tenho certeza do que estou procurando. Nem me dou ao trabalho de enganar a mim mesma. Cheguei ao fundo do poço. Perdi todo o autocontrole.

Faço o login no e-mail de Ryan.

A caixa de entrada é carregada, e está vazia. Eu me interrompo. Isso não é certo. É muito, super, hiper-errado. Movo o cursor para o menu, colocando-o sobre o comando "Sair". É onde eu deveria clicar. É o que preciso fazer. Ainda posso mudar de ideia. Posso fingir que não fiz isso. Não preciso ser assim. Por um instante, parece tudo muito fácil. Muito claro. É só fazer o logoff, Lauren. Só isso.

Mas, antes de fazer isso, me dou conta de que ele não trocou a senha do e-mail. E poderia ter feito isso, não? Faria todo o sentido. Mas ele não trocou. Será que isso significa alguma coisa.

Percebo o número sete ao lado da pasta de rascunho. Sete e-mails não enviados. Nem penso a respeito, ajo por impulso. Arrasto o cursor até lá e abro a pasta. Sete esboços de mensagens, todas endereçadas para mim. E todas com o assunto "Querida Lauren".

São e-mails endereçados a mim. Mensagens para mim. Posso clicar nelas. Certo?

31 de agosto

Querida Lauren,

Sair de casa hoje foi uma grande merda. Não sei por que fizemos isso. Quando escrevi aquela carta, precisei me segurar com todas as forças para não rasgá-la e ficar esperando você voltar, para resolvermos tudo isso.

Mas, então, pensei na última vez em que você ficou feliz de me ver em casa, e não consegui me lembrar quando foi. E pensar nisso me deixou tão irritado que peguei o resto das minhas coisas e saí.

Nem me despedi do Thumper. Não consegui. Fico doente só de pensar em dormir nesta porcaria de apartamento hoje. Ainda nem tenho uma cama. Não tem muita coisa aqui a não ser nossa TV. Meus amigos me ajudaram a pôr as coisas mais ou menos no lugar, mas foram embora faz uma hora.

Estou infeliz. Estou infeliz pra caralho com isso. Fiquei contente quando meus amigos foram embora, porque não precisava mais fingir que estava bem. Não estou bem. Estou péssimo. Perdi minha mulher e meu cachorro.

Sei lá. Nem sei por que estou escrevendo isto. Não sei se vou mandar. Uma parte de mim acha que nós fomos tão pouco sinceros um com o outro nos últimos tempos que um pouco de sinceridade, um pouco de coração aberto, poderia melhorar as coisas. Passei tempo demais dizendo "Claro, eu passo no shopping para comprar seu batom", mesmo não querendo. Dizendo "É, comida grega seria legal", mesmo não sendo. Fiz isso tantas vezes que peguei raiva de você por isso. Detesto comida grega, entendeu? Detesto. E detesto o fato de nunca mais comermos hambúrguer. Por que cada jantar precisa ser como uma viagem ao redor do mundo? Se é assim, por que não ficar nas coisas mais comuns, tipo comida italiana ou chinesa? Por que comida persa? Por que comida etíope? Eu detesto. E tenho raiva de você gostar disso. É uma coisa pretensiosa demais, Lauren. Fica na comida normal que já está ótimo.

Olha aí. Está vendo? É por isso que eu sei que foi bom ter ido embora. Tenho raiva de você por gostar de falafel. E não acho que isso seja saudável.

Por outro lado, não acho que seja tão pouco saudável a ponto de eu ser obrigado a dormir sozinho esta noite em cima de uma porra de carpete.

Mas, então, penso em ir para casa. Penso em você nem se dando ao trabalho de levantar do sofá quando apareço. Penso em você me olhando e dizendo "Que tal comida vietnamita para o jantar?", e sinto vontade de dar um murro na parede.

Então tá. Estou aqui. Estou sozinho. Estou infeliz. Sei que isso depõe contra mim, mas espero que você também esteja. Essa é que é a verdade. É como estou me sentindo agora. Espero muito mesmo que você também esteja infeliz.

Com amor,
Ryan

5 de setembro

Querida Lauren,

Sei que disse para você não me ligar, mas às vezes não consigo acreditar que você não fez isso. Não consigo acreditar que você continuou vivendo sua vida como se eu não existisse. Como é que pode? Fico possesso, às vezes, quando penso nisso. Você deve estar indo trabalhar normalmente, agindo como se estivesse tudo bem.

Hoje, contei para os meus pais sobre nós. Não foi fácil. Eles não ficaram nada contentes. Ficaram bem bravos com você, o que achei esquisito. Tentei explicar que ninguém teve culpa. Tentei explicar que foi uma decisão conjunta. Mas eles não me escutaram. Você sabe como eles são, acho que têm uma visão muito estreita sobre o casamento. E estão decepcionados comigo. Deixaram isso bem claro. Ficaram dizendo "Não é assim que você deveria lidar com os seus problemas, Ryan". E fizeram questão de dizer que não gostaram de você ter ficado com a casa e com o cachorro. Acho que eles não entendem. Devem pensar que na separação um de nós ficaria com o Thumper e o outro com a casa. Que ninguém deveria ficar com as duas coisas. Sei lá. Não concordo com eles. Não é assim que penso. Não me pareceu certo tirar você de casa, e tirar o Thumper de lá assim tão de repente.

Sei que disse que queria sair com outras pessoas, mas agora que estou aqui não consigo nem pensar nisso. Não é nada natural. Como é que eu vou fazer uma coisa dessas? Não faz o menor sentido. Pensar em beijar outra que não seja você? Não sei nem se lembro como é isso. Tem uma garota nova lá no trabalho que fica dando mole para mim e às vezes acho que deveria aproveitar, tentar a sorte ou sei lá o quê. Não sei mesmo. Não quero nem falar a respeito.

Ainda não sei se vou mandar essas mensagens para você. Às vezes acho que sim. Uma parte de mim sente que deixei de brigar com você anos atrás. Parecia mais fácil concordar ou ignorar. Sinto que fiquei dizendo só o que você queria ouvir. E deixei de ser sincero. Parei de falar o que realmente pensava. O que queria de verdade. Então, se eu disser tudo isso agora, talvez dê para passar tudo a limpo, talvez dê para começar de novo. Já a outra parte de mim acha que se falarmos tudo um para o outro, se eu mandar essas coisas para você, podemos não aguentar o tranco. Por isso não sei o que fazer.

Nem sei se você se importaria, aliás. Quer dizer, às vezes acho que você não me entende mais. Digo, entender de verdade. O que estou dizendo é que às vezes acho que você não escuta o que eu falo. Às vezes você pensa que já sabe o que vou dizer, ou o que vou fazer, ou o que vou sentir, e você me ignora como se eu fosse a pessoa mais entediante do mundo.

Acho que nem sempre foi assim. Lembro que, na época da faculdade, uma das razões de ser tão bom ficarmos juntos era que você fazia com que eu me sentisse a pessoa mais interessante do mundo. Por sua causa, eu achava que contava as piadas mais engraçadas e as melhores histórias. E, sei lá, acho que não era uma coisa fingida. Você parecia pensar isso mesmo.

E, agora, acho que você não pensa mais assim. Acho que para você eu sou como uma caixa de cereal. Uma coisa que você vê e nem repara que está lá.

Isso está ficando melancólico. Espero que você esteja bem. Às vezes acho que eu deveria mandar estas mensagens, para você escrever de volta e me dar alguma notícia. Penso em você o tempo todo.

*Com amor,
Ryan*

9 de setembro

Querida Lauren,

Lembra quando fomos morar juntos pela primeira vez? Logo depois da formatura na faculdade? Estava um calor terrível, e fomos para aquele apartamentinho de merda em Hollywood, aquele lugar minúsculo, com uma cozinha que tinha um cheiro de algum produto químico bizarro? E você quase começou a chorar porque não queria morar num lugar tão lixo? Mas a gente não tinha dinheiro para nada melhor. Eu estava vivendo do resto do dinheiro que ganhei dos meus pais como presente de formatura, e você estava só começando no emprego de relações com ex-alunos. E eu lembro de pensar, quando deitamos juntos naquela cama minúscula na primeira noite, que ia cuidar de você. Ia me esforçar para conseguir um apartamento melhor. E ser o cara que ia proporcionar a vida que você queria. Enfim, as coisas não saem exatamente como imaginamos. Foi você que garantiu o dinheiro suficiente para sairmos de lá e irmos morar em Hancock Park. Mas eu negociei com o proprietário. Fiz de tudo para convencê-lo, porque eu queria que você tivesse tudo a que tinha direito. Acho que fiz um bom trabalho cuidando de você. Sempre quis que se sentisse segura comigo, que se sentisse amada, e apoiada.

Aprendi a parar de tentar resolver seus problemas e deixar você se virar com eles. Aprendi que você precisa de uns minutinhos pela manhã antes de se sentir pronta para falar com as pessoas. Aprendi que você nunca planeja um tempo de antecedência antes de ir aos lugares e depois começa a surtar por medo de se atrasar. E amava isso em você.

Por que isso não bastou?

Não deveria bastar?

Na época, morando com você, dormindo naquela cama minúscula, pensei que minha função estivesse bem clara. Eu só precisava dar meu apoio, e amar você, e ouvir você e cuidar de você. E tudo isso parecia bem fácil.

Agora parece a coisa mais difícil do mundo.

O que estou fazendo aqui sentado escrevendo para você? Perdendo meu tempo.

Ryan

28 de setembro

Querida Lauren,

A última vez que transamos foi em abril. Caso você queira saber. O que eu duvido. Você nunca pareceu dar muita bola para isso, mas eu sim. Então, se eu mandar estas mensagens algum dia para você, acho bom você saber que transamos pela última vez meses antes de eu sair de casa. Quase cinco meses antes de você dizer que não me amava mais. Passamos esse período vivendo na mesma casa, fingindo que nos tratávamos bem, fingindo que estávamos felizes, e sem encostar um no outro. Pensei em esperar até você se dar conta. Isso nunca aconteceu. Então, sabe como é, caso você queira saber, foi em abril. E foi péssimo.

29 de setembro

Querida Lauren,

Feliz aniversário! Sei que você vai ter uma festa surpresa. Charlie me ligou umas semanas atrás, sem saber que estávamos no meio dessa coisa que *nem sei o que é. Enfim, sei que você está com a sua família. E que deve estar se divertindo. São nove horas da noite, então acho que a coisa está no auge. Estou aqui no meu apartamento. Fica meio difícil me distrair sabendo que é o dia do aniversário de trinta anos da minha mulher e que não estou com ela. Não é?*

Desisti de tentar meia hora atrás, e agora estou tomando uma cerveja e pensando em você.

Quase levantei do sofá para pegar o carro e ir até a casa da sua mãe.

Mas achei que não seria uma boa ideia.

Afinal, o que pode acontecer? Nós nos vemos, admitimos que está sendo difícil e acabamos com essa experiência absurda, e depois o quê? Em dois meses, voltamos ao que éramos. Nós não mudamos. Nada mudaria. Não é?

Então, em vez disso, estou aqui sentado sem fazer nada.

Só quero que você saiba que eu pensei a respeito. Pensei em aparecer lá com duas sacolas de compras, para fazer o "macarrão com camarões mágicos".

Não fiz isso, mas achei que você iria querer saber que pensei em fazer.

Feliz aniversário,
Ryan

1º de outubro

O Thumper está bem? Ficar sem ele está acabando comigo. Parece besteira, mas estava no mercado outro dia para comprar meu jantar e lembrei que precisava de sabão para lavar roupa, então fui pegar, e era no mesmo corredor em que ficava a comida para animais, e pensei "Será que ainda tem ração para o Thumper?" e, sabe como é, esqueci por uma fração de segundo que não moro mais com ele.

Com amor,
Ryan

9 de outubro

Querida Lauren,

Não vou pegar o Thumper. Essa dor de viver sem vocês dois é dura demais. É solidão demais. Tristeza demais. Não consigo fazer isso com você.

*Com amor,
Ryan*

Não consigo mais ler por causa das lágrimas. Ver isso é como entrar no chuveiro com a água pelando para tentar ver quanto tempo consigo aguentar a pele ardendo. Não estou mais nem aí se é certo ou errado. Sei que é errado. Sei que ele não sabe se quer que eu leia isso. Mas também sei que preciso ler. É importante demais para mim. Faz muita diferença para mim. Demais.

Essas mensagens são a prova de como nosso casamento degringolou, e ao mesmo tempo uma demonstração de como ainda estamos envolvidos um com o outro. Somos capazes de amar e odiar, sentir saudade e desprezo, tudo ao mesmo tempo. Nunca mais queremos nos ver, mas ao mesmo tempo nos recusamos a desistir.

Ele me ama e me odeia na mesma medida. Odeio essas mensagens com a mesma intensidade que as amo. A dor e a alegria estão entrelaçadas de forma irrevogável. Leio as mensagens várias vezes, na esperança de separar uma coisa da outra, tentando prever se o amor ou o ódio vai levar a melhor no fim das contas. Mas é como tentar desarmar uma algema de dedos chinesa. Quanto mais eu tento, maior o desgaste, sem trazer nenhum resultado concreto.

Quando, enfim, consigo me controlar, com os olhos ressecados, o nariz escorrendo e a cabeça zonza, vou para a cozinha, pego um pedaço de bacon na geladeira e jogo na frigideira. Espero a fritura começar a estalar. Em seguida, coloco na tigela de Thumper. Ele vem correndo quando escuta o barulho do bacon batendo no inox. E come tudo em meio segundo. Pego outro pedaço e ponho na frigideira, com ele esperando. É então que me dou conta. Se Ryan me mandar o e-mail dizendo que não vai vir pegar Thumper, isso significa que não vou vê-lo daqui a algumas semanas. Realmente vou ficar sozinha sem perspectiva de mudanças num futuro próximo.

"Numa escala de um a dez, quanto você acha ruim alguém entrar no e-mail de uma pessoa sem ela saber?", pergunto para Rachel ao telefone. Estou no trabalho, sentada à minha mesa. Já li aquelas mensagens dezenas de vezes. Algumas partes sei até de cor.

"Acho que preciso conhecer o contexto antes de me manifestar", ela responde.

"O contexto é que eu entrei no e-mail do Ryan e li algumas mensagens dele."

"Dez. Isso é um dez em qualquer escala que vai até dez. Você jamais deveria ter feito isso."

"Em minha defesa, as mensagens eram endereçadas a mim."

"Ele mandou para você?"

"Estavam na pasta de rascunhos."

"Ainda assim é um dez. Uma péssima atitude."

"Uau, você nem vai parar para ouvir o meu lado da história?"

"Lauren, isso é péssimo. É desonesto. É grosseiro. É desrespeitoso. Uma coisa que acaba completamente..."

"Tá bom, tá bom", interrompo. "Já entendi."

Sei que minha atitude foi errada. Não estou preocupada com isso. Tenho consciência de que não foi certo. O que espero ouvir de Rachel é uma coisa do tipo: *Ah, sim, isso é errado, mas eu teria feito a mesma coisa, e você deveria continuar fazendo, inclusive.*

"Então, eu não deveria continuar fazendo isso?", questiono. Talvez se eu for direto ao assunto consiga ouvir a resposta que estou procurando.

"Não, de jeito nenhum."

"Ah, puta que pariu!", exclamo. Eu não deveria ter feito isso. Mas e agora? Não tenho como voltar atrás. E faz mesmo diferença se eu parar agora? Quer dizer, o que está feito está feito. Se ele perguntar *Você entrou no meu e-mail e leu as mensagens que eu não te mandei?*, vou ser obrigada a responder que sim, tendo feito isso uma vez só ou um milhão de vezes.

"Digamos que ele escreva mais uma mensagem endereçada a mim", eu proponho. "Aí tudo bem eu ler?"

"Você não deveria nem ter entrado no e-mail dele para começo de conversa", Rachel responde. "Preciso voltar para o trabalho", ela acrescenta. "É melhor você parar com isso."

"Argh, tudo bem." Ficamos em silêncio por um momento antes de eu fazer minha última pergunta: "Você não está me julgando, né? Ainda acha que eu sou uma boa pessoa?"

"Acho você a melhor pessoa do mundo", ela garante. "Mas não vou deixar de dizer que o que você está fazendo é errado. Não faz meu estilo."

"Certo, tudo bem", digo e desligo o telefone.

Vou até a mesa de Mila.

"Numa escala de um a dez, quanto você acha ruim alguém entrar no e-mail de uma pessoa sem ela saber?"

Ela desvia os olhos do computador e franze a testa para mim. Em seguida, pega o café e cruza os braços.

"Uma das pessoas é você? E a outra é o Ryan?"

"E se fosse...", sugiro.

Ela pensa a respeito. "Estou vendo que você veio me procurar para justificar a sua atitude, porque, de verdade, eu também faria isso se estivesse no seu lugar", ela comenta, balançando a cadeira para trás e para frente. Vitória! "Mas isso não significa que seja certo." Um triunfo fugaz.

"Ele estava escrevendo para *mim*, Mila. Para *mim*."

"E chegou a mandar os e-mails?"

"POR QUE ESTÁ TODO MUNDO TÃO PREOCUPADO COM ISSO?"

Todo mundo que está no escritório se vira na minha direção. Baixo o tom de voz e começo a sussurrar.

"As mensagens são para *mim*, Mila", digo. "Ele não mudou a senha. Está praticamente admitindo que quer que eu leia." Meu rosto está perto demais do dela, e meu tom de voz baixinho sopra muito ar em sua direção. A esta altura, Mila deve saber que comi um bagel de cebola no café da manhã.

Educadamente, ela recua um pouco. "Não precisa cochichar. É só não gritar. Um tom de voz normal já está ótimo", ela diz em um tom exemplar.

"Certo", digo um pouco alto demais, mas em seguida reencontro meu ritmo. "Certo. Só quero saber se, no meu lugar, sabendo que ele estava me escrevendo, escancarando a alma para mim, dizendo coisas que nunca disse quando éramos casados, coisas de partir o coração e de fazer chorar, e fazendo com que eu me sentisse amada ao mesmo tempo — se isso acontecesse, você diria para eu não ler?"

Mila reflete a respeito. Sua expressão passa do conformismo para uma compreensão relutante. "Seria tentador", ela admite. Já me sinto melhor só por ouvir isso. "Seria difícil não ler. E o que você disse sobre a senha faz algum sentido."

Eu cerro os punhos no ar. "Boa!"

"Mas só porque uma coisa é compreensível não significa que seja o certo a fazer."

"Eu estou sentindo muita falta dele", digo a Mila. É uma coisa que sai da minha boca naturalmente.

A determinação dela se desfaz um pouco. "Se fosse você escrevendo essas mensagens, iria querer que fossem lidas sem terem sido enviadas?"

Minha resposta instintiva é sim. Mas paro um pouco para pensar melhor. Dou uma boa olhada em Mila e reflito sobre a pergunta. Eu me coloco no lugar de Ryan. A resposta continua a mesma.

"Sim", eu digo. "Sei que é conveniente, mas estou sendo sincera. Em várias mensagens ele comenta que muitas vezes não me dizia como se sentia de verdade. Que empurrava muita coisa para debaixo do tapete porque era mais fácil, e depois começou a ter raiva de mim por isso. E eu também fazia o mesmo! Às vezes, simplesmente concordava com o que ele queria ou dizia querer para não ter que brigar. E, em algum momento, comecei a me sentir incapaz de ser sincera. Isso faz sentido? As coisas ficaram tão tensas, e meu ressentimento era tão grande, que eu me irritava por tudo, e não sabia nem como começar a expressar a minha raiva. Acho que ele se sente da mesma forma. Isso pode ser uma oportunidade para nós. Pode ser aquilo de que precisamos. Se fosse eu escrevendo para ele, escancarando minha alma, tentando mostrar quem realmente sou, iria querer ser lida." Eu encolho os ombros. "Iria querer que ele visse quem realmente sou."

Mila me escuta com atenção, e depois sorri para mim. "Bom, então talvez isso seja o melhor para vocês dois", ela comenta. "Mas você está se arriscando demais. E precisa estar consciente disso. Pode ser *exatamente* o que ele quer. Ele pode ficar contente em saber que é mais bem compreendido, e que você conhece as profundezas da alma dele e o aceita mesmo assim. Ele pode estar esperando por isso." Pelo tom de voz que ela usa, percebo que ainda tem mais pela frente, apesar de querer que seu discurso terminasse assim. "Mas ele também pode ficar furioso." Lá vamos nós. "Pode se sentir ofendido por você ter traído a confiança dele. Pode nunca mais conseguir confiar em você. Seria uma péssima forma de começar um novo capítulo da sua vida conjugal. Quando esse ano terminar e ele voltar, como você vai dizer para ele tudo o que sabe? Vai assumir o que fez? E acha mesmo, do fundo do seu coração, que ele vai dizer 'Tudo bem, sem problemas'?"

"Não", respondo. "Mas acho que os benefícios vão ser maiores que os efeitos colaterais."

Mila não parece muito convencida.

"Eu percebo isso como uma oportunidade de conhecer meu marido de um jeito totalmente novo. Tenho a chance de chegar até ele sem filtros. Posso descobrir onde foi que eu errei. Posso começar a entender o que ele precisa. O que preciso melhorar daqui para a frente. Vou aprender como me apaixonar por ele de novo. Como ser uma esposa melhor, como oferecer o que ele quer, como dizer o que eu preciso. Isso tudo é bom. Minhas intenções são boas. Não estou fazendo nada por mal."

Estou determinada a convencer Mila. Queria que alguém me dissesse que não é problema eu fazer uma coisa que sei que não é certa. Mas, no processo, acabei convencendo a mim mesma.

"Bom, eu lavo as minhas mãos", ela anuncia. "Pelo jeito você sabe o que está fazendo."

Assinto com a cabeça e volto para a minha mesa. Não tenho ideia do que estou fazendo.

Mila chama minha atenção quando estou quase saindo: "Comida mexicana no almoço?", ela sugere.

Olho para o relógio. Meio-dia e quarenta e sete. "Me dá só um minutinho."

Quando estamos descendo de elevador, pergunto a Mila o que acha de comida persa.

"O que é comida persa? Na verdade, acho que nunca comi."

"Tem bastante arroz e açafrão. E ensopados."

"Ensopados?" Mila faz uma careta. "Não, eu não sou muito fã de ensopados."

"Comida grega?"

Ela dá de ombros. "É aceitável."

"Vietnamita?"

"Acho que nunca provei. É parecida com a tailandesa?"

"Mais ou menos", respondo. "É basicamente macarrão, carnes e caldos. Às vezes, os pratos vêm como molho de peixe."

"Molho de peixe? Um molho feito de peixes ou para servir com peixes?"

"Não, é feito de peixe fermentado mesmo. Uma delícia."

"Por que não ficar só no mexicano, hein?", ela diz quando saímos do elevador.

Assinto com a cabeça. É simples assim. Por que Ryan nunca me disse *Por que a gente não fica só no mexicano?* Por que comer um monte de coisas de que não gosta? Eu toparia um burrito numa boa. Não teria ligado nem um pouco. Será que ele não sabia disso?

"Sabe de uma coisa", Mila diz. Ela está andando um pouco à minha frente, procurando a chave na bolsa. "Se você acha que o Ryan vai gostar de saber que você está lendo esses e-mails e espionando os momentos mais vulneráveis dele, então seria justo que você se submetesse ao mesmo processo."

"Como assim?"

"Do que você tem medo? Quais são seus desejos?"

"Sei lá. Acho que..."

"Não conta pra mim", ela interrompe. "Escreve num e-mail."

Naquela noite, vejo a pasta de rascunhos do e-mail dele mais uma vez antes de ir para a cama.

15 de outubro

Querida Lauren,

É o sexo. Sinceramente. Acho que essa é a única coisa que eu não suportaria perder e foi justamente o que aconteceu. Para mim a questão como um todo se resume a isso. Eu poderia ter mais paciência em outros assuntos se você se mostrasse minimamente interessada em fazer sexo. Acho que eu poderia ter sido mais atencioso. Acho que poderia apreciar mais a sua companhia. Acho que poderia ter mais interesse em te escutar. Se não estivesse puto por você NUNCA NEM QUERER FAZER SEXO.

Como assim, caralho? Não é uma coisa tão difícil, Lauren. Eu não estava pedindo para você virar uma espécie de atriz pornô. Teria sido bom poder transar duas vezes por semana. Ou duas vezes por mês? Seria bom ver você tomando a iniciativa nem que fosse uma vez por ano.

Era sempre como se você estivesse me fazendo um favor. Como se eu tivesse te pedindo para lavar a louça.

E nem sei por que nunca briguei com você por isso. Porque na minha cabeça eu fazia isso. Às vezes, ficava tão puto depois de você falar "Hoje não" pela vigésima noite seguida que ia tomar um banho gelado e ficava gritando com você mentalmente. Na realidade, os meus pensamentos me levavam a uma briga de verdade, imaginando as coisas que você diria e berrando minhas respostas para mim mesmo. E, depois, me enxugava e deitava ao seu lado na cama e não falava nada. Você continuava lá com a porra do seu livro na mão, fingindo que estava tudo bem.

Por que eu nunca falei que não estava tudo bem?

Eu não tinha como ser um marido com você me tratando como se fosse um amigo.

Eu preciso de SEXO, LAUREN. PRECISO FAZER SEXO COM A MINHA MULHER DE VEZ EM QUANDO. PRECISO SENTIR QUE ELA GOSTA DE TRANSAR COMIGO.

Não posso ficar meses me masturbando escondido no banheiro porque "hoje você não está a fim".

Ryan

Sinto vontade de gritar com ele. De dizer que, se ele queria tanto fazer sexo, então deveria se esforçar um pouco mais para tornar a experiência boa para mim também. De dizer para ele que se trata de uma via de mão dupla. Não era só ele que estava insatisfeito na cama. Sinto vontade de dizer que a única diferença entre nós era que ele, pelo menos, tinha um orgasmo a cada dois meses. Mas uma outra parte de mim, uma parte imensa e dolorida, só quer saber de dizer: *Vem para casa, vem para casa. Nós vamos dar um jeito em tudo agora que sei disso.*

Vou para a cama e tento dormir. Fico me virando de um lado para o outro, olhando para o teto. Em algum momento da noite, porém, meu cérebro desliga e eu pego no sono.

Quando acordo, estou morrendo de vontade de dizer um monte de coisas.

16 de outubro

Querido Ryan,

Tem algumas coisas que eu acho que você precisa saber:

O sofá não está mais com um leve cheiro de suor, porque ninguém vai correr e depois deitar lá sem tomar banho.

Estou adorando o hábito de jogar fora os recibos das coisas que compro. Deixei de controlar cada centavo que entra e sai da conta do banco. Às vezes, vou ao mercado, percebo que esqueci o cupom de desconto e compro o produto mesmo assim. Por quê? Porque estou pouco me fodendo para isso. É esse o motivo.

Dou gorjetas de vinte por cento agora. Para todo mundo. Não me interessa mais se você acha que o padrão é dezoito por cento.

Estou ansiosa para passar uma temporada inteira de beisebol sem precisar enfrentar aquela aglomeração de gente que é o estádio dos Dodgers.

Você por acaso entende como funciona uma vassoura?

Sempre detestei ir àquele restaurante chinês idiota na Beverly Boulevard que você sempre adora. Não é tão bom assim. E, já que estamos falando nisso, sim, aquele cabelo que encontrei no meu chow mein é repugnante, e nunca vou conseguir "esquecer isso".

Aquela piada que você conta sobre as freiras lavando as mãos no portão do céu é totalmente grosseira, nem um pouco engraçada e me faz passar uma puta vergonha.

Homens que querem usar barba precisam apará-la. Não dá para deixar crescer à vontade e achar que está bom assim. É preciso ter alguns cuidados básicos, caso contrário você fica parecendo um mendigo.

Por falar nisso, você precisa aprender a cortar seus pelos pubianos. Não sei como ser mais clara a respeito. Pelo jeito, comprar uma máquina de cortar cabelo e dizer "Hahaha, isso serve para os pelos pubianos também" não foi suficiente.

Se estiver procurando motivos para nossa vida sexual ter se tornado um desastre total, talvez precise levar em conta que não faz o mínimo esforço para me agradar desde, sei lá, o último ano de faculdade. Você por acaso sabe alguma coisa sobre o prazer feminino? Porque ele não vem com estocadas apressadas e sem ritmo.

Paro de digitar e vejo o que escrevi. Sinto uma tremenda vontade de apagar as últimas partes. São coisas embaraçosas e constrangedoras demais. E se ele acabar lendo mesmo? O que ele faria se visse isso?

Eu apago a mensagem. Preciso apagar. Não posso escrever essas coisas.

Daí lembro que disse a Mila que eu queria ser sincera. Falei para ela que o motivo para ler as mensagens de Ryan era para saber o que ele realmente pensava. Precisava de um acesso sem filtros a ele. Como posso justificar meu interesse pelos pensamentos sinceros dele se escondo os meus?

Aperto Ctrl + Z. A mensagem reaparece na tela.

Isso precisa permanecer onde está. Tenho que fazer as coisas direito. Ele provavelmente nunca vai ler essa mensagem. Então, na verdade, estou escrevendo para mim mesma. Talvez seja esse o problema; pode ser que eu esteja apreensiva para admitir certas coisas até mesmo para mim mesma.

É por isso que preciso continuar.

Salvo o rascunho e sou redirecionada para minha caixa de entrada. E vejo que recebi um e-mail.

De Ryan. Ele me mandou um e-mail. Apertou o botão de enviar em um deles.

16 de outubro

Querida Lauren,

Eu não vou buscar o Thumper. Acho melhor ele ficar aí.

Se cuida,
Ryan

Antes que eu consiga recobrar o fôlego, aperto no botão de resposta e digito "Tudo bem", mas penso melhor. Escrevo "O.k.". E envio.

Então está feito. As rodinhas da bicicleta foram retiradas. Não tenho nenhuma perspectiva de voltar a ver meu marido. Provavelmente, só vou reencontrá-lo daqui a um ano.

Eu levanto. Vou tomar banho. Me visto. Alimento Thumper. Vou trabalhar. Cumpro minhas obrigações do dia. Quando chego em casa, antes de alimentar Thumper ou tirar os sapatos, faço login no e-mail dele outra vez.

Tem um novo rascunho que ainda não li.

16 de outubro

Querida Lauren,

Eu conheci uma pessoa.

Ryan

O som que sai da minha boca não é um grito nem um soluço. Também não é um berro.
É um gemido baixinho.
Imprimo o e-mail. Vou até o closet do corredor. Pego o banquinho. Vou para o closet do quarto. Pego a caixa de sapatos. Abro e ponho a mensagem lá dentro.

Deixo aquela folha de papel em meio a nossas lembranças. Está em cima do canhoto da passagem do trem para San Diego quando passamos um fim de semana na praia. Está em cima de uma foto nossa no Crab Shack, em Long Beach, onde fomos com a família dele para comemorar seu aniversário de vinte anos. Está em cima da primeira coleira de Thumper, uma rosa-choque que compramos no caminho de casa porque Ryan se recusava a "submeter o cachorro a normas de gêneros, e porque está em promoção". Ela está em cima das pétalas secas do meu buquê de casamento.

Fica em cima de tudo isso. Porque agora não tenho mais como fingir que não está acontecendo. Não dá mais para fingir que este momento não é parte da nossa história.

Tiro minha aliança e guardo na caixa. Por ora, o lugar dela é junto com as outras lembranças.

Depois disso, Ryan para de me escrever.

Por uma semana ou duas, verifico a pasta de rascunhos todos os dias, na esperança de ver alguma coisa. Mas ele nunca escreve.

O Dia das Bruxas chega, e compro uma enorme variedade de doces industrializados para distribuir, mas quando volto para casa fico pensando se Ryan e sua garota misteriosa estão se trocando, usando fantasias que combinem. Me distraio acendendo a luz da varanda da frente e comendo doces. Dou para Thumper os que não têm chocolate.

Depois de algumas semanas de baixo astral, decido verificar o e-mail dele só de vez em quando. Adoto novos hobbies para me distrair. Thumper e eu começamos a fazer trilhas no Runyon Canyon. Subimos a montanha até não aguentarmos mais, até sermos incapazes de dar mais um passo, e mesmo assim continuamos. Nós nunca deixamos a montanha vencer.

Depois de um tempo, Rachel começa a nos acompanhar. Ela também me incentiva a começar a correr. E é isso que faço. Corro dia sim, dia não. Conforme as semanas vão passando, o tempo começa a esfriar em Los Angeles, então compro um agasalho de corrida impermeável. Minhas canelas estão doloridas, então compro tênis melhores. Passo a forçar cada vez mais meus limites na rua. Corro mais tempo. Mais rápido. Corro até um dia perceber que meu rosto está mais fino e minha barriga está mais firme. E continuo correndo. Isso silencia as vozes na minha cabeça. Acalma meus nervos. Me obriga a não pensar em ninguém e em nada que não seja o som da minha respiração, as batidas do coração dentro do meu peito e o fato de precisar seguir em frente.

No fim, paro de entrar no e-mail de Ryan de uma vez por todas.

PARTE TRÊS
O amor é assim

É uma manhã de domingo no fim de novembro e, apesar de ontem ter feito quinze graus, hoje está um calor de quase trinta.

"Esse tempo não faz o menor sentido", Mila comenta. "Não que eu esteja reclamando. Só estou dizendo que não entendo mais nada."

Christina está com os meninos. A única coisa que Mila me pediu foi: "Não importa aonde a gente vá. Só me tira de perto de crianças e de outras mães". Por isso achei que o bazar do Rose Bowl seria uma opção divertida. Ela parecia estar bem mal-humorada quando fui buscá-la, mas se animou assim que pegamos a via expressa. Agora que chegamos, está mais parecida com a Mila de sempre. O único problema é que nenhuma das duas precisa comprar nada, então ficamos só circulando entre as fileiras de mercadorias.

Uma barraca com apanhadores de sonhos atrai a atenção de Mila, que começa a olhar mais de perto. "O que é que esses apanhadores de sonhos fazem?", ela questiona.

"Vou me abster da resposta óbvia de que 'apanham sonhos'", digo.

"Sim, mas o que isso significa? Apanhar sonhos?"

"Não faço ideia", confesso. Falo baixo para a dona da barraca não nos escutar e resolver dar uma longa explicação a respeito. Já caí nessa armadilha uma vez com um cara que vendia penicos antigos. Quando vejo a dona se aproximando, tomo logo a precaução de dizer: "Vamos mudar de assunto".

Mila se afasta dos apanhadores de sonhos e continua andando. "Certo. Que tal a gente conversar sobre eu arrumar um encontro às cegas para você?" Ela se vira para mim com uma expressão de empolgação, como se sua animação fosse capaz de me fazer mudar de ideia.

"A resposta é não. Na verdade, 'de jeito nenhum'", garanto.

"Ah, para", ela rebate. "Você precisa conhecer alguém! Se divertir um pouco!"

Se eu considero que seria legal conhecer pessoas novas? Sim, claro. Às vezes, acho que sim. Mas um encontro às cegas? "Isso não faz meu estilo."

"E *qual é* o seu estilo? Conhecer pessoas na sala de estudos?"

Abro a boca para mostrar que fiquei ofendida. "Foi no *refeitório*, para sua informação."

"Escuta só, faz um tempão que você está afastada desse mundo dos solteiros, então é bom entender que as pessoas não se conhecem mais na fila da farmácia, ou descobrindo que leem a mesma revista numa livraria."

"Como as pessoas se conhecem, então?"

"Em encontros às cegas!", ela diz. "Bom, na internet também, mas você não está pronta para isso. A questão aqui são os encontros às cegas."

Que absurdo. É claro que as pessoas se conhecem de outras formas. Mas a verdade é que não sei como as pessoas fazem para se conhecer depois que saem da faculdade. E não sei se estou disposta a descobrir. "É que eu não sei se estou pronta", explico. Vou até uma barraca que vende bijuterias de prata e começo a experimentar anéis.

"Você que sabe", ela diz. "Mas a Christina falou que ele é uma graça."

"Você já tem alguém em mente? Como assim, vocês ficam fofocando na sua casa com seus pijamas combinando sobre a minha vida infeliz?"

Mila se põe ao meu lado na barraca dos anéis. "Para começo de conversa, nós nunca usamos pijamas combinando. Somos lésbicas, não irmãs gêmeas", ela responde. "E, em segundo lugar, não, nós não ficamos fofocando sobre sua vida infeliz. Mas, às vezes, ficamos entediadas e metemos o nariz onde não somos chamadas. Eu encaro isso como um serviço de utilidade pública."

"Utilidade pública?"

"Você acha que é a primeira pessoa para quem arrumo um encontro às cegas? A minha irmã e o marido dela? Fui eu. A chefe da Christina e o namorado dela? Fui eu."

"Você também não juntou o Samuel do setor de matrículas com a Samantha da administração dos alojamentos?"

Mila faz um gesto com a mão. "Foi um erro. Pensei que um casal Sam/ Sam seria bonitinho, e isso atrapalhou minha objetividade. Mas a Christina falou que esse cara é uma gracinha. Acabou de se divorciar. Trinta e poucos anos. Professor de estudos sociais para alunos do oitavo ano, então dá para ver que deve ser um amor."

"Não sei, não", digo. "Parece uma coisa bem complicada. E não estou atrás de nada sério. Só quero... acho melhor não."

"Tudo bem", ela responde, fingindo resignação. "Vou avisar a Christina que não vai rolar."

Ponho o anel que estava olhando sobre o balcão. "Ela já falou com ele?"

"Já", Mila diz, dando de ombros. "O que é uma pena, porque ele tinha ficado todo animado. Ela mostrou uma foto sua, e ele disse que te achou bonita."

Dou uma encarada nela, com ceticismo. "Você não está inventando tudo isso?"

Ela ergue a mão como se estivesse fazendo um juramento. "Dou minha palavra."

Abro um sorriso, apesar de não querer.

Mila retribui o gesto. Ela conseguiu mais do que esperava.

Passo para a cabine ao lado. Um homem vendendo chapéus. Metade do estoque é composta de bonés dos Dodgers. Isso basta para que os meus pensamentos se voltem para o meu marido. Ryan parou de me escrever há um bom tempo. Não tenho ideia de como está sua vida no momento. Ele pode estar na cama com uma loira. Pode estar fazendo café da manhã para ela. Pode estar apaixonado. Pode estar transando neste exato momento. O homem que nos degraus da Vernal Fall declarou que não conseguia viver sem mim... Eu me pergunto o que ele pode estar fazendo agora, vivendo sem mim.

"Está tudo bem?", Mila questiona quando consegue atrair minha atenção. "Você parece chateada."

"Está, sim", respondo. "Tudo bem." Não é exatamente cem por cento verdade. Mas também não é a mentira que já foi.

Na segunda-feira, depois do trabalho, estou na feira de produtores rurais do Grove quando meu telefone começa a tocar. Largo o pote de geleia gourmet que estou vendo e procuro meu celular na bolsa.

É Charlie.

"Oi", digo ao atender.

"Oi, você pode falar um minutinho?"

Eu me afasto da barraca e encontro um lugar para sentar. "Tenho tempo de sobra", garanto. Estou sendo gentil, na verdade, mas também não tenho nada urgente para fazer. Ser solteira significa ter muito tempo livre. "O que foi?"

"Eu vou passar o Natal aí", ele anuncia.

"Que ótimo! Vai todo mundo para a casa da mãe, e acho que o Bill vai estar lá. A vó também vem. O tio Fletcher não sei, mas acho que sim. Então vai ser legal ter..."

Charlie me interrompe: "Escuta só, quero a sua ajuda com uma coisa."

"Certo..."

"Tenho uma notícia para dar, mas não sei como fazer isso. Então, achei melhor saber o que você acha primeiro."

"Tudo bem", respondo. Isso é novidade para mim. Charlie interessado na minha opinião. Mas também estou meio assustada. Se ele está pedindo conselho, se acha que não é capaz de lidar com a situação sozinho, então a coisa deve ser séria, não? Não pode ser coisa boa.

"Você está sentada? Quer dizer, tem tempo para conversar?"

"Ai, meu Deus, Charlie, o que foi?"

Ele respira fundo antes de dizer: "Eu vou ser pai em breve".

"Você vai ver o pai?" Como é que ele sabe onde o nosso pai está? Será que recebeu um telefonema dele?

"Não, Lauren. Vou ter um filho. Vou *ser* pai, não ver o pai."

Tem pessoas passando na minha frente, compradores com sacolas com tomates e abacates, crianças gritando pelos pais. E o som de carros à distância. E açougueiros oferecendo diversos cortes de carne a mulheres a caminho de casa depois do trabalho. Mas não consigo escutar nada disso. Só a minha respiração. E o meu silêncio ensurdecedor. O que posso dizer. Decido arriscar um: "Certo, e como você está se sentindo a respeito?".

A voz de Charlie começa a se animar. "Estou achando ótimo, para dizer a verdade. É a melhor notícia que já recebi na vida."

"Sério?"

"É. Tenho vinte e cinco anos. Não gosto do meu trabalho. Moro a milhares de quilômetros da minha família. Meus amigos estão... enfim. E o que eu estou fazendo? O que já fiz que seja interessante? Vivo mudando de um lugar para o outro, em busca de alguma aventura, mas nada acontece. E aí conheci a Natalie e, dois meses depois, recebo uma ligação informando que... Isso é bom. Acho bom mesmo. Eu posso muito bem ser o pai de alguém."

Que surreal. "E como vão ser as coisas com a tal Natalie?" Estou me limitando aos questionamentos mais óbvios, por me sentir absolutamente atordoada.

"Bom, essa é a parte que torna tudo complicado, mas também pode vir bem a calhar."

"Certo", digo.

"A Natalie mora em Los Angeles, então... Estou voltando para casa."

Uau. Minha mãe vai ter um neto para brincar. Minha avó vai ter um bisneto. Charlie resolveu o problema. Tirou a pressão de cima de mim. Isso não é mais responsabilidade minha. O que é bom, não? "Uau, é bastante coisa para assimilar", comento.

"Pois é. Mas tem o seguinte: ela é uma mulher sensacional. E acho que quero tentar fazer as coisas darem certo entre nós. Ela é inteligente, divertida. A gente se diverte bastante juntos."

"Como vocês se conheceram?"

"A gente se conheceu no avião", ele conta. "E aí... rolou. Achei que não fosse significar nada de mais. Então, como você vê, essa é a parte mais difícil de explicar."

"No avião?", questiono, juntando as peças mentalmente mais depressa do que consigo falar. Meu irmão foi para a cama com uma mulher que conheceu no voo de volta do meu aniversário. É disso que estamos falando. "Ai, Charlie!", digo, aos risos. "Foi, tipo, no *próprio* avião?"

"Para proteger a minha dignidade e a da futura mãe do meu filho, eu me recuso a responder." Então, sim, foi mesmo.

"Puta merda", comento, impressionada com o quanto tudo isso é repentino e insano. "Então, você vai morar com uma mulher chamada Natalie. E vocês vão ter um bebê."

"Isso mesmo. A gente se fala toda noite depois do trabalho, por telefone, por e-mail. Gosto muito dela. Nos damos bem. E concordamos em como lidar com a situação."

"Que ótimo", digo. "Para quando é o bebê?"

"Final de junho."

"Caramba, Charlie, meus parabéns!" Sou obrigada a admitir que uma parte de mim está se sentindo ultrapassada, superada, relegada à irrelevância.

Charlie parece aliviado. "Obrigado. Estou morrendo de medo de contar para a mamãe."

"Não", digo, sacudindo a cabeça. "Não precisa. Você parece feliz. E a Natalie parece ser ótima. E isso é a melhor notícia que ela poderia receber. Você vai voltar para cá, e ela vai ganhar um neto. Pode acreditar, ela vai ficar feliz."

"Você acha mesmo? Pensei que nenhuma mãe ia gostar de ouvir um filho dizer: 'Então, eu engravidei uma garota'."

"Vai ser um choque, é verdade. Mas não é isso que você está dizendo. Você tem um plano. E está contente com isso. Se você está animado, ela também vai ficar. Já contou para a Rachel?"

"Não", ele responde. "Só queria a sua opinião sobre contar por telefone ou pessoalmente no Natal. Acho que a Rachel julga demais as pessoas nesse tipo de assunto. Fica meio na defensiva por ser solteira. Faz um tempão que ela não sai com alguém, sabia? Não queria expor essa situação para ela assim."

"Então, achou melhor ligar para sua irmã quase divorciada", digo em tom de provocação.

Ele cai na risada. "Ah, qual é, você e o Ryan vão ficar bem. Você mesma disse isso. Não estou preocupado com vocês dois", Charlie responde. "Enfim, eu te liguei porque você sempre sabe o que fazer."

Num momento em que minha vida toda parece estar em frangalhos, quando sinto que a última coisa que sei é *o que fazer*, é um alento para o coração pensar que meu irmão veio pedir minha ajuda. Mas, se eu disser isso agora, se contar o quanto esse gesto significa para mim, vou perder sua cumplicidade aqui e agora. Então, em vez disso, guardo meus sentimentos para mim. "Acho que você tem razão em querer fazer isso pessoalmente", digo. "Se você vier mesmo para o Natal, só avisa a mãe que você vai levar uma amiga ou coisa do tipo. Você vai ficar na casa da Natalie, né?"

"É", Charlie responde. "Então, eu preciso falar para a mãe que não vou ficar na casa dela, que vou dormir em outro lugar. Isso vai despertar suspeitas, mas só vou abrir o jogo quando estiver cara a cara com ela. É melhor contar pessoalmente, você tem razão."

"Pois é, exatamente", concordo. "E não se preocupa. Ela vai ficar feliz, de verdade."

"Obrigado", Charlie responde e, pela primeira vez, sinto que o tom de contrariedade habitual em sua voz não está mais lá.

"Estou supercuriosa", comento. "Então, vocês se conheceram e, enfim, fizeram o que tinham que fazer. Como ela encontrou você? Quando descobriu que estava grávida e soube que era seu? Como conseguiu achar você em Chicago?"

"Dei meu telefone para ela", Charlie conta, como se fosse a coisa mais óbvia do mundo.

"Você passou seu telefone para uma mulher que mal conhecia, com quem transou uma vez num avião?"

"Eu sempre dou meu telefone para as mulheres com quem tenho alguma coisa", Charlie explica. "E as camisinhas têm uma eficiência de só noventa e oito por cento."

Esse, sim, é meu irmão mais novo. Consegue ser atencioso e cínico na mesma medida. E agora vai ser pai.

E eu vou ser tia.

"Ei, Charlie?"

"Quê?"

"Você vai ser um ótimo pai."

Charlie dá risada. "Você acha mesmo?"

Na verdade, não faço ideia. Não tenho nenhuma evidência em que me apoiar. Só decidi confiar nele. E, por um instante, entendo por que todo mundo acha que meu casamento vai voltar ao normal. Não existe nenhum motivo concreto. As pessoas simplesmente decidiram acreditar em mim.

Mila chega ao trabalho com os olhos vermelhos e a cara fechada.

"Nossa, está tudo bem?", pergunto.

"Estou bem", ela responde, colocando as chaves sobre a mesa e tirando a bolsa do ombro, que solta no chão com um baque seco.

"Tem certeza?"

Ela me dá uma encarada. "Quer ir tomar um café?", ela sugere. Não é comum as pessoas do escritório saírem para pegar um café assim que chegam, mas duvido que alguém vá reparar nisso.

"Claro", digo. "Só vou pegar minha carteira."

Mila põe a bolsa de volta no ombro enquanto corro até a minha mesa e pego a minha. Ficamos em silêncio até chegarmos aos elevadores. Aperto o botão para descer, ouço a campainha e, por sorte, constato que não tem ninguém lá dentro.

"Não consegui dormir ontem à noite", ela conta enquanto a porta se fecha.

"Nem um pouco?"

"Nada. Só dormi umas quatro horas na noite anterior, e umas duas na outra." Sua postura é a de uma mulher derrotada. Está com o braço apoiado no quadril, como se estivesse difícil suportar o próprio peso.

"Por quê?"

Uma parada inesperada no quarto andar. Uma mulher de saia preta entra e aperta o botão do segundo. Está na cara que estávamos conversando. E também que paramos por causa dela. São quinze segundos de constrangimento para todas nós. Quando o elevador enfim para de novo, a porta se fecha devagar e, numa sincronia perfeita, nossa conversa recomeça.

"Porque a Christina e eu estamos brigando até altas horas ultimamente", ela revela.

"Brigando por quê?"

Ding.

Estamos no primeiro andar, atravessando o saguão na direção do quiosque de café. Mila e eu nunca viemos aqui, porque não gostamos do café fraco e dos pãezinhos passados. Mas, às vezes, as pessoas não vão tomar café por causa do café em si. E essa é uma dessas ocasiões.

"A gente está brigando por causa de tudo. Qualquer coisa! Os meninos, quem alimenta o cachorro, procurar um lugar maior para morar, a melhor época para comprar uma casa, transar ou não transar."

"Vocês transam bastante?", pergunto. Acho que, em certo sentido, estou à procura de evidências empíricas de que sou uma pessoa normal. De que todos os casais têm seus problemas sexuais. Talvez elas também não transem muito. "Isso é um problema para vocês?"

"Não, a gente transa bastante", ela garante. "Isso quase nunca é motivo de briga. A questão é se a gente deve fazer isso com os meninos acordados."

Lá se vai minha teoria. Esse problema é só meu mesmo.

Ela vai até o balcão do quiosque. "Um latte com avelã, por favor", Mila pede.

"Desculpa, moça, mas a gente está sem leite", ele responde. Apesar de pedir desculpas, não parece nem um pouco incomodado.

"Não tem leite?"

"Isso, moça."

"Então só tem café puro?"

"E açúcar", ele acrescenta.

É isso o que acontece quando as pessoas acabam comprando qualquer café, independentemente da qualidade. Se o ponto for bom, o lugar não precisa ter nem produtos para vender.

"Certo. Um café preto. Quer alguma coisa?", ela me pergunta.

Faço um gesto negativo. O homem entrega a Mila um café simples e cobra dois dólares por isso.

"Então, vocês estão brigando por causa de um monte de coisas?", pergunto, voltando ao assunto. Mila senta num banco no saguão, e eu me acomodo ao seu lado.

"É, e quando a briga termina um dos gêmeos acorda, e eu não consigo voltar a dormir."

"Minha nossa", comento. "O que você acha que está acontecendo?"

"O motivo das brigas?"

"É."

Mila parece desanimada. "Não sei. Sinceramente. A gente não costumava brigar tanto assim. Tinha só um desentendimento ou outro, sabe? Nada dessa coisa de ficar gritando uma com a outra até amanhecer."

"Aconteceu alguma coisa que possa ter estressado vocês?"

Ela encolhe os ombros, dando um gole cauteloso no café. "Criar filhos não é brincadeira. Cuidar de uma família não é mole. E acho que às vezes isso afeta uma de nós. No momento, está acontecendo com as duas ao mesmo tempo. O que não é nada bom."

A bolsa dela apita, e ela remexe lá dentro em busca do celular. Acho que é uma mensagem de Christina, porque Mila fica furiosa.

"Juro por Deus", ela diz, sacudindo a cabeça. "Eu mato ela. Eu *acabo* com ela."

"O que foi que ela fez?"

Mila me mostra a mensagem, que diz apenas: *Não vou poder ir buscar o Brendan e o Jackson na creche. Você faz isso?* Parece uma coisa inofensiva, mas sei que existe um contexto que transforma essas frases em uma traição revoltante. Dá para imaginar, levando em conta as noites em claro e as palavras duras trocadas, o histórico prévio, os ressentimentos. Uma simples mensagem pode ser a gota d'água que faz o copo transbordar.

"O que você vai fazer?", pergunto.

Mila respira fundo, dá um gole no café e fica de pé. "Vou superar isso", ela anuncia. "É isso que vou fazer. Vou tomar uns cinco desses", ela diz, apontando para o café, "para aguentar até as cinco da tarde, depois vou buscar meus filhos, arrumar um jeito de ser legal com a minha companheira e, no fim, vou para a cama. É isso que vou fazer."

Eu assinto com a cabeça. "Parece um bom plano."

Voltamos para o elevador e, enquanto caminhamos até lá, eu me pergunto por que não consegui fazer isso. Por que não tentei tomar cinco cafés e ser legal quando chegasse em casa? Sei lá. E acho que nunca vou saber. Talvez parte do motivo seja porque não sou Mila. E Ryan não é

Christina. Talvez parte do motivo é porque não temos filhos. Talvez, se tivéssemos, teríamos encarado a questão de outra forma. Não sei por que Ryan e eu somos diferentes. Mas também não vejo problema nisso.

Porque não quero chegar em casa à noite e ter que me esforçar para ser legal com alguém. Não estou a fim de fazer isso no momento. Gosto de chegar em casa e fazer o que quiser. Ver o que eu estiver a fim na TV. Tomar um banho bem demorado. Pedir comida venezuelana. Thumper e eu podemos ir para a cama perto da meia-noite e dormir a noite toda, com espaço de sobra na cama.

E, se a pessoa gosta dos seus planos para o que fazer à noite, não pode lamentar as decisões que levaram a essa situação. Acho que a regra deveria ser essa.

Quando entramos no elevador, Mila me agradece por tê-la escutado. "Já estou me sentindo melhor. Bem melhor. Só precisava desabafar, pelo jeito. E você, como está? Vamos falar de você."

Eu dou risada. "Não tenho muita coisa para contar", aviso. "Está tudo bem."

"Que bom", ela comenta.

Ficamos em silêncio, e me sinto na obrigação de falar alguma coisa. "Pode ir em frente", digo. "Pode marcar o tal encontro às cegas."

Não sei por que disse isso. Acho que estou tentando agradá-la.

Mila aperta o botão que faz o elevador parar, e a subida é interrompida. Sou obrigada a me apoiar na parede para não perder o equilíbrio.

"Está fazendo isso só para me agradar?", ela questiona.

"Não", garanto. "É que... Acho que chegou a hora de me divertir um pouco." Deve ser verdade mesmo. Imagino que possa ser divertido. Talvez.

Ela abre um sorrisão. "Ah, vai ser demais!"

Mila volta a apertar o botão, e recomeçamos a subida.

"Estou orgulhosa de você", ela anuncia.

"É mesmo?", questiono enquanto a porta abre e saímos do elevador.

"É", ela diz. "Isso é um passo importante para você."

Ah, é? Sim. Pelo jeito é mesmo. Eu deveria ter pensado melhor a respeito.

Algumas horas depois, ela aparece na minha mesa com um sorriso no rosto e outro café na mão. "Você está livre sábado à noite?"

"Neste sábado?" Não pensei que fosse uma coisa tão imediata. Não sabia que seria ainda nesta semana.

"É."

"Hã...", eu começo. "Sim. Claro. Acho que pode ser no sábado."

"Vou passar seu telefone, então", Mila avisa, e em seguida vem para o meu lado da mesa e se apossa do meu computador. "Quer ver uma foto dele?"

"Ah, quero sim, com certeza", respondo, lembrando que é preciso sentir um mínimo de atração pela pessoa.

Ela abre uma fotografia.

Ele é bonitão. Cabelos castanhos claros, maxilar quadrado, óculos no rosto. Na imagem, está plantando uma árvore junto com algumas crianças. Está de jeans e camiseta, com luvas de jardinagem e uma pá gigantesca na mão.

Olho bem para a foto. Examino atentamente. Acho que toparia beijá-lo. Sabe como é, talvez. De repente, ele pode ser um cara que eu beijaria.

Passo a manhã de sábado deitada na cama com Thumper. Ficamos vendo reality shows na TV, depois eu leio uma revista.

Penso em ligar para Rachel e contar que topei sair num encontro às cegas, mas, quando vou completar a chamada, meu celular começa a tocar. As chamadas feitas e recebidas ao mesmo tempo me deixam confusa e, de alguma forma, acabo desligando na cara de todo mundo e deixando uma mensagem de voz para Rachel dizendo "Hã, o quê? Espera, Ai!"

Quando vou verificar as chamadas perdidas para ver quem ligou, o telefone toca de novo, e desta vez atendo: "Alô?"

"Lauren?"

"Sim."

"Oi, é o David."

Estou nervosa. De um jeito bom. Eu me lembro de como é. Não é exatamente um frio na barriga. É mais uma palpitação no peito. Mas qualquer uma das duas é um sinal claro de agitação, o que pode ser assustador. "Ah, oi, David. Como vai?"

A voz dele é simpática e tranquilizadora. Uma bela voz. "Estou bem, e você?"

"Tudo bem."

Ficamos em silêncio por um instante, e minha mente pensa em mil opções sobre o que dizer, mas no fim acabo não encontrando nada. *Alguém fala alguma coisa.*

"Eu estava pensando em marcar lá pelas sete horas. Tem um restaurante grego ótimo em Larchmont, se você gostar desse tipo de comida.

Quer dizer..." Ele começa a se complicar. Parece meio nervoso. "Quer dizer, tem gente que não gosta de comida grega. O que é normal."

Isso pode acabar sendo mais fácil do que eu imaginava.

"Comida grega parece uma boa ideia. Você estava pensando no Le Petit Greek?" Quando o assunto é culinária grega, eu sei me virar bem.

"É!", ele responde. "Você já foi lá?"

Era onde eu obrigava o Ryan a me levar quando queria comer mussaca. Deveria ter reparado que ele sempre pedia só um filé. Ele nem gosta tanto assim de carne vermelha.

"Já, sim", digo. "E adoro lá. Ótima escolha."

"Certo, às sete horas então", David diz. "Você vai me reconhecer porque vou estar com uma rosa vermelha na lapela."

"Legal", respondo. Não sei se é brincadeira, então não me arrisco a dar risada.

"Essa parte é brincadeira", ele avisa, com um tom de voz de quem está ansioso para esclarecer a situação. "Mas talvez seja uma boa ideia. Vou usar uma camisa preta. Ou... é, uma camisa preta." Ele pode estar, inclusive, mais nervoso do que eu.

"Legal", digo. "Está marcado o encontro." Imediatamente me arrependo do termo que usei. Meio vergonhoso, né? Definir o jantar como um encontro?

"Certo", diz David. "Estou ansioso."

Encerro a ligação e ponho o aparelho sobre a mesa. Olho para Thumper, que está sentado aos meus pés. Preciso me agachar para vê-lo, para conseguir olhá-lo nos olhos.

"Não é esquisito ele não ter se oferecido para vir me buscar, né?", pergunto a Thumper. Ele inclina a cabeça para o lado. "É assim que as pessoas se comportam nessas situações, certo?"

Entendo o bocejo dele como um sim.

Meu celular toca de novo, me dando um susto. Rachel.

"Que diabos foi isso que você deixou na minha caixa de mensagens?", ela pergunta, aos risos.

"Fiquei confusa."

"Está na cara."

"Tenho um encontro hoje à noite", conto.

"Um encontro?", ela questiona. "Tipo, com um cara?"

"Não, com um panda. Estou bem animada."

"Você acha que já está pronta pra isso? Quer dizer, pra um homem? Porque sei que você não vai sair com um panda."

Solto um suspiro. "Sei lá. Quer dizer, o Ryan está saindo com uma pessoa."

"Se o Ryan pulasse de uma ponte, você faria o mesmo?"

É muito triste admitir que houve um momento da minha vida em que eu pensaria em responder que sim? Tenho a impressão de que é uma coisa comovente eu ter conseguido acreditar tanto em alguém, tão completamente, sem nenhuma reserva.

David está com um pedaço de salsinha preso no dente, e não sei como falar isso.

"Enfim, aceitei o emprego de professor de estudos sociais do oitavo ano na zona leste de Los Angeles, pensando que seria por um ano ou dois, mas acabei gostando", ele diz, rindo um pouco consigo mesmo, o que é bem charmoso. É mesmo. Mas ele está com um pedaço de salsinha preso no dente da frente. Um pedação. Não que isso me incomode. Tipo, a salsinha não pode servir como medida de avaliação de uma pessoa. O problema é que ele vai ao banheiro em algum momento, e vai olhar no espelho, e vai perceber. E vai voltar questionando: "Por que você não me falou que eu estava com um pedação de salsinha no dente?" E eu vou ficar com a maior cara de idiota.

"Você está com um...", começo, mas sem querer ele acaba falando por cima de mim.

"Quer dizer, na faculdade, eu estava convencido de que pegaria meu diploma em ciência política e de lá sairia direto para o Senado! Mas, sabe como é, a vida tinha outros planos", ele conclui. "E você?"

"Mais ou menos a mesma coisa", respondo. "Trabalho no setor de relacionamentos com ex-alunos da Occidental."

"Parece uma coisa divertida."

"Ah, sim", digo. "É um bom trabalho. É a mesma coisa que você estava falando. Não é o que eu pretendia fazer. Me formei em psicologia. Pensei que seria psicóloga, mas apareceu uma oportunidade nessa área e, sei lá, acabei gostando. Fico bem contente quando estamos elaborando os boletins informativos, planejando reencontros, esse tipo de coisa."

David dá um gole no vinho branco, e a bebida consegue remover a salsinha do dente.

"Não é interessante", ele diz, "quando a gente consegue se desvencilhar das expectativas de como a vida deveria ser e aceita as coisas como são?"

De todas as pessoas que disseram isso a respeito do meu casamento, nenhuma soou tão convincente quanto ele. E não estamos nem falando do meu casamento.

Ergo minha taça para ele.

"Um brinde a isso", proponho. David bate de leve sua taça na minha e sorri. E quer saber? Sem a distração gerada pela salsinha, ele tem um belo sorriso. Branco, reluzente e alinhado. Seu rosto é bonito de um jeito bem convencional, com ângulos marcados e ossos da face proeminentes. Não é lindo de parar o trânsito. Mas eu também não sou. Ele é só um cara com uma boa aparência. Tipo o médico novo que chega a uma cidadezinha do Meio-Oeste. Ele é atraente nesse estilo. Seus óculos permanecem confortavelmente acomodados sobre o nariz, como se tivessem conquistado o direito de estar lá.

"Então, de que tipo de coisas você gosta?", David me pergunta. "Quer dizer, quando não está no trabalho, o que costuma fazer?"

"Hã...", eu faço, sem saber direito como responder. Costumo ler livros, ver televisão, brincar com meu cachorro. É isso que ele quer saber? Nada disso parece muito interessante. "Bom, há pouco tempo comecei a fazer trilhas e correr. Gosto de levar meu cachorro para passear no sol. Sempre me sinto bem quando ele se cansa antes de mim. É raro, mas acontece. Enfim, fora isso, fico com a minha família, e gosto de ler bastante."

"Que tipo de coisas você lê?" Ele dá uma garfada no salmão enquanto me ouve.

"Ficção, na maior parte das vezes. Estou fissurada em thrillers ultimamente. Histórias policiais", explico. A verdade é que parei de ler qualquer livro que tenha histórias de amor. É bem menos deprimente ler sobre assassinatos. "E você?"

"Ah, não ficção, principalmente", ele responde. "Gosto de me ater aos fatos."

Ficamos em silêncio por um momento. Sinceramente, é difícil manter uma conversa com um desconhecido e fingir que ele não é um completo estranho para mim. Tento pensar em alguma coisa para dizer. Já conversamos sobre seu emprego. O que mais posso perguntar?

"Desculpa", ele diz. "É o meu primeiro encontro em muito tempo. Desculpa se eu parecer constrangido."

"Ah. Para mim também. Primeiro encontro em um tempão. Não tenho a menor ideia do que estou fazendo", respondo.

"Não saí com ninguém depois da Ashley", ele continua, para em seguida confirmar o que já deduzi. "Minha ex-mulher. A Christina vive tentando me apresentar gente nova. Mas eu nunca... é a primeira vez que eu concordei."

Eu dou risada. "A Mila insistiu um bocado."

"Então, você também é uma vítima da instituição?", ele diz com um sorriso. "Divorciada?"

"Bom", respondo, "estou separada. Meu marido e eu. Estamos separados."

"Ah, que pena", David comenta.

"Eu também lamento", digo. "Por você."

David ri sozinho. "Na verdade, a gente nunca se separou. Descobri que ela estava dormindo com um colega de trabalho. Pedi o divórcio assim que pude."

"Que horror", comento, levando a mão ao peito. Conheço David há no máximo uma hora. Mas não consigo acreditar que alguém faria isso com ele.

"Você não sabe da missa a metade", ele continua. "Mas não vamos entrar nesse assunto. Eu repeti para mim mesmo várias vezes: 'Nada de falar sobre a Ashley no jantar'."

Eu dou risada. "Ah, pode acreditar que eu fiz a mesma coisa. Estou reaprendendo a conversar com as pessoas desde que o Ryan foi embora. Sinceramente, é o meu primeiro encontro desde os dezenove anos. Tenho uma lista enorme de coisas que preciso tomar cuidado para não fazer."

"Me deixa tentar adivinhar. Não falar sobre o ex. Não falar sobre o quanto se sente perdida por estar sozinha de novo. Não falar que é estranho e desconfortável estar à mesa com outra pessoa que *não* seja seu ex."

Acrescento algumas coisas também. "Não pegar comida do prato dele só porque está acostumada a fazer isso. Não admitir que não sai com ninguém diferente há onze anos."

David dá risada. "Estamos nos saindo melhor em algumas coisas do que em outras." Ele inclina a taça na minha direção, e eu imito o gesto. Fazemos um brinde e continuamos bebendo.

Continuamos rindo ao longo do jantar. Pedimos mais vinho do que o aconselhável. Depois de ficar alegrinha e então um pouquinho alta, o filtro sobre o que dizer ou não dizer começa a falhar. Contamos coisas sobre as quais não falamos com outras pessoas.

Ele me revela que às vezes acorda pensando em aceitá-la de volta. Eu digo que Ryan está saindo com outra e que, quando penso nisso, parece que meu coração vai explodir. Conto que nunca fiz muita coisa na vida sem Ryan. Ele assente compreensivamente com a cabeça e fala que, em seus piores momentos, chega a desejar nunca ter descoberto o caso da esposa. Preferiria que tudo ficasse do jeito que estava. Passar a vida como o cara que não sabia que era traído pela mulher. Diz que gostava mais de sua vida como era antes. Eu respondo que não sei direito quem sou sem Ryan. E que acho que nunca soube.

É a primeira vez que conto para alguém as piores partes do meu sofrimento. É a primeira vez que alguém me diz a verdade sobre isso também. É reconfortante compartilhar a dor com alguém que diz: "Não consigo nem imaginar como isso deve ser difícil". Mas é ainda melhor quando respondem: "Eu entendo totalmente".

Quando o jantar termina, ele me acompanha até meu carro. Andando pelo Larchmont Boulevard, passamos pelas lojas e os cafés fechados, todos já com as luzes e decoração de Natal, que é na semana que vem. Seria um momento romântico se não tivéssemos confessado nosso sofrimento um para o outro, exposto nossas feridas e arruinado todo o mistério que pudesse haver entre nós. Quando chego no carro, David me dá um beijo no rosto e sorri para mim.

"Alguma coisa me diz que vamos ser só amigos", ele diz.

Eu dou risada. "Também acho", respondo. "Mas é sempre bom ter amigos."

"Pena que ainda não estamos prontos", ele comenta com uma risadinha. "Você é linda."

Fico vermelha, mas ao mesmo tempo estou aliviada. Não estou pronta para um encontro que termine em paixão. Simplesmente não estou. Seguro a mão de David. "Obrigada", digo, abrindo a porta do carro e me acomodando no assento. "Guarda o meu número, tá? Pode me ligar quando quiser falar sobre o que ninguém mais entende."

Ele abre um belo sorriso. "Pode deixar."

Charlie me liga uma noite antes de voltar à cidade.

"Está tudo pronto, acho. A mamãe sabe que não vou ficar na casa dela. A notícia não caiu nada bem."

"Ela vai ficar bem, pode acreditar."

"Ah, sim, e a Natalie está meio apreensiva."

"É, eu também ficaria. É uma situação intimidadora." Eu também estou apreensiva? Para conhecê-la? Acho que estou.

"Mas eu falei que todo mundo gosta de mulheres grávidas. Principalmente quando o filho é meu."

O filho dele. Meu irmão caçula está falando em ter um filho. Ainda não consegui me acostumar direito com a ideia. Mas está acontecendo. Preciso me lembrar disso. Só porque é um segredo que não revelei a ninguém não significa que não seja real. É a realidade, e está prestes a se tornar ainda mais concreta.

"Certo, então a gente se encontra na casa da mãe?"

"Isso", ele responde. "A que horas é o jantar mesmo?"

"O jantar começa às cinco, mas acho que os presentes vão ser abertos por volta de uma ou duas."

"Então vai ser às duas."

"Hã?"

"Se a mamãe falou por volta de uma ou duas é para a gente chegar à uma e ela aproveitar melhor nossa companhia, mas na verdade está planejando que seja às duas."

"Por que você diz isso como se fosse uma espécie de plano diabólico?"

"Eu não disse isso."

"Bom, não tem nada de errado em sua família querer passar mais tempo com você."

"Eu sei", Charlie responde. "Mas vou chegar às duas, e não à uma. É só isso que estou dizendo." Ele está valorizando cada minuto porque tem alguém com quem deseja passar mais tempo. Quer ficar a sós com Natalie. Não quer passar o dia todo com a família. E eu? Por mim, passo o dia todo com a família numa boa. O que mais tenho para fazer?

"Certo, então eu aviso a mamãe que você vai chegar às duas."

"Legal."

"Ah, Charlie?"

"Quê?"

"Você comprou um presente pra mãe, né?"

"A gente ainda precisa fazer isso?"

"Sim, Charlie, a gente ainda precisa fazer isso. Preciso desligar. A Rachel está me ligando na outra linha."

"Beleza, então tchau. E não conta para ela ainda!"

"Não vou contar. Pode deixar." Aperto o botão para trocar as chamadas e deixo a ligação de Rachel cair. Como assim? Controlar dois telefonemas no mesmo aparelho não pode ser assim tão difícil, né? Ligo de volta para ela.

"Vê se aprende a usar o telefone", ela diz.

"Pois é, obrigada."

"A gente está com um problema."

"Ah, é?"

"Bom, eu estou. E estou pensando em pedir a sua ajuda, então vai acabar virando um problema seu também."

"Certo. Pode falar."

"A vovó leu uma reportagem dizendo que o açúcar refinado está ligado à incidência de câncer."

"Entendi", respondo. "Então, a mamãe deve estar pedindo para as sobremesas não terem açúcar."

"Já ouviu falar numa coisa mais ridícula que essa?" Rachel é quem está sendo ridícula, na verdade. Nós moramos em Los Angeles. Se eu quiser, saio de casa e em cinco minutos consigo comprar um cupcake sem glúten, sem açúcar e sem lactose.

"Você consegue", garanto. "Fazer sobremesa é a coisa mais natural do mundo para você. Está tudo sob controle."

"Ela nem tem câncer", Rachel argumenta. "Você sabe disso, né? Quer dizer, a gente nunca conversou sobre isso, mas está na cara que a velhinha não tem câncer nenhum."

Eu começo a rir. "E pelo jeito não faz diferença para você que isso é uma coisa boa", comento.

Rachel ri também. "Não é isso!", ela rebate. "É ótimo que ela não tenha câncer. Só não entendo por que isso vai me obrigar a fazer uma torta de abóbora sem açúcar."

"Certo, então por que a gente não faz assim?", sugiro. "Você olha umas receitas e escolhe uma que ache que vai ficar boa. Aí me manda uma lista de ingredientes que não tiver. Eu vou ao mercado amanhã e compro tudo. Depois vou para sua casa e ajudo a preparar tudo."

"Você faria isso mesmo?"

"Está falando sério? Claro que sim. A mãe não me pediu para levar nada este ano. Eu posso aliviar a sua carga de trabalho."

"Uau", Rachel diz, com um tom de voz mais leve. "Beleza, obrigada." Depois acrescenta: "É melhor ir ao mercado antes das cinco ou seis. Só pra avisar. As lojas vão fechar mais cedo por causa da véspera de Natal."

"Vou fazer isso. Pode ficar tranquila."

"E compra também o lance da neve?"

"Que lance da neve?"

"Eles vendem no supermercado junto com os produtos de Natal. Aquele spray que a gente espirra na janela para fingir que é neve."

Na verdade, sei do que ela está falando. Minha mãe espirrava essa coisa em todas as janelas externas da casa quando éramos crianças. Depois, acendia uma vela com aroma de madeira queimada e cantava "Let It Snow". Minha mãe sempre fez questão de comemorar o Natal a caráter. Teve um ano em que Charlie chorou porque nunca tinha visto neve, então minha mãe pôs gelo no liquidificador e tentou jogar as raspas em cima dele. Não sei se Charlie se lembra disso. Será que ele vai fazer isso pelo filho californiano também?

"Pode deixar. Me manda a lista que eu compro tudo", garanto.

Desligo o telefone e baixo aparelho.

Em seguida, olho ao redor da casa. Não tenho nada para fazer.

Decido escrever para David. Sei lá por quê. Acho que para me ocupar. Conversar com alguém.

Já parou para pensar que o maior problema de não morar com ninguém é que às vezes bate um tédio danado?

Fico me perguntando se ele vai responder. Ou se só vai ler mais tarde. Mas ele me escreve logo em seguida: *Muuuuito tédio. Eu subestimei o tempo que um casamento toma ao longo do dia.*

Eu respondo: *Agora eu fico com raiva de não ter com que me ocupar. Mas antes me irritava por estar ocupada.*

Ele escreve: *No trabalho é pior! Eu trocava mensagens com ela enquanto os alunos estavam fazendo prova ou vendo um filme. Agora só leio notícias na CNN.*

Eu: *Que chatice, hein?*

Ele: *Ha, ha, ha. Pois é.*

E paramos por aí. Isso é tudo que dizemos um ao outro. Mas... sei lá. Fico me sentindo melhor.

"Pode me passar aquilo ali?", Rachel me pede. Está com um avental de bolinhas, e os cabelos presos num coque no alto da cabeça. O rosto está sujo de farinha. A torta de abóbora está no forno.

Ela começa a fazer os biscoitos açucarados sem açúcar. Eu faço uma piadinha antes: "Acho que agora vamos chamar só de *biscoitos*, né?" Ela ri, mas dá para ver que não acha muita graça. Estamos aqui de pé desde as oito e meia da manhã, quando eu apareci com os produtos da lista que ela me mandou. Eu esperava encontrar um monte de produtos químicos bizarros, mas na verdade era só mel e adoçante Stevia.

"Passar o quê?"

"Aquilo." Rachel não está olhando para mim. Não está nem apontando. "O..." Ela faz um gesto vazio com a mão. "O..."

De alguma forma, considerando a agitação de sua mão e o pedaço de massa crua que tem diante de si na bancada, descubro o que ela quer. "O rolo de massa?" Eu pego o rolo e coloco em sua mão, onde o peso do objeto faz um baque surdo.

Ela para o que está fazendo por um instante. "Obrigada. Desculpa, é que estou fazendo muitas coisas ao mesmo tempo."

Ela passa farinha no rolo e começa a abrir a massa. "Você ouviu dizer que o Charlie vai levar alguém para o Natal?"

"Hã?", respondo. Nossa, eu sou péssima em mentir para minha irmã. Nós não guardamos segredos uma da outra. Minha família não é assim. Então, fico sem saber o que fazer. O que posso dizer, na verdade? Alguma coisa que não me comprometa? Tipo uma declaração genérica? Uma negativa que não negue muita coisa? Ou simplesmente minto na cara dura, dizendo uma coisa que não é verdade com tanta convicção que quase chego a acreditar? Esse tipo de coisa não é o meu forte.

"O Charlie vai levar alguém para o Natal", ela repete. A massa está aberta e fininha, e Rachel sai procurando alguma coisa pela cozinha. Não está aqui, acho. Nem ali. Ah, está lá. Ela encontrou. "Olha só isso!", Rachel diz, orgulhosa, mostrando moldes de biscoitos em formatos intricados de flocos de neve.

"Ficou muito legal!", digo. "Mas isso aí não é nada fácil de usar."

Rachel dá de ombros. "Eu testei na semana passada. É tranquilo."

Vou até a geladeira e pego uma garrafa de água com gás. A tampinha se recusa a virar, então entrego para ela. Sem dizer nada, minha irmã rompe o lacre com uma torção rápida da mão e me devolve. "Você deveria sair do seu emprego", comento.

"Quê?" Ela não está prestando muita atenção, porque está ocupada posicionando os moldes na massa.

"É sério. Você é muito boa nisso. Faz sobremesas tentadoras e cafés da manhã incríveis. Deveria abrir uma confeitaria."

Rachel me encara. "Eu não tenho como fazer isso."

"Por que não?"

"Com que dinheiro?"

"Sei lá." Encolho os ombros. "Como as pessoas abrem seus negócios? Pedindo empréstimos no banco, né?"

Rachel larga o molde que tem na mão. "Isso não é nada realista."

"Então você já pensou a respeito?"

"Claro. Todo mundo pensa em tentar ganhar dinheiro fazendo o que gosta."

"Sim, mas nem todo mundo tem tanto talento e paixão por uma coisa que *pode* dar dinheiro de verdade", rebato. Rachel trabalha com recursos humanos, o que sempre me pareceu uma escolha estranha. Ela tem o lado direito do cérebro mais desenvolvido. Sempre imaginei que fosse se dedicar a alguma coisa mais criativa.

"Existem confeiteiros muito mais talentosos que eu", ela argumenta.

"Não sei, não", digo. E estou sendo muito sincera. "Você é muito, muito boa nisso. E olha só, até testou os moldes de flocos de neve no seu tempo livre. Quem mais você acha que faria isso?"

"Eu nunca deixei de admitir que adoro isso."

"Pensa bem", digo. "Só pensa bem a respeito."

"Não é uma coisa realista."

Eu levanto as mãos. "Só estou pedindo para você pensar a respeito."

Algumas horas depois, Rachel e eu estamos embalando os biscoitos e a torta para viagem. Com cuidado, levamos a casa de biscoito de gengibre que ela fez ontem à noite para o carro. Pego as duas latas de neve falsa e enfio na bolsa. Quando chego lá fora, Rachel já está com a chave no contato, mas de cabeça baixa, com um olhar perdido. Fico esperando que ela ligue o carro, mas isso não acontece.

"Oi?", eu digo, agitando a mão para chamar sua atenção.

Ela ergue os olhos. "Desculpa", Rachel diz, virando a chave. Em seguida se vira para mim. "Você acha mesmo que eu me daria bem? Com o lance da confeitaria?"

Faço que sim com a cabeça. "Muito mais que bem. Sério mesmo."

Ela não responde, mas percebo que desta vez me leva a sério. "Feliz Natal, aliás!", ela diz quando saímos. "Nem acredito que esqueci de falar isso de manhã."

"Feliz Natal!", respondo. "Acho que este vai ser um dos bons."

"Também acho", ela diz. Seu olhar está concentrado no trânsito, mas seus pensamentos estão bem longe da via expressa.

Meu telefone vibra, e olho para o aparelho. Por uma fração de segundo, chego a pensar que pode ser Ryan. Talvez no Natal ele deixe de lado as regras.

Mas não é Ryan. Claro que não.

É David.

Feliz Natal, minha nova amiga.

Eu escrevo de volta: *Feliz Natal para você também!*

Não é uma mensagem de Ryan, mas me faz sorrir mesmo assim.

"Feliz Natal", minha mãe grita antes mesmo de abrir a porta. A animação é perceptível em sua voz. Para ela, este é sempre o dia mais feliz do ano. Seus filhos estão em casa. Ela pode distribuir presentes. Todo mundo se comporta bem. Em termos gerais, ela pode nos tratar como se ainda fôssemos crianças.

Ela escancara a porta, e Rachel e eu lhe desejamos feliz Natal em uníssono. Quando entramos, vemos a vovó Lois sentada no sofá. Ela fez menção de se levantar, mas eu digo que não é necessário.

"Que absurdo", ela diz. "Eu não sou inválida."

Ela dá uma olhada nas sobremesas que colocamos na mesa. "Ah, Rachel, que maravilha. Olha só os detalhes nesses biscoitos. Que pena que eu não posso comer. Eu li um tempinho atrás que um estudo mostrou que o açúcar tem correlação com o câncer."

"Não, mãe", minha mãe diz. "A Rachel fez tudo sem açúcar." Ela se vira para minha irmã em busca de confirmação. "Certo?"

"Sim", Rachel responde, de repente parecendo orgulhosa de si mesma. "Até os biscoitos açucarados!"

"Então acho que são só biscoitos, né?", minha mãe brinca, e ela não é muito de fazer piadinhas, então dá para ver que está se segurando para não rir à espera que alguém faça isso primeiro.

"Boa, mãe!", digo, estendendo a mão para ela bater. "Já tentei emplacar essa hoje mais cedo."

Todo mundo começa a falar sobre os assuntos corriqueiros do Natal. O que está sendo preparado para comer, quando o jantar vai ficar pronto, o cheiro gostoso dos pratos. Minha avó costuma se apossar da cozinha da minha mãe nesse dia, preparando tudo do zero, mas desta vez minha mãe faz questão de falar que deu sua colaboração também.

"Fiz as batatas doces e as ervilhas", ela anuncia, orgulhosa. Alguma coisa em sua alegria quase infantil me faz lembrar das latas de neve.

"Ah! Olha, mãe! Eu e a Rachel compramos neve em spray." Eu mostro as latas. "Demais, né?"

Ela pega as latas da minha mão e começa a sacudir imediatamente. "Ah, que ótimo! Vocês querem espirrar ou preferem que eu faça isso?"

"Deixa elas fazerem isso, Leslie", minha avó diz para minha mãe. Pelo seu tom de voz, entre uma sugestão que não deve ser ignorada com um fundo de amor e ironia, dá para ver que minha avó é uma mãe bem mandona. Sempre pensei na minha avó apenas como *minha* avó. Nunca parei para prestar atenção no fato de ela ser a mãe da minha mãe. Minha mãe não é a figura no topo do totem, como muitas vezes parece, e sim mais uma peça de uma longa linhagem de mulheres. Mulheres que primeiro foram filhas, e depois se tornaram mães, para no fim virar avós, bisavós e, algum dia, ancestrais distantes. Eu ainda estou na primeira fase.

Minha avó pega escondido um biscoito açucarado e come, mas não de forma muito discreta, porque todas nós vemos.

"Minha nossa!", ela comenta. "Isso está uma maravilha. Sério mesmo que não tem açúcar?"

Rachel sacode a cabeça. "Não, nadinha."

"Leslie, experimenta isso", ela diz para minha mãe.

Minha mãe dá uma mordida. "Uau, Rachel."

"Espera aí, está tão bom assim?", pergunto. Passei a manhã toda com ela, então seria de esperar que tivesse provado um. Dou uma mordida. "Meu Deus, Rachel", digo, e minha avó me dá um tapa no braço.

"Lauren! Nada de dizer o nome do Senhor em vão em pleno Natal!"

"Desculpa, vó."

"Cadê o tio Fletcher?", Rachel questiona, e minha mãe começa a sacudir a cabeça e acenar com as mãos atrás da minha avó. É o clássico sinal de "não pergunte", que como sempre vem tarde demais.

"Ah." Minha avó solta um suspiro. "Ele decidiu não vir, no fim das contas. Deve estar precisando passar um tempo sozinho, acho."

"Ah, faz sentido", comento, tentando amenizar o tom da conversa. É um assunto que parece deixar minha avó um pouco triste.

"Não", ela responde, sacudindo a cabeça. "Acho que estou começando a perceber que seu tio é um pouco..." Ela baixa o tom de voz a um sussurro. "Esquisito."

Ela fala como se ser "estranho" fosse algum tipo de tabu. O tio Fletcher nunca teve um relacionamento sério. Ainda mora com a mãe. Vive de vender coisas no eBay e de bicos ocasionais. Com certeza, se encontrar um jogo de computador que valha a pena, vai morrer jogando de cueca.

"Você só percebeu isso agora, vó?", Rachel questiona. Fico surpresa com a ousadia dela em dizer isso — ninguém nunca fala com ela a respeito das excentricidades do tio Fletcher —, mas minha avó dá risada.

"Querida, eu acreditei no seu avô quando ele me disse que ninguém engravidava da primeira vez. Mas foi assim que tivemos o Fletcher. Então, eu nunca acreditei que ele fosse ser a pessoa das mais brilhantes."

Se ninguém fala da esquisitice do tio Fletcher, é claro que a vida sexual dos meus avós é um assunto ainda menos recorrente. Depois que o comentário fica pairando no ar um tempinho, à espera de que todo mundo processe suas palavras, caímos na gargalhada. Minha mãe, Rachel e eu rimos tanto que mal conseguimos respirar. Minha avó nos acompanha.

"Vó!", eu digo.

Ela dá de ombros. "Mas é verdade! O que você quer que eu faça?" Enquanto recuperamos o fôlego, minha avó trata de manter a conversa viva. "E onde está o Ryan hoje? Não pode estar trabalhando no Natal."

Pensei que a minha mãe tivesse feito o trabalho sujo para mim e contado o que estava acontecendo. Na verdade, esperava que isso já houvesse sido esclarecido meses atrás. E fiquei surpresa por minha avó nunca ter me ligado para conversar a respeito. Quando liguei para ela no Dia de Ação de Graças, fiquei aliviada por ela não comentar nada. Está na cara que minha avó não sabe de nada. Ah, como eu fui ingênua.

Olho para Rachel, que começa a prestar mais atenção nos biscoitos do que o necessário para evitar os nossos olhares, em especial o meu. Meu primeiro instinto é inventar alguma coisa, evitar esse assunto e deixar para outro dia, mas minha mãe está me encarando de um jeito que deixa claro que está esperando uma postura um pouco mais corajosa de sua filha mais velha. Então, tento ser essa pessoa.

"Nós...", eu começo. "Nós não estamos nos falando. Temporariamente. Estamos separados. Acho que é essa a palavra certa."

Minha avó me olha e inclina um pouco a cabeça, como se não estivesse acreditando no que ouviu. Ela se vira para minha mãe como quem pergunta: *O que você tem a dizer sobre isso?* E minha mãe responde apontando para mim, como quem diz: *Se não aprova isso, fale você mesma.* Minha avó me olha e respira fundo. "Certo, e o que isso significa?"

"Significa que chegamos a um ponto em que não estamos mais felizes juntos e decidimos que queremos mais do... do casamento. Por isso resolvemos dar um tempo. Espero que, depois desse tempo separados, a gente consiga dar um jeito de... fazer as coisas darem certo."

"E você acha que uma separação vai ajudar?"

"Sim", respondo. "Eu acho. A gente meio que chegou ao limite um com o outro, e estava precisando de um tempo para respirar."

"Ele te traiu? Foi isso que aconteceu?"

"Não", garanto. "De jeito nenhum. Ele não faria isso."

"Ele te bateu?"

"Vó! Claro que não!"

Ela joga as mãos para cima e depois as apoia no balcão. "Bom, então eu não entendo."

Eu balanço a cabeça. "Foi o que imaginei, por isso nem toquei no assunto com você." Rachel está se esquivando da conversa de uma forma tão evidente que está até fingindo que não ouve nada.

"Então vocês concluíram que não estavam 'felizes'?" Ela faz aspas no ar ao dizer essa última palavra, como se fosse uma coisa que acabei de inventar, cujo uso não teria o menor cabimento numa conversa como esta.

"Você não acha que ser feliz é importante?"

"Num casamento feito para durar?"

"É."

"Não só não é importante como eu diria que é impossível."

"Ser feliz?"

"Ser feliz o tempo todo."

É confuso mesmo, né? Quero dizer, por que enchemos nossas cabeças com ideias de um amor duradouro e depois nos repreendemos por acreditar nisso?

"Mas você não acha que é uma coisa que a gente deve querer? Ser feliz o tempo todo? Não só suportar o casamento, mas fazer com que seja uma coisa positiva na sua vida?"

"É isso que você pensa que está fazendo?"

"Acredito que seja a melhor maneira de aprender a amar o meu marido como eu gostaria. Então, sim."

"E está funcionando?"

Se está funcionando? Está? Não faço a menor ideia. Esse é o problema. "Sim", digo a ela, com convicção e confiança. Como se não houvesse outra resposta. Talvez por querer sua aprovação, talvez para que ela pare de implicar comigo, talvez para tentar colocá-la em seu devido lugar. Mas acho que disse sim porque em alguma medida acredito que os pensamentos se materializam em palavras, e as palavras se materializam em ações. Porque, se eu começar a dizer que está funcionando, talvez em alguns dias ou alguns meses possa olhar para trás e pensar: *Com certeza. Está funcionando com certeza.* E talvez essa convicção precise começar aqui, com uma mentirinha. "Sim, acho que está funcionando."

"Como?"

"Como?"

"É, como?"

Agora nem minha mãe nem Rachel estão fingindo que estão ocupadas. Elas estão ouvindo tudo atentamente, com os ouvidos voltados para mim.

"Bom, estou sentindo muito mais falta dele do que imaginava. Quando ele foi embora, pensei que não estava mais apaixonada, mas não tinha percebido como *ainda* o amava. Ainda amo o meu marido. Assim que ele saiu de casa, percebi o tamanho do buraco na minha vida que ele preenchia. E não teria como perceber isso se ele estivesse lá, sem sentir falta dele."

"Isso daria para descobrir passando uma semana fora numa viagem qualquer. O que mais você aprendeu?"

Me sinto obrigada a provar para ela que sei o que estou fazendo. "Bom, não sei se é o momento certo para falar sobre isso", digo.

"Ah, para com isso, Lauren. Eu quero ouvir."

Eu fico irritada. "Tudo bem. Tudo bem. Agora que estamos separados estou preocupada de verdade que ele esteja com outra. Quer dizer, acho que ele está com outra. Sei que está. E estou com ciúme. No começo, fiquei louca de ciúme. Percebi que tinha parado de olhar para ele como... um cara atraente, eu acho. Estava subestimando meu marido nesse sentido. E agora que eu sei que ele está namorando, percebi o que estou perdendo."

"Então, você está me dizendo que esqueceu que seu marido era um bom partido, e agora que outra mulher quis se envolver com ele você se lembrou disso?"

"É", eu digo. "Acho que dá para dizer isso, sim."

"Você costuma dar festas?"

"Vó, que tipo de pergunta é essa?", Rachel questiona, enfim interferindo na conversa. Sei que minha avó me ama. Sei que só quer o melhor para mim. Sei que ela tem ideias muito bem formadas sobre esse assunto. Por isso, apesar de estar na defensiva, não me sinto atacada de forma nenhuma.

"Estou falando sério. Lauren, você costuma dar festas?"

"Não."

"Bom, se fizesse isso, e se convidasse mulheres bonitas e solteiras e deixasse seu marido solto por um tempo, perceberia que ele iria conversar com várias jovenzinhas, e que elas adorariam roubá-lo de você. E, depois disso, vocês iriam para a cama e fariam o melhor sexo da sua vida." Ela ergue a mão para conter nossos protestos antes mesmo de abrirmos a boca. "E perdoem minha vulgaridade, mas somos todas mulheres adultas aqui."

"Isso pode ter funcionado para você, vó", digo, tentando afastar a imagem do meu falecido avô paquerando jovenzinhas e depois indo para a cama com a minha avó. "Você não pode respeitar uma opção que pode dar mais certo para mim?"

Minha avó fica me observando. Minha mãe se vira para mim, impressionada. Rachel está boquiaberta, ansiosa para saber o que vem a seguir. Minha avó segura minha mão. "Não me entenda mal, eu respeito *você*. Mas isso é uma estupidez. Casamento é uma questão de comprometimento. De lealdade. Não de felicidade. A felicidade é uma coisa secundária. E, no fim das contas, casamento existe para ter filhos." Ela me lança um olhar de quem sabe o que diz. "Se você tivesse um bebezinho, por mais infeliz que estivessem, vocês estariam juntos, e teriam continuado juntos. As crianças são um laço fortíssimo. Elas unem as pessoas. É para isso que serve o casamento."

Todas nós ficamos olhando para ela. Ninguém diz nada. Ela percebe que ninguém vai concordar, então come um biscoito e limpa os farelos da boca com os dedos.

"Mas, enfim, esse pessoal de hoje em dia. Vocês são o que são. Não tenho como comandar a vida de ninguém além da minha. Só me resta amar vocês."

E isso é o máximo que alguém seria capaz de arrancar de Lois Spencer. Então, eu aceito.

"Tem certeza de que ainda me ama?", pergunto em tom de provocação. Eu sempre soube a resposta para essa pergunta, e nunca, nunca duvidei.

Ela sorri e me dá um beijo no rosto. "Sim, pode ter certeza. E admiro o seu jeito de ser. Sempre admirei."

Fico até vermelha. Amo muito a minha avó. Ela é ranzinza e sabichona, mas me ama, e seu amor pode ser meio áspero e intrusivo, mas ainda assim é amor.

"Só uma coisa", ela diz. "E isso vale para vocês todas."

"Estamos ouvindo, mãe", minha mãe diz.

"Eu sou velha. E talvez seja tradicionalista. Mas isso não significa que não sei do que estou falando."

"A gente sabe, vó", Rachel garante.

"O que estou dizendo é: posso tentar respeitar a maneira como vocês fazem as coisas, mas não se esqueçam de que o método antigo também funciona."

"Como assim?", pergunto.

"Se você desse uma festa e deixasse o seu marido sozinho, e paquerasse outros homens na frente dele, ou ele fizesse isso com outras mulheres na sua frente, ou se vocês passassem alguns fins de semana longe um do outro, dando espaço para cada um respirar de tempos em tempos, talvez não precisasse ficar esse período todo separada agora. É só isso que estou dizendo."

A campainha toca, o que encerra a conversa. Em questão de instantes, Charlie vai cruzar aquela porta com sua misteriosa Natalie. Mas, mesmo depois de terminada a conversa, as palavras dela permanecem na minha mente. Minha avó pode muito bem estar certa.

Natalie é maravilhosa. Não num sentido sensual ou de ter um corpo de modelo. É maravilhosa por ser uma pessoa saudável e feliz, com um sorriso lindo, e um vestido bonito. Parece ser do tipo que faz exercícios, se alimenta bem e sabe escolher roupas que valorizem seu corpo. Seu riso é aberto e sonoro. Ela escuta as pessoas — olha bem nos olhos de quem está falando. E é atenciosa e educada, a julgar pelas flores que trouxe para a minha mãe. Sei que ela transou com meu irmão caçula no banheiro de um avião, mas é difícil associar essa imagem à pessoa que vejo diante de mim. A mulher diante de mim trouxe torrones para comer no Natal.

"Fiz hoje de manhã", ela diz.

"É sem açúcar, querida?", minha avó pergunta, e Natalie fica compreensivelmente confusa.

"Ai, não, desculpa", ela responde. "Eu... não sabia que isso era..."

"Tudo bem", minha mãe interrompe. "É só uma coisa absurda da cabeça dela."

"Não é nada absurdo não querer ter câncer de novo", minha avó rebate. "Mas obrigada, amorzinho. Nós podemos dar para o cachorro."

Todo mundo fica se olhando. Nem mesmo Charlie sabe o que dizer. Minha mãe nem tem um cachorro.

"É brincadeira!", minha avó explica. "Vocês são tão bobinhos que chega a parecer palhaçada. Natalie, obrigada por trazer o doce. E desculpa se a minha família não consegue entender uma simples piada."

Quando minha avó se afasta, Charlie murmura um pedido de desculpas para Natalie. É fofo. Acho que ele pode até estar tentando impressioná-la. Nunca vi meu irmão tentar impressionar ninguém.

"É um prazer conhecer vocês", Natalie diz.

"Vem cá", minha mãe chama. "Vamos pôr os presentes embaixo da árvore. Vocês querem alguma coisa? Charlie, eu sei que deve querer cerveja. Natalie, que tal um vinho quente?"

"Ah." Natalie sacode a cabeça em um gesto casual. "Só água para mim está bom."

No fim, todos nós sentamos em volta da árvore.

"Então, Natalie, conta mais sobre você", Rachel diz.

E Natalie — a doce, gentil e ingênua Natalie — tenta responder, mas Charlie interrompe.

"Que pergunta mais incômoda, Rachel. O que isso quer dizer, aliás?"

"Desculpa", Rachel diz, encolhendo os ombros, na defensiva, como se tivesse sido falsamente acusada de um crime. "Vou tentar ser mais específica da próxima vez."

A campainha toca de novo, e a minha mãe levanta para atender. Ela volta acompanhada de Bill.

"Feliz Natal!", Bill diz para a sala inteira. Está com um presente nas mãos, que põe sob a árvore. Todos se levantam e trocam abraços. Minha mãe vai buscar uma cerveja para ele.

A conversa fiada começa. As pessoas começam a perguntar coisas uma para as outras. Nada muito interessante. Descubro que Natalie trabalha com casting para programas de televisão. Ela é de Idaho. Em seu tempo livre, gosta de fazer compotas. Quando ela me pergunta se sou casada, Charlie intervém.

"É uma questão delicada", ele diz, e imediatamente dá um gole na cerveja. A família inteira ouve, e todo mundo dá risada. Todos esses filhos da mãe caem na gargalhada. Inclusive eu. Porque até chega a ser engraçado, né? E, quando as coisas passam a ter graça, quer dizer que deixaram de ser tristes.

Então, feliz Natal para mim.

Eu comi demais. Muito pernil. Muito pão. Muitas colheradas de purê de batata doce. Quando a bandeja com os biscoitos açucarados sem açúcar foi passada, enfiei alguns no pouco espaço que restava no meu estômago, e agora estou prestes a pegar no sono.

Minha mãe tomou tanto vinho quente que está com os dentes manchados de roxo. Está exagerando um pouco no contato com Bill à mesa. Minha avó está na segunda fatia de torta, pegando colheradas de chantili quando acha que ninguém está olhando. Charlie, no meio de tudo isso, parece estoico e sóbrio. Natalie está sorrindo. Rachel está recebendo elogios atrás de elogios pelos biscoitos, com uma falsa modéstia digna da Miss Piggy dos Muppets. Charlie fica de pé.

Lá vamos nós, chegou a hora. Meu Deus, meu Deus.

"Então...", ele começa. "Natalie e eu temos uma notícia para dar."

Minha mãe não precisa de mais nada. Isso basta. Ela está chorando. Acho que até sem saber por que, não tem ideia do que Charlie vai dizer, não deve nem ter como determinar se as lágrimas são de alegria ou de tristeza.

Rachel encara Charlie como se ele fosse um paciente de hospital psiquiátrico, com um comportamento sempre imprevisível.

Natalie ainda está sorrindo, mas os cantos dos seus lábios estão começando a se franzir.

"Nós vamos ter um bebê."

Quedas-d'água. Os olhos da minha mãe parecem cachoeiras. E não aqueles véus de noiva raquíticos. É daquelas pesadas que transbordam para todos os lados, do tipo que se eu visse pela frente quando estivesse navegando de canoa pensaria "ai, merda".

Rachel está boquiaberta. Bill não parece entender muito bem o que está acontecendo. E, então, minha avó começa a bater palmas.

Está literalmente aplaudindo! Em seguida, levanta e vai até Charlie e Natalie para dar abraços e beijos molhados no rosto dos dois, o que deve parecer bem esquisito para Natalie. "Finalmente!", minha avó exclama. "Alguém resolveu me dar um bisneto!"

Charlie agradece a reação positiva, mas todas as atenções estão voltadas para a minha mãe.

"Vocês dois já têm tudo planejado?", ela questiona.

"Sim", Charlie confirma, balançando a cabeça. "Vou voltar a morar em Los Angeles, junto com a Natalie. Vamos criar esse bebê juntos. Estou me sentindo o homem mais sortudo do mundo, mãe. De verdade."

"E o seu trabalho?"

"Tenho algumas entrevistas de emprego marcadas para o mês que vem."

Isso para ela basta, eu acho. Porque as lágrimas que podiam ser de alegria ou tristeza alguns segundos atrás chegam até o queixo depois de passar por um sorriso gigantesco. Ela corre até Charlie e dá um abraço nele. E continua o agarrando com força. Seus movimentos são desajeitados, mas são de coração, motivados pela emoção. Ela abraça Natalie.

Natalie levanta, claramente pega de surpresa, mas se esforçando para agradar, então retribui o gesto e abraça minha mãe com força. "Que bom que você ficou feliz", Natalie comenta.

"Está falando sério? Eu vou ser avó?"

"É um ótimo clube para fazer parte", minha avó comenta, dando uma piscadinha para mim. É um momento delicioso. Já tinha até me esquecido do quanto uma piscadinha pode ser especial.

Quando a comoção diminui, a ficha de Rachel cai. "PUTA QUE PARIU, EU VOU SER TIA?", ela grita, correndo até os dois e os abraçando com tanta força que chega a sacudi-los de um lado para o outro.

"Rachel!", minha avó exclama.

"Desculpa, vó. Desculpa." Ela se vira para Natalie, pondo a mão no braço dela. "Natalie, bem-vinda à família Spencer! Estamos muito, muito felizes de ter você com a gente!"

Quando todos se viram para mim, percebo que preciso demonstrar alguma reação também. "Oh", eu digo. E depois: "Ahhhh!". Em seguida vou abraçá-los. Estamos todos ao redor deles, sufocando-os, querendo fazer parte de sua alegria. Só então que percebo o que está acontecendo de fato. Nossas vidas estão mudando. Um de nós está dando o próximo passo. Todos pensavam que seria eu. Mas não. Foi Charlie.

Na verdade, isso faz com que eu me sinta um fracasso, em alguma medida. Faz com que eu me sinta um tanto perdida, como se tivesse passado todo esse tempo andando em círculos enquanto Charlie encontrava seu caminho. Mas isso se limita a uma pequena parte de mim. O resto do meu ser está encantado com o fato de que meu irmão caçula está se tornando um homem determinado e forte. O resto do meu ser está encantado com o fato de que vou ter um bebezinho na minha vida para encher de presentes. O resto do meu ser está encantado com o fato de que minha avó, enfim, vai ter o tão almejado bisneto, e ela recebeu a notícia tão bem que até se esqueceu de fazer seus julgamentos habituais.

É um ótimo dia. E um Natal maravilhoso. E eu queria que Ryan estivesse aqui para ver. Queria poder ir para casa com ele. Queria fofocar com ele na cama sobre o resto da família, como costumávamos fazer. É nesse tipo de momento que percebo o quanto ele era parte da minha vida.

Nós cinco — Rachel, minha mãe, minha avó, Natalie e eu — cercamos Charlie, que talvez esteja procurando uma forma de escapar. Ele precisa respirar. Charlie olha para Bill, que levanta e estende a mão. Ele se desvencilha de nós para receber o cumprimento.

"Parabéns, meu jovem", diz Bill. "É a melhor decisão que você poderia tomar na vida."

Charlie olha para o chão por um breve instante, mas em seguida encara Bill e responde: "Obrigado". Acho que todo homem sente vontade de receber um tapinha nas costas quando conta que vai ser pai. Que bom que Bill está aqui para proporcionar isso.

"Então, quando vocês vão casar?", minha avó pergunta enquanto Natalie ajuda a minha mãe e eu com a louça. Rachel, Charlie e Bill ainda estão à mesa. Natalie e eu estamos tirando os pratos. Minha avó e minha mãe estão enchendo a lava-louças.

"Ah", minha mãe diz. "Para com isso, mãe. Eles não precisam casar só porque vão ter um bebê."

"Bom", Natalie responde, "acho que em julho."

"Julho? Mas você não disse que o bebê nasce em junho?", minha mãe questiona.

"Estou falando do casamento", Natalie explica. "O bebê já vai ter nascido a essa altura. Assim vai ser mais fácil encontrar um vestido que sirva."

"*Depois* que o bebê tiver nascido?", minha avó pergunta.

Ao mesmo tempo, porém, minha mãe está usando o mesmo tom de voz para questionar: "Espera aí, vocês vão casar?"

"É." Natalie fica apreensiva. "Espera aí, a gente não contou?"

"Vocês não disseram nada sobre casamento", esclareço, e Rachel aparece na cozinha com algumas travessas vazias.

"Que casamento?", Rachel quer saber.

"Vocês falaram que iam morar juntos", minha mãe diz, de forma cautelosa, tratando o comentário como se fosse uma bomba prestes a explodir a qualquer momento.

"A gente vai casar", Natalie esclarece. "Desculpa a gente não ter falado sobre essa parte! Charlie!", ela chama. E tem toda a razão em convocar reforços.

Charlie aparece na porta, e todas nos viramos para ele. Nós cinco. Suas irmãs. Sua mãe. Sua avó. E sua... noiva?

"Vocês vão casar?", pergunto.

"Vamos", diz Charlie, como se tivéssemos perguntado se gosta de frango. "Claro. Vamos ter um bebê."

"Finalmente, alguém com bom senso na família!", minha avó se manifesta.

"Mãe, você pode ir até a sala de jantar para fazer companhia para o Bill?", minha mãe pede.

Minha avó deve estar de muito bom humor, porque larga o prato que está em suas mãos e sai.

"Um bebê não significa necessariamente ter que casar", minha mãe diz.

Natalie se posiciona ao lado de Charlie. Acho que não estamos colaborando muito para que ela se sinta bem-vinda. Minha mãe percebe a mudança na linguagem corporal dela.

"Quer dizer, é uma ótima notícia", minha mãe corrige. "Nós ficamos surpresas, só isso."

"Por que é uma surpresa eu casar com a mãe do meu filho?", Charlie questiona. Ele deveria aprender a deixar os assuntos morrerem.

"É, você tem razão", minha mãe recua. Mas só está fazendo isso por causa de Natalie. Quando ela não estiver mais por perto, minha mãe vai falar o que realmente pensa. É assim que se percebe que Natalie ainda não é parte da família. "Não deveria ter sido uma surpresa mesmo. Você tem toda a razão."

"Vai ser um casamento incrível", Rachel acrescenta, de forma nada convincente.

Mas pelo menos ela está tentando ajudar, então eu faço o mesmo. "Parabéns, minha nova irmãzinha!", digo. A frase sai tão forçada e antinatural que resolvo calar a boca de vez.

"Obrigada", Natalie responde, claramente constrangida. "Acho que vou lá ver se ainda sobrou alguma coisa para trazer para a cozinha."

Todos nós sabemos que não sobrou mais nada para trazer para a cozinha. Quando Natalie enfim se retira, minha mãe começa a falar num tom mais suave.

"Você não precisa fazer isso", ela diz. "Não estamos mais nos anos 50."

"Mas eu quero", Charlie retruca.

"Sim, mas por que não pensar melhor a respeito?", Rachel questiona.

"Por que vocês acham que eu não fiz isso?"

"Há quanto tempo vocês se conhecem?", minha mãe quer saber.

"Três meses."

"E ela está grávida de três meses?", minha mãe questiona.

"Sim."

"Entendi", minha mãe responde, enquanto começa a lavar o que restou das coisas. Está frustrada, e resolve descontar isso nas panelas e travessas.

"Não vem querer me julgar, mãe."

"Quem está julgando aqui?", ela rebate, enxaguando os pratos. "Só estou dizendo para você ir com calma. Você tem a vida inteira para decidir com quem vai casar."

"O que você está falando? A Natalie está grávida. Nós vamos morar juntos. Ela vai ser a minha esposa."

"Mas morar juntos não significa que ela precisa ser sua esposa. Vocês podem criar o bebê juntos e depois ver que caminho o relacionamento toma", argumento.

"Lauren, era para você estar do meu lado aqui", Charlie reclama, o que faz com que eu me sinta... incluída, de alguma forma. Como se eu dispusesse de algum elemento extra que me torne parte do time de Charlie na disputa. E o fato de ele achar que estou do seu lado me faz, enfim, querer estar do seu lado.

"Eu estou do seu lado", respondo. "Só estou dizendo que você nunca foi casado, Charlie. Não sabe bem tudo o que isso implica."

"Nem você!", Charlie retruca. Seu tom é descontrolado e defensivo, como se estivesse na situação de um animal encurralado. "Quer dizer, todo mundo vai descobrindo à medida que as coisas acontecem, né? Mãe, você tentou do seu jeito, e acabou não dando certo. Lauren, você está no meio de uma encruzilhada. Mas quem disse que o meu não pode ser bom só porque não foi igual ao de vocês?"

"Acho que não tenho o direito de fazer parte desta conversa", Rachel comenta.

"Claro que tem", Charlie garante. "Quero todo mundo nessa comigo. Eu gosto muito dela. Acho que as coisas vão dar certo entre nós."

"Não dá para fazer um casamento dar certo só porque você quer, Charlie." Quem disse isso foi minha mãe, mas poderia tranquilamente ter sido eu.

"Mas você não viu problema nenhum quando falei que vamos criar um bebê juntos?", ele questiona.

"São coisas bem diferentes", ela responde. "Se o relacionamento não der certo, vocês podem simplesmente dividir a guarda da criança."

"Eu não quero dividir guarda nenhuma!", Charlie retruca. "Quero uma família."

"Ter um filho com guarda compartilhada é uma forma de ter uma família. Pais separados continuam tendo famílias." Minha mãe começa a encarar a situação como uma recriminação a ela, e dá para entender por quê. Acho que é isso que está prestes a acontecer.

"Não, mãe. Não é esse o tipo de família que eu quero. Não quero morar do outro lado da cidade. Não quero marcar de encontrar Natalie no estacionamento de uma lanchonete para devolver a criança para ela, entendeu?"

Isso deve ter sido alguma coisa que Charlie viu na TV. Meu pai nunca ficou com os filhos no fim de semana. Não morava do outro lado da cidade. Ele simplesmente se mandou.

"Certo", minha mãe diz, tentando manter a calma. "Você precisa fazer o que acha certo para a criança."

"Obrigado", Charlie responde.

"Mas eu preciso fazer o que acho certo para os meus filhos", ela continua. "E por isso preciso dizer que um casamento não é brincadeira. Por mais que eu tenha tentado, o meu não deu certo. Era impossível. Você já me ouviu falar de alguma outra coisa que considero impossível?"

Charlie sacode negativamente a cabeça. "Não", ele responde baixinho.

"E a sua irmã", minha mãe prossegue, apontando para mim, "é uma mulher inteligente e amorosa, bem-intencionada, que quase sempre escolhe fazer a coisa certa." Eu roubei uma garrafa de suco no mercadinho uma vez, quando tinha onze anos de idade. Sou capaz de jurar que ela nunca me perdoou por isso.

"Eu sei", Charlie concorda.

"E nem *ela* sabe muito bem como fazer um casamento dar certo."

"Eu sei", Charlie repete.

"Então escuta o que estamos dizendo quando avisamos que um casamento não é moleza."

"Mais uma vez, ninguém está nem aí para a minha opinião!", Rachel se queixa, amargurada. É incrível como as conversas degringolam rápido quando estamos todos juntos.

"Ah, pelo amor, Rachel", minha mãe rebate, perdendo a paciência. "Você não tem namorado. Grande coisa. Ninguém aqui está te tratando como se tivesse lepra."

"Quando a conversa é sobre namorados e maridos, parece, sim, que..." Rachel se interrompe. "Enfim. O assunto aqui não sou eu. Desculpa."

Minha mãe a envolve com o braço e a puxa para junto de si. Rachel aceita o gesto, resignada. Minha mãe continua falando, olhando apenas para Charlie. "Você não precisa casar com a Natalie para mostrar que não é como o seu pai. Isso está claro, certo? Você jamais seria como ele."

Charlie não diz nada. Ele olha para baixo. Deve ser diferente ser um menino sem pai, em relação a uma menina sem pai. Preciso parar de achar que é a mesma coisa.

"Você tem um monte de opções", minha mãe prossegue. "A gente só quer que você pense bem."

"Certo", Charlie responde.

"Então você vai pensar a respeito?", ela pergunta.

"Já pensei", ele responde. "Estou decidido. Quero casar com a Natalie."

"Você ama a Natalie?", Rachel pergunta.

"Eu sei que vou", Charlie garante. "E sei o que quero."

O tom de voz dele deixa claro que a conversa está encerrada. Uma parte de mim sente vontade de dizer: *Você até consegue levar um cavalo até a água, mas não tem como obrigá-lo a beber*. Mas uma outra parte de mim acha que, se alguém é capaz de fazer um casamento dar certo por pura teimosia, esse alguém é Charlie. Se alguém pode acabar de forma quase acidental num relacionamento feliz, essa pessoa é meu irmão. Além disso, do fundo do meu coração, acho que ele está certo. Eu posso ser casada, mas não sei merda nenhuma sobre casamentos. Então quem garante que Charlie não vai se sair melhor que todo mundo aqui?

"Então é isso, vai ser em julho", minha mãe cede, com um sorriso. Ela faz um gesto para que Charlie se aproxime dela e de Rachel. Charlie me olha, e eu inclino a cabeça e digo: "Qual é, um abraço não vai te matar".

Nós quatro damos um abraço coletivo. "O resto do povo pode fazer o que quiser. Mas vocês..." Minha mãe nos aperta com força. Não é apenas um gesto metafórico, apesar de estarmos grandes demais para caber em seus braços. "Vocês são a minha família. São o sentido da minha vida."

Estamos tão espremidos que sinto dificuldade para respirar. Acho que Charlie vai ser o primeiro a se afastar, mas isso não acontece.

"Eu amo vocês", ele diz.

Do meio da aglomeração vem a voz abafada de Rachel: "A gente também te ama, Charlie".

Quando fica tarde e minha avó começa a reclamar de cansaço, começamos a juntar as coisas. Eu pego as blusas e as meias que ganhei. Rachel recolhe sua panela elétrica. Jogamos os papéis de embrulho no lixo. Charlie e Natalie começam a se despedir.

"Bem-vinda à família", minha mãe diz para Natalie enquanto a acompanha até a porta, e dá um abraço nela. "É uma alegria receber você." Ela dá um abraço forte e demorado em Charlie. "Então, você volta para Chicago amanhã?", ela pergunta. "E, depois, vem para cá de vez?"

"Vou arrumar minhas coisas nas próximas semanas, e devo mudar para a casa da Natalie em janeiro."

Minha mãe dá risada. "Ah, Natalie, acho que você vai virar a minha pessoa favorita da família. Vai me dar um neto e trazer meu filho de volta para cá!" Ela leva a mão ao coração e faz uma expressão de quem está muito, muito feliz.

Eles caminham até o carro. Sei que vão falar sobre nós. Natalie vai perguntar como foram as coisas. Sei que Charlie vai dizer que todo mundo a adorou. Não vai comentar sobre o que dissemos, mas ela vai saber mesmo assim. Sei que, em algum momento, Natalie vai perguntar se minha avó tem câncer mesmo. E Charlie vai ter que explicar como as coisas são.

Quando Rachel e eu saímos, eu me ofereço para dirigir. Ela me passa a chave e, nesse momento, minha avó pede uma carona. "Ah. Pensei que você fosse ficar aqui", comento.

"Não, querida, estou hospedada no Standard."

Rachel começa a rir.

"De novo?", pergunto.

"Tem uma mocinha que fica numa caixa de vidro atrás do balcão da recepção. É um barato", minha avó conta.

Rachel, minha avó e eu nos despedimos da minha mãe em meio a desejos de feliz Natal e agradecimentos pelas meias. Deixamos a casa para ela e Bill. Pelo olhar no rosto dele, fico com a impressão de que ele tem uma fantasia esquisita de Papai Noel ou alguma coisa do tipo reservada para a noite. Eca.

Entramos no carro e, antes mesmo de eu virar a chave, minha avó já começa: "O que vocês acharam do tal Bill?".

Rachel se vira para o banco de trás, primeiro com a cabeça, depois com os ombros e tudo. "Eu gosto dele", ela diz. "Você não?"

"Só estou perguntando a opinião de vocês", minha avó responde, diplomática.

Mantenho os olhos voltados para o trânsito, mas participo da conversa também. "Ele parece encantado com a mamãe. Isso é bom."

"Vocês mudaram mesmo desde que eram crianças. Costumavam detestar todos os namorados da sua mãe."

"Não, nada disso", Rachel rebate.

"A maioria a gente nunca nem conheceu", digo.

"Ela parou de apresentar", minha avó conta. "Porque vocês ficavam irritados demais."

Eu não me lembro de nada disso.

"Tem certeza? Não está falando do Charlie?", Rachel questiona.

"Querida, eu lembro como se fosse ontem. Vocês detestavam qualquer homem que pusesse os pés na sua casa. As duas. Lembro que ela me ligava e dizia: 'Mãe, o que eu faço? Elas nunca gostam de ninguém'."

"E o que você falou?", pergunto.

"Falei: 'Então para de apresentar'."

"Hã", Rachel diz, virando para a frente.

Hã.

"Querida, não pega a Sunset", minha avó diz quando desço o morro e chego à parte mais movimentada da cidade.

"Vó, você nem mora aqui!", Rachel rebate.

"Sim, mas presto atenção nos caminhos que sua mãe faz. Pega a Fountain, e depois corta pela Sweetzer. É melhor."

Passo a noite do Natal com Thumper, lendo um livro de mistério sobre uma família assassinada numa cidadezinha irlandesa. O detetive está com relações estremecidas no trabalho, e precisa solucionar o caso para provar seu valor. Tendo Thumper comigo, com a cabeça apoiada na minha barriga, sou obrigada a admitir que é uma ótima forma de terminar um feriado.

Meu telefone toca por volta das onze. É David.

"Oi", ele diz com um tom de voz suave e tímido.

"Oi", respondo, sentindo meu sorriso se alargar. "Como foi seu Natal?"

"Foi legal", ele conta. "Passei o dia com o meu irmão, a esposa e os meus sobrinhos."

"Parece divertido."

"E foi mesmo", ele confirma. "Os filhos dele têm quatro e dois anos, então foi bonitinho ver os dois ganharem uma casinha para brincar e ficarem todos empolgados."

"E aí você passou o resto do dia tentando montar a coisa", arrisco.

David dá risada. "Vou te contar uma coisa, esses manuais de instruções são uma tortura. Mas foi bom poder ter feito isso por eles."

"Eu também vou ser tia, na verdade", conto. "Então, estou ansiosa para poder fazer esse tipo de coisa."

"Uau, meus parabéns!", ele diz.

Eu agradeço, e então há uma longa pausa.

"Pois é, enfim", David fala. "Não sei muito bem por que liguei, acho. Só queria saber como foi seu Natal. Estava pensando em você. E... sabe como é... nos feriados bate aquela solidão, então... queria saber como você estava... sabe como é."

Às vezes, nós fazemos de tudo para esquecer que estamos sozinhos, mas, em vez disso, acabamos gostando da ideia de ter alguém para compartilhar isso, uma pessoa que esteja passando pela mesma situação. Além disso, todo mundo quer se sentir querido e desejado às vezes. Sentir a sensação de ter alguém novo em nossa vida. Às vezes, não pensamos se estamos *prontos* para uma coisa, simplesmente *deixamos rolar*.

"David", digo com um tom de voz caloroso. "Quer vir aqui?"

Há uma breve pausa do outro lado da linha. "Quero", ele responde. "Quero, sim."

"Ai, nossa!", estou gritando. Ou talvez não esteja. Sei lá.

"Ai, nossa!" Ai, nossa. Ai, nossa.

Nossa, assim.

Ai, nossa.

Ai. Nossa.

Ai. Nossa.

Ai. Nossa. Ai nossa. Ai nossa. Assim mesmo. Assim. Assim. Assim. Assim. Assim.

ASSIM.

E então desmorono em cima dele.

E ele me agradece enquanto recupera o fôlego. E diz: "Eu estava precisando muito disso".

"Eu também", respondo.

Na manhã seguinte, acordo com Thumper arranhando a porta. Ele não está acostumado a ser deixado para fora do quarto.

Abro a porta e o deixo entrar. Ele pula em cima de David para cheirá-lo, para investigar. Está desconfiado. David acorda com o focinho de Thumper na axila.

"Me dá uma licencinha, Thumper", David diz, meio grogue. Então se vira para mim: "Bom dia". Ele sorri.

"Bom dia." Eu retribuo o sorriso.

Ele esfrega os olhos. Parece mais vulnerável sem os óculos, e é como se eu estivesse vendo uma versão dele a que nem todo mundo tem acesso. Ele estreita os olhos.

"Precisa dos óculos?", pergunto, dando risada.

"Seria ótimo. Eu simplesmente... bom, não tenho ideia de onde estejam. Mas não enxergo nada sem eles", ele responde, tateando a cama.

Eu apanho para ele na mesa de cabeceira ao seu lado. Ao fazer isso, me inclino sobre ele, e nossos corpos se encostam. Sinto o calor de seu toque.

"Desculpa", digo. "Estão aqui."

Ele me beija antes de pegar os óculos da minha mão. Um beijo profundo e cheio de paixão. Por um instante, esqueço quem eu sou, e quem ele é.

David pega os óculos da minha mão, mas não põe no rosto. Põe de volta na mesa de cabeceira. E me beija de novo, me puxando para cima dele. O mais estranho de tudo isso é não parecer nem um pouco estranho.

"Humm", ele faz. "Que gostoso ficar com você."

Meus quadris se encaixam sobre os dele, com uma perna de cada lado. Ele move a pélvis, me empurrando e me puxando de volta.

"Thumper", ele diz, olhando para mim. "Você poderia sair um pouquinho, por favor?"

Thumper ignora. Eu dou risada.

"Thumper, sai!", eu digo.

E Thumper sai.

E eu me derreto em cima dele.

No início, faço as coisas de forma calculada, para agradar. Arqueio as costas, remexo os quadris, mas em algum momento esqueço tudo isso.

Simplesmente me movimento.

Enquanto estou sem roupa debaixo dele, gemendo porque ele está fazendo tudo como deveria, David murmura no meu ouvido: "Me fala o que você quer".

"Hã?", consigo responder. Não sei o que isso quer dizer, o que ele quer que eu fale.

"Me diz o que você está a fim de fazer. Do que você gosta?"

Fico sem saber como responder. "Não sei", digo. "Me dá algumas opções."

Ele dá risada e levanta os meus quadris da cama, baixando as mãos para abaixo da minha cintura.

"É", digo. "Isso mesmo."

Depois que David vai embora, sento diante do computador e abro meus rascunhos de e-mail. Pela primeira vez em muito tempo, tenho o que dizer.

Querido Ryan,

Por que você nunca me perguntou o que eu queria? Por que nunca se preocupou com as minhas necessidades na cama? Antes você prestava atenção, sabia? Passava horas me tocando, procurando jeitos de me deixar arrepiada. Quando foi que você parou?

Por que passei a sentir que era mais fácil simplesmente satisfazer você e ir fazer outra coisa? Por que você não me impediu e não me falou que era minha vez? Por que não me ofereceu mais? Você nunca me perguntou do que eu gostava. Nunca quis saber sobre as minhas fantasias.

David me perguntou o que eu queria, e fiquei sem saber o que responder. Nem sei o que quero. Nem sei do que gosto.

Mas posso garantir que vou descobrir. E vou aprender a pedir.

Quando você voltar para casa, se a gente conseguir fazer a coisa dar certo, o sexo vai ser sobre mim também. Precisa ser assim. Porque agora eu lembro como é ser tocada como se o meu prazer fosse a coisa mais importante. E não vou deixar que me façam esquecer isso nunca mais.

Com amor,
Lauren

Mais tarde naquele dia, minha avó me liga do seu hotel.

Eu atendo o telefone. "Oi, vó. Tudo bem?"

"Eu estava pensando."

"Ah, é?"

"Sobre o seu problema com o Ryan."

"Certo..."

"Você já leu Pergunte à Allie?"

"O que é isso?" Deus do céu, ela está me recomendando uma coluna sobre relacionamentos?

"É uma coluna sobre relacionamentos." Pois é, está, sim.

"Ah, entendi", respondo. "Não sei se gosto disso, não."

"Mas essa é boa! A mulher dá ótimos conselhos. Na semana passada, uma moça escreveu dizendo que não sabia como lidar com o fato de seu filho querer ser mórmon."

"Aham", digo.

"E Allie disse que a questão não é a religião que ele escolhe, e sim que a moça deveria estar orgulhosa de ter um filho que pensa por si mesmo e pensa na própria espiritualidade. Mas ela escreveu de um jeito tão lindo! Ah, sim, muito lindo."

"É o que parece mesmo", respondo. Sei lá. Pelo jeito parece mesmo.

"Então, acho que você deveria escrever para ela!"

"Ah, não, não, não. Me desculpa, vó. Acho que essa não é a minha praia."

"Está falando sério? Com certeza Allie vai ter alguma coisa boa para te dizer."

"Bom, sim, mas..."

"Não precisa decidir agora. Vou te mandar algumas colunas dela. Você vai ver."

"Eu posso procurar no Google."

"Não, eu vou te mandar."

"Tá, tudo bem."

"Você vai ficar impressionada. E de repente ela pode te mostrar uma outra perspectiva para o que vocês estão passando. Você vai poder, inclusive, ajudar outras pessoas que estão vivendo a mesma situação. Com certeza existe um monte de gente da sua idade encarando esse tipo de problema." Ela faz uma breve pausa. "Enfim, o que estou dizendo é que ela pode ter alguma coisa interessante para falar."

"Obrigada, vó", respondo. Estou com um leve nó na garganta, mas engulo o choro.

"Disponha, querida", ela diz. "Disponha." Minha avó parece estar com um nó na garganta também.

"Acho que a gente deveria organizar um chá de bebê para a Natalie", Rachel diz enquanto fazemos uma trilha pelo Runyon Canyon no sábado seguinte. Como sempre, Thumper é quem lidera a expedição.

"É, acho que seria legal", digo. "A gente precisa fazer de tudo para ela se sentir bem-vinda. Meio que pisamos na bola aquele dia."

"Pois é", Rachel concorda. "A gente estragou tudo. Mas eu gostei dela de verdade. Parece ser uma pessoa ótima."

"Tomara que o bebê tenha o mesmo tom de pele dela. Dá para imaginar? Seria um bebê lindo."

Thumper parou para farejar alguma coisa, e Rachel e eu detemos o passo também. Ficamos esperando do lado dele enquanto conversamos.

"Você sabia, né?", Rachel questiona. "Ele contou para você antes?"

Não consigo olhar diretamente para Rachel enquanto decido o que fazer. Finjo observar o que Thumper está farejando, e nisso percebo que ele está prestes a pisar na lama. Eu o puxo pela coleira, mas ele pisa mesmo assim. Suas duas patas da frente estão cobertas de barro. Acho melhor jogar limpo.

"É", respondo. "Eu já sabia. Ele me contou uns dias antes." Estou me sentindo mal por isso. Nossa família costuma espalhar segredos aos quatro ventos, mas dessa vez guardei tudo para mim.

Percebo o rosto de Rachel começar a perder ânimo. Ela não me olha nos olhos por alguns instantes. Fica com a cabeça voltada para a trilha de cascalho aos nossos pés.

"Você está bem?", pergunto.

"Estou", ela diz, com a voz um tanto embargada e os olhos perdidos. Rachel recomeça a andar, então vou atrás, arrastando Thumper comigo.

"Não parece estar tudo bem", argumento.

"Por que você não me contou?", ela questiona. "Ele falou que não queria que eu ficasse sabendo antes?"

O que é que eu faço? Conto a verdade, que vai deixá-la magoada? Ou guardo outro segredo? Decido ficar no meio do caminho. "Acho que ele ficou com medo de que você não recebesse a notícia muito bem."

"Mas por quê? Eu adoro o Charlie! Sempre fico feliz por ele. Sempre fico feliz por todo mundo."

"Às vezes, a gente acha melhor não falar sobre relacionamentos com você. Todo mundo tem alguma coisa a falar sobre vida amorosa, para o bem ou para o mal, como no meu caso." Eu encolho os ombros. "Mas, sabe como é, você nunca se envolveu com ninguém, então parece que... pode ser difícil..."

"Eu pareço ser amargurada", Rachel completa.

"É, um pouco."

"Isso é engraçado, sabe. Juro que não dou muita bola para essa coisa de ser solteira."

Olho para Rachel como se ela estivesse tentando me vender a Ponte do Brooklyn.

"Não, é sério!", ela diz. "Eu adoro a minha vida. Tenho um emprego bacana, consigo me sustentar sozinha. Tenho a melhor irmã do mundo." Ela faz um gesto vago na minha direção, mas fica claro que não está querendo só me agradar. Está falando isso porque é sua opinião verdadeira, eu sou uma das coisas em sua vida que a deixa feliz. Ironicamente, isso é melhor que qualquer coisa que ela pudesse dizer só para me agradar. "Minha mãe está bem. Posso passar as noites e os fins de semana com as pessoas que amo. Tenho um monte de amizades. E a melhor parte da minha semana é aos domingos de manhã, quando posso acordar lá pelas sete horas, ir para a cozinha e preparar uma receita totalmente nova ouvindo o podcast *This American Life*."

"Eu não sabia que você fazia isso", comento. Paramos de andar de novo. Nossos pés desistiram de seguir em frente, e resolveram se plantar firmemente onde estão.

"Pois é", ela diz. "E, pra ser sincera, não sinto que tenha alguma coisa faltando pra mim."

"Ora, isso é...", começo a dizer, mas Rachel ainda não terminou.

"Mas não é assim que o resto de vocês vive", ela complementa.

"Como assim?"

"A mamãe está sempre com alguém. Mesmo sem apresentar pra gente, e não sendo tão sério como o Bill, ela está sempre falando sobre encontrar algum cara."

"É mesmo", confirmo.

"E o Charlie está sempre saindo com alguma garota. Ou engravidando uma, no caso."

"Verdade", digo, aos risos.

"E você", ela continua, mas não precisa se explicar. Já entendi o que ela quis dizer.

"Isso mesmo."

"Foi por isso que fiquei animada por você ter dado um tempo com o Ryan, sabe?"

"Sim, claro."

"Pareceu uma chance para você ter uma vida como a minha também."

"Vivendo sozinha?"

"Vivendo sozinha e passando um tempo consigo mesma, descobrindo qual o seu hobby de domingo. Fiquei animada com a ideia de ter alguém com quem conversar sobre coisas que não fossem namorados, maridos e namoradas."

"Certo." Mesmo separada do meu marido, ainda estou preocupada com o sexo oposto. Talvez não o tempo todo. Mas mesmo assim. Em algum nível, minha vida amorosa é um fator definidor da minha identidade. Nunca fui uma pessoa muito ligada à ideia de construir uma carreira, na verdade. Gosto do meu emprego na Occidental em parte por permitir que eu tenha uma vida pessoal fora do trabalho para curtir. Ganho o suficiente para ter as coisas que quero. Tenho tempo para passar com a minha família e, até recentemente, com Ryan. O amor representa uma grande parte de quem eu sou. Isso é bom? Quer dizer, é para ser assim mesmo?

Rachel fica em silêncio por um instante. "É que... acho que não estou perdendo grande coisa nesse lance de amor, não mesmo."

"Ah, não?"

"Não. Sinceramente, o problema é que eu fico me sentindo meio deslocada, só isso", ela afirma.

Nunca tinha pensado nessa questão por esse lado. Rachel sempre me pareceu ter inveja dos outros casais e estar infeliz em ser solteira. Não percebi que era a nossa postura com relação a isso que a incomodava de fato.

"Até gostaria de conhecer alguém. Não me entenda mal", Rachel esclarece.

"Certo."

"Mas, se não rolar antes dos quarenta ou cinquenta anos, acho que não vejo problema nenhum nisso. Tenho vários outros interesses."

"E se você não tiver filhos?"

"Eu não quero ter filhos", Rachel responde. "Essa é outra questão." Ela nunca me disse isso antes. Acho que não tocamos no assunto com muita frequência. E pelo jeito nunca perguntei. Simplesmente achei que sim. Como sou heteronormativa. "Adoro crianças. Estou empolgada com o bebê do Charlie. E vou ficar assim também quando você engravidar. Mas quer saber? Nunca tive esse desejo pra mim. Às vezes, fico olhando para a vida das mães da minha idade e logo fico estressada. Outro dia vi uma família lá no shopping. O pai e a mãe com duas crianças. O garoto era adolescente, a menina devia ter uns dez anos, e eu... Ficou muito claro para mim que não quero isso."

"Bom, você pode mudar de ideia", rebato. Na minha cabeça, estou pensando em como ela vai se sentir quando conhecer alguém, mas então me dou conta de que... Deus do céu, essa coisa está entranhada demais na minha mente, não consigo afastar esse tipo de pensamento nem quando faço um esforço consciente para isso. Casamento e filhos. Casamento e filhos. Casamento e filhos.

"Claro", ela responde. "Pode acontecer. Mas escuta só, você e o Charlie, vocês querem muito esse lance de família normal. Você queria tanto que conheceu alguém aos dezenove anos e foi até o fim sem pensar duas vezes. O Charlie quer tanto que vai casar com uma mulher que nem conhece direito." Ela dá de ombros. "Eu não tenho essa necessidade."

Minha irmã e eu somos parecidas em muitos sentidos, e sempre encontrei grande conforto nessa similaridade. Mas a verdade é que somos duas mulheres com identidades distintas, e desejos e necessidades distintos. A diferença elementar entre nós sempre se fez presente. Eu só nunca tinha reparado porque nunca havia procurado de fato.

"Fico contente por esse assunto ter surgido, na verdade", eu falo. "Estou feliz por você ter me dito isso."

"Obrigada", ela responde. "É uma coisa que já estava na minha cabeça há um tempinho."

"Às vezes esqueço que você não é igual a mim", justifico. "Nós somos tão parecidas que simplesmente acho que pensamos as mesmas coisas."

"Mesmo assim, somos muito parecidas", ela argumenta. "Você me conhece melhor que eu mesma às vezes."

"Ah, é?"

"É", ela confirma, balançando a cabeça. "Tenho uma reunião marcada num banco na terça-feira."

"Sério?"

"Estou procurando uma linha de crédito para pequenas empresas."

"Para abrir a confeitaria?"

Ela sorri, envergonhada. "É."

Estendo a mão para ela bater. "Ai, meu Deus! Que notícia incrível!"

"Você não acha que vai ser um desastre anunciado?"

"Não mesmo. Juro para você. Acho que vai dar muito certo."

"Estava pensando em criar uma linha de doces sem açúcar também, já que os biscoitos açucarados fizeram tanto sucesso."

Eu dou risada. "Finalmente o câncer da vó vai ter algum benefício para nós."

Rachel balança a cabeça e dá risada. "Eu sabia que um dia isso ia servir para alguma coisa!"

Continuamos conversando sobre outras coisas, mas, no carro, no caminho de volta para casa, uma coisa que ela falou fica martelando a minha cabeça. *Vocês querem muito esse lance de família normal. Você queria tanto que conheceu alguém aos dezenove anos e foi até o fim sem pensar duas vezes.*

Não consegui ver isso até que ela mencionasse, mas agora me parece claríssimo, e não consigo pensar em mais nada. É incrível como, às vezes, as coisas estão escritas na nossa testa e nós não vemos nem quando olhamos no espelho.

Em casa, encontro um envelope na minha caixa de correio, tendo no remetente a sra. Lois Spencer, de San Jose, Califórnia.

Aqui estão, querida. Algumas colunas Pergunte à Allie. Pense a respeito. Com amor, vovó.

Ela imprimiu tudo da internet e me mandou. Rio sozinha enquanto dou uma olhada por alto para depois jogar as folhas impressas numa caixa de papéis avulsos. Digo a mim mesma que vou sentar para ler com atenção em breve. Então David me liga perguntando se pode ir me ver, e respondo que sim. Vou correndo para o chuveiro.

Depois que me seco e me visto, nem me lembro mais onde coloquei os papéis com as colunas Pergunte à Allie. Isso nem passa pelos meus pensamentos agora. Não estou atrás de conselhos sobre como dar um jeito no meu casamento. Não me interessa o que minha avó pensa que estou fazendo.

Não estou pensando em nada, na verdade.

Estou começando simplesmente a viver.

Em janeiro, ajudo Charlie a se mudar para o apartamento de Natalie. A família inteira vai jantar no restaurante italiano Buca di Beppo, com toalhas de mesa de plástico com estampa xadrez e fotos antigas nas paredes que nos fazem lembrar de quando íamos lá na infância, de quando minha mãe pedia duas travessas de massa a mais e nos dizia que aquele seria nosso almoço ao longo da semana.

Em fevereiro, ajudo Rachel a criar seu plano de negócios. E auxilio na busca por possíveis pontos comerciais. E aprendo com ela o que é certo e errado na hora de pedir uma linha de crédito. Ela me pede para ser sua avalista, e digo que não existe pessoa no mundo em quem confiaria mais para fazer isso.

Em março, Charlie e Natalie decidem que o casamento vai ser na casa de uns amigos dela em Malibu. Ao que parece, o imóvel fica praticamente na praia. Chego à conclusão de que Natalie deve ter amigos muito ricos. As datas são reservadas. O bufê é contratado. O único trabalho de Charlie é escolher um DJ. Por isso sabemos que essa definição só vai vir em junho.

Em abril, Natalie entra no terceiro trimestre de gestação. E minha mãe está tendo dificuldade em manter seu relacionamento com Bill. Ele acha que os dois deveriam morar juntos. Ela não.

Enquanto isso, eu troco mensagens às escondidas com David. Recebo suas visitas em casa tarde da noite. Ligamos um para o outro quando precisamos de um ouvido ou ombro amigo. Gosto muito de David, e sei que o sentimento é recíproco. Mas ele ainda é apaixonado pela mulher que o traiu. E eu... eu não estou em posição de me apaixonar por ninguém. Fazemos bem um para o outro, e, na prática, temos aquilo que eu só ouvia falar na adolescência: amizade colorida. E tem algo de libertador na ideia de transar com um homem com quem sei que não tenho futuro. Tudo se resume a sensações e orgasmos. Não existem regras nem coisas por dizer. E, quando ele se empolgar demais, basta dizer: "Vamos mais devagar".

No começo de maio, Mila pergunta se Ryan anda me escrevendo, e respondo com toda a sinceridade: "Não faço ideia. Não entro no e-mail dele há meses".

PARTE QUATRO
Quase o tempo todo

Rachel, minha mãe e eu estamos organizando o chá de bebê de Natalie. Quando perguntamos se podíamos dar a festa, ela pareceu ter ficado felicíssima e lisonjeada. Quando perguntamos qual tema queria, ela respondeu que adoraria qualquer coisa que inventássemos. Ela faz de tudo para ser gentil e compreensiva, o que é uma graça, mas às vezes sinto vontade de agarrá-la pelos ombros e dizer: "Fala a verdade! Você gosta mesmo de amarelo?". Só assim para sabermos de fato.

Rachel, minha mãe e eu estamos numa pizzaria, tentando bolar um tema, mas de alguma forma a conversa evolui — ou regride, a depender do ponto de vista — para o fato de minha mãe aceitar ou não morar com Bill.

"Acho que não estou pronta para uma coisa assim", minha mãe diz enquanto o garçom põe nossas pizzas na mesa. Assim que a comida é servida, minha mãe e Rachel pegam os guardanapos para dar uma secada na gordura. Eu mordo a minha fatia sem tomar essa precaução.

"Vocês já estão namorando há um tempinho", Rachel comenta.

"Sim, e nas noites em que não dormimos juntos sinto falta dele."

"Pois é", digo. "E é justamente por isso que vocês deveriam morar juntos..." Estou falando com a boca cheia, uma coisa que minha mãe em geral abomina, mas ela está ocupada demais com seus próprios problemas para prestar atenção em mim.

"Não!", minha mãe rebate. "Eu gosto de sentir falta das pessoas. Sabe quando a gente liga para alguém só para ouvir a voz dela? Ou quando passa o dia inteiro esperando para ver alguém naquela noite? Se o Bill for morar comigo, vai deixar de ser essa pessoa que eu vivo ansiosa para ver, e vai virar o cara que deixa louça suja na pia."

"Mas não dá para continuar assim pra sempre", argumento. "O processo natural é que o relacionamento fique mais sério com o tempo." Existem exceções para isso, claro.

"É, ou então acaba morrendo", minha mãe concorda. "Não preciso de um companheiro para a vida. Não estou interessada em parceria e cumplicidade. Em ter alguém para dividir as contas. Para criar filhos juntos. Já fiz tudo isso, e sozinha. Ganho meu próprio dinheiro. Pago todas as minhas contas. Quero amor e romance. E mais nada."

"Mas, depois de um tempo, os relacionamentos passam a se concentrar mais no companheirismo do que no amor e no romance. É assim que as coisas são. É a natureza do amor. Se você quiser ficar com Bill, tem que aceitar que uma hora ele vai parar de mandar flores", eu digo.

Minha mãe sacode negativamente a cabeça. "É por isso que não quero assumir nenhum compromisso com o Bill."

"Espera aí, como é?", Rachel intervém. "Você está apaixonada pelo Bill, não está?"

"Estou. *No momento*, estou apaixonada pelo Bill. Mas no fim nós vamos acabar cansando um do outro."

"E então, o que acontece?", questiono.

"Nós terminamos tudo", ela responde, dando de ombros. "Quero ter romance na vida. É isso o que me importa. Não preciso de mais nada de homem nenhum. Passei a vida inteira, ou pelo menos desde que vocês eram pequenos, namorando só por diversão. Se o romance acabar, quero ter como pular fora, é só isso que estou dizendo. Quero poder viver essa sensação com outra pessoa. É assim que eu levo a minha vida há um bom tempo. E funciona."

"Então você nunca mais vai casar?", pergunto.

"Você só usa os caras e joga fora?", Rachel acrescenta.

"Vocês estão sendo ridículas. Eu só disse que não estou a fim de encarar o trabalhão que é um relacionamento duradouro. A melhor parte da coisa é o começo, quando a gente se apaixona por alguém. Não tem nada de errado em admitir isso."

"Você não acha que com o Bill é diferente? Que com ele vale a pena encarar esse trabalhão?", Rachel quer saber.

Minha mãe faz menção de responder, mas eu interrompo. "Acho que, se o romance é seu objetivo principal, é melhor não morar com ele. Eu entendo. O romance acaba. Simplesmente chega ao fim. Se você não está interessada em todo o resto, então entendo por que quer manter uma rota de fuga."

"Ainda acho que romance e comprometimento não precisam ser coisas excludentes", Rachel rebate, mas de um jeito meio distante, como se estivesse apresentando uma teoria, e não falando sobre uma coisa concreta.

Me lembro de quando Ryan me fazia sentir um frio na barriga, do jeito como ele me olhava. De quando toda sua atenção se concentrava em mim. De um tempo em que tudo parecia possível.

E se eu nunca mais tiver esse sentimento? Com os nervos tão à flor da pele a ponto de sentir fisicamente todas as palavras ditas por ele? A sensação de ter a cabeça zonza, o estômago embrulhando e as pernas bambas?

Ryan ficou de voltar para casa daqui a três meses para decidirmos se queremos passar o resto da vida juntos. O objetivo é justamente esse, uma parceria para a vida toda. Se eu acho mesmo que o romance nunca dura, se essa é a verdade em que acredito, será que estou pronta para nunca mais experimentar essa sensação? Será que é isso mesmo que eu quero?

"Vamos falar sobre outra coisa", minha mãe sugere. "A Lauren está quase chorando."

"Não é isso, desculpa", digo. "Me perdi nos meus pensamentos por um tempinho. Mas a questão aqui é o chá de bebê da Natalie, certo? O que mais a gente precisa organizar?"

"Na verdade, antes de voltarmos a esse assunto, acabei de lembrar que preciso de uma cópia do seu cartão do seguro social para colocar na documentação do empréstimo", Rachel avisa.

"Ah, claro. Para quando você precisa?"

"Pode ser para quinta?"

"Sim, tranquilo. Eu vou procurar. Está em algum lugar lá em casa."

"Estou tão orgulhosa de você", minha mãe diz para Rachel. "É uma coisa muito corajosa, isso que você está fazendo."

"Uma estupidez, né?", Rachel rebate. Ela ainda não confia muito em si mesma como deveria. Mas sei que deve acreditar em si mesma quando está sozinha, fazendo seus planos. Porque ninguém iria ao banco pedir uma linha de crédito para abrir uma empresa se não estivesse falando sério. Ninguém iria atrás de espaços para alugar se não depositasse o mínimo de fé em si mesma.

"Se ninguém nunca fizesse coisas estúpidas, eu jamais teria vocês e o Charlie", minha mãe comenta.

Era para ser um comentário encorajador, mas Rachel responde: "Então você acha uma estupidez mesmo".

Nós duas começamos a rir, antes que a minha mãe tenha a chance de se manifestar.

"Nossa, como vocês duas são pentelhas", ela reclama. "Que coisa."

Minha mesa está cheia de tralhas. Antigamente, eu me sentava aqui e trabalhava de verdade. Me lembro de quando Ryan e eu nos mudamos para cá, e tínhamos espaço de sobra, e eu me empertigava toda para sentar à mesa para fazer as coisas, porque parecia um privilégio imenso ter um lugar em casa para móveis como uma mesa de trabalho. E então, pouco a pouco, fui abandonando a mesa e comecei a usá-la como depósito de coisas que não tinha onde enfiar.

Comecei a procurar nas gavetas pelo meu cartão do seguro social. Pode estar em qualquer lugar. Não sou do tipo que mantém pastas de arquivo etiquetadas. Uma vez, colei uma etiqueta dizendo "Documentos Importantes" numa pasta. Esse é meu nível de preguiça no que diz respeito a organização. Remexo na gaveta de baixo inteirinha. Ah, aqui está. Minha pasta de "Documentos Importantes". Abro-a cheia de esperança de encontrar o que procuro, porque o cartão do seguro social pode ser classificado como um documento importante, né?

Vejo minha certidão de nascimento. Meu diploma. Meu contrato de empréstimo do crédito estudantil. O documento de propriedade do meu carro. Encontro até a intimação para comparecer ao tribunal para o processo de mudança de nome que minha mãe abriu para nós quando meu pai foi embora. Até meus seis anos de idade, nós éramos Lauren, Rachel e Charles Prewett. Olho para o documento por um tempão antes de me dar conta. Meus olhos estão concentrados no papel, mas minha mente está longe. Fico boquiaberta por um instante, pensando na vida de Lauren Prewett. As coisas teriam sido diferentes caso eu tivesse mantido o nome do meu pai? Eu teria conhecido algum menininho de sobrenome

Proctor ou Philips na escola, e nós nos sentaríamos juntos para sermos alfabetizados? Meu pai teria ficado mais tempo no meu coração se eu ainda tivesse seu nome? Não sei. E não tenho como descobrir, na verdade, porque nada disso aconteceu. Mas sou grata à minha mãe por ter feito a mudança, por ter se dado ao trabalho de ir até o fórum para mudar nosso destino, para nos oficializar como seus filhos e de mais ninguém.

Termino de revirar a pasta, e nada do cartão do seguro social. Guardo os documentos de volta na gaveta. Remexo nas coisas sobre o tampo da mesa, e enfim me deparo com as colunas sobre relacionamento que a minha avó mandou. Acabo me sentando para ler.

A esposa de um cara descobriu que tem mal de Parkinson, e ele está com medo das mudanças que vêm pela frente. Assina sua carta como "Preocupado de Oklahoma".

Uma mulher escreve para dizer que ela e o marido sabem que seu filho é gay, porque ele já contou para os dois irmãos, mas não se assume para os pais. Ela quer saber como mostrar ao filho que ele pode se abrir com os dois. Sua carta é assinada com o pseudônimo "Ansiosa para Ajudar".

E uma mulher acha que sua mãe não tem mais condições de dirigir e precisa de ajuda para comunicar isso a ela. Sua carta vem com a assinatura "Disposta a Ser Gentil".

Allie diz para o "Preocupado de Oklahoma" que ele tem razão de sentir medo, e o aconselha a encontrar pessoas para conversar a respeito. "Converse tanto sobre isso com os outros", ela escreve, "que, quando sua mulher expuser as preocupações dela, você já vai saber o que dizer. Acima de tudo, encontre alguém que possa lhe dizer: 'Eu também passei por isso'."

Allie diz para a "Ansiosa para Ajudar" que, pelo jeito, ela está com medo de que o filho não saiba que seu amor por ele é incondicional. "Não precisa se preocupar com isso. Você passou vinte e três anos comunicando isso a ele com todas as forças do seu ser. Esse amor foi comunicado por meio de tudo o que você já falou e fez. O amor incondicional significa ter liberdade para perseguir o que o coração quer e ainda ter um lar para voltar. Você proporcionou esse refúgio ao seu filho, e agora só precisa ser paciente e esperar que ele desfrute disso."

Allie diz para "Disposta a Ser Gentil" que ela pode se valer de toda a gentileza do mundo, mas a mensagem que tem a transmitir vai deixar sua mãe magoada mesmo assim. A mágoa, porém, é parte integrante do amor, porque "se sua família não puder lhe dizer a verdade, quem vai dizer? Seja a filha de que sua mãe precisa. É assim que se demonstra o verdadeiro amor familiar, essa coisa profunda e encantadora".

Ela não fala para mim, sobre mim ou por mim, mas ainda assim todos os seus conselhos reverberam nos meus pensamentos. Allie é boa no que faz. Muito boa mesmo.

Mila aparece no dia seguinte no trabalho trazendo um café com leite para mim.

"A que devo o presente?", pergunto, aceitando de bom grado. Não dormi muito ontem à noite.

"Me entregaram esse café por engano e, como dei um gole e só depois percebi que o pedido estava errado, não podia mais devolver, então fiquei com os dois", ela conta.

"Ah, obrigada", digo. "Eu estava precisando." O café ainda está bem quente, tanto que queimou minha língua. Agora vou ter que conviver com essa sensação desagradável pelo resto da manhã.

"Ficou acordada até tarde?", Mila pergunta, com um tom de voz que insinuava alguma coisa obscena.

"Está me perguntando se passei a noite transando com o David?"

Mila dá risada. "Uau, você não entende nada de sutileza mesmo."

"Você é que não consegue ser nada sutil", rebato.

Ela bate em mim com o dorso da mão. "Então, quer dizer que você estava?"

"Na verdade, não", conto. "Fiquei até tarde lendo os arquivos de uma coluna sobre relacionamentos."

Os ombros de Mila desabam. "Agora fiquei entediada. E estava interessada quando imaginei que você pudesse estar transando."

Eu dou risada. "Bom, você nunca se interessou pela minha vida sexual enquanto eu estava com o Ryan. Agora, com o David, de repente ficou toda *fascinada*."

"Não estou *fascinada*", ela rebate. "Só queria saber o que vocês *fazem*, esse tipo de coisa. Gosto de viver um pouquinho através de você. Um novo amor. A diversão de ir para a cama com uma pessoa que você não conhece direito. É divertido, não?"

"É", concordo, balançando a cabeça. "Sim, é divertido."

"Eu não tenho mais isso", ela continua, um tanto melancólica. "Mas tudo bem. Não estou reclamando. Eu amo a Christina mais do que tudo. Me sinto a mulher mais sortuda do mundo por estar com ela."

"Mas as coisas vão perdendo a força com o tempo", complemento. "Eu entendo."

"Não que a gente esteja junto há tanto tempo assim. Cinco anos é bastante, mas não muito. O lance são as crianças. As coisas perdem a força quando tem filhos no meio. Ela deixa de ser aquela mulher linda que eu tenho para explorar e descobrir. Vira a mãe dos meus filhos. Minha parceira na criação deles. Vira meio que..."

"Rotina?"

"É. E a rotina é uma coisa boa. Adoro a rotina. Mas é..."

"Rotina."

Mila sorri para mim. "Isso." Ela dá um gole em seu café. "Então, eu preciso me animar com a sua vida sexual, mesmo sendo com um homem. Posso ignorar essa parte."

"Quer saber", digo a ela, com um tom de voz de quem está prestes a sugerir uma ideia maluca, "você deveria escrever para Pergunte à Allie."

"Quem?"

"A coluna de relacionamentos que eu estava lendo. Ela é ótima. Nossa, ontem à noite li sobre uma mulher que não conseguia superar o trauma de ter sido assaltada à mão armada anos atrás, e a Allie disse uma coisa tão linda..."

Mila ergue a mão para mim. "Vou ser obrigada a te interromper."

Olho para ela em busca de uma explicação.

"Você está parecendo uma maluquete."

Começo a rir. Acho que porque ela usou a palavra "maluquete". "Eu não estou parecendo uma maluquete coisa nenhuma!", rebato.

"Ah, está, sim. Você parece uma maluquete." Ela começa a rir também.

"Talvez a maluquete seja você", sugiro.

Mila sacode a cabeça. "É exatamente o que uma maluquete diria."

"Para de dizer essa palavra, por favor."

Mila sorri e começa a voltar para sua mesa. "Aproveite o café", ela diz. "Maluquete."

Sou obrigada a confessar que dei essa ideia para Mila porque estou considerando escrever à Allie. Não esperava ser chamada de maluquete, mas talvez eu nem ligue se me considerarem assim. Talvez.

18 de abril,

Querido Ryan,

Estou pensando em escrever para uma coluna de relacionamentos para pedir conselhos sobre nós. Para você ver o quanto estou confusa.

Quando começamos tudo isso, pensei que precisasse só de um tempo longe de você. De um tempo para respirar. De uma chance de viver sozinha e de voltar a te valorizar, de sentir saudade de você.

Os primeiros meses foram uma tortura. A solidão foi pesada. Fiquei exatamente como queria me sentir, ou seja, achando que não conseguia viver sem você. Era o que eu sentia o dia todo. E quando ia deitar numa cama vazia. E quando voltava para uma casa sem ninguém. Mas, de alguma forma, de repente percebi que estava tudo bem. Nem sei direito quando me dei conta disso.

Acho que em algum momento pensei que, se descobrisse quem você realmente é, poderia voltar a te amar. Depois pensei que, se descobrisse quem eu realmente sou, e o que quero de verdade, poderia voltar a te amar. Passei meses nessa busca, tentando aprender uma grande lição, alguma coisa importante e abrangente o bastante para nos reaproximar. Mas, na maior parte do tempo, estou só aprendendo como viver a minha vida. Estou aprendendo a ser uma irmã melhor. Uma mulher forte como minha mãe sempre foi. Estou entendendo que deveria ouvir mais os conselhos da minha avó. Que o sexo pode ser regenerador. Que Charlie não é mais um menino.

O que estou dizendo é que comecei a me concentrar em outras coisas.

*Não estou mais desesperada para entender e consertar nosso relacionamento.
Acho que tudo bem se não tiver conserto.
Não é bem por esse rumo que as coisas deveriam seguir, né?*

*Com amor,
Lauren*

Releio a mensagem várias vezes. Mudo uma coisa ou outra. Acrescento vírgulas e espaços. Em certo sentido, sinto que estou só ganhando tempo antes de apertar o botão salvar, para me assegurar de que as minhas palavras fiquem guardadas em algum lugar no meio da internet. Porque não estou disposta a apagá-las. Então, no fim, paro de enrolar e aperto o botão. Mensagem salva.

Levanto da mesa e decido ir correr. Visto meu short. Meu top. Minha camiseta. Calço meus tênis. Me despeço de Thumper. Escondo a chave debaixo do capacho. E saio pela rua.

Quando os meus calcanhares batem no asfalto, quando meu coração acelera, quando meu corpo pede um refresco e continuo indo em frente, só consigo pensar no que acabei de escrever. Será verdade? Não estou mais perto de descobrir como salvar meu casamento? Não sei mesmo o que quero fazer?

Volto para casa e tomo um banho. E penso na mensagem. Preparo meu jantar, e continuo pensando na mensagem.

Se o que escrevi for a verdade, então não é melhor me preparar para encarar a perspectiva de um fim? Será que é o início do fim de *nós dois*?

O que eu faria da minha vida depois disso?

Sem entender minha motivação, agindo mais por instinto, pego o computador e entro no e-mail de Ryan. Não sei o que espero encontrar. Talvez uma confirmação de que ele me esqueceu. Que resolveu seguir em frente. Que não pensa mais em mim. Mas, então, vejo o número ao lado da pasta de rascunhos. Três mensagens novas.

Abro a pasta. São todas endereçadas a mim. Todas com datas das últimas três semanas. Ryan voltou a escrever para mim.

31 de março

Querida Lauren,

Eu precisava me afastar de você. Precisava parar de te escrever. Precisava parar de te contar tudo o que estava acontecendo. Percebi que estava me comunicando com você o dia todo dentro da minha cabeça, mesmo quando sentia raiva, mesmo quando queria manter distância. Eu precisava parar com isso. Precisava parar de ver você como minha interlocutora.
Então, parei de escrever.
E ficar sem escrever para ninguém, sem ter com quem conversar, fez piorar minha solidão. Por isso, eu precisava acabar com a minha solidão.
Primeiro foi Noelle. Noelle é uma mulher muito legal, me tratava muito bem e respeitava meu distanciamento, mas eu não estava muito a fim dela.
Depois apareceu Brianna, e foi tudo bem.
Daí conheci Emily. E Emily é diferente o bastante para não me fazer lembrar de você, mas não a ponto de eu achar que estou saindo de propósito com alguém que seja o seu oposto. E, por causa disso, acho que consegui parar de pensar tanto em você. Comecei a pensar em Emily. Não tenho a intenção de te magoar ao contar isso, mas tinha vontade de estar com Emily sempre que possível, e isso me fez esquecer de você. Tanto quanto é possível para alguém esquecer a própria esposa, acho. De verdade, senti que conseguia estar presente e comprometido com ela. Inclusive, viajamos juntos algumas vezes, e em todas elas me senti o namorado da Emily, não o marido da Lauren.
Estava precisando muito disso.
E ontem foi aniversário dela. E eu achei que deveria fazer alguma coisa, sabe? Então, preparei o "macarrão com camarões mágicos". E não me senti esquisito por isso. Sei que era uma coisa nossa, mas sei lá. Pareceu a coisa mais normal a fazer.
E eu fiz, e ela comeu, e agradeceu, e depois fomos a um bar encontrar uns amigos dela. E isso deveria bastar. Deveria ser suficiente.
Mas eu não parava de pensar na primeira vez em que fiz isso para você, o quanto você curtiu. Você comeu muito mais do que deveria e quase passou mal. Ficava pensando no jeito como seus olhos brilhavam quando eu dizia que

ia fazer de novo. Não acho que o "macarrão com camarões mágicos" seja uma coisa que tem a ver com você. Acho que é uma coisa minha. Acho que eu sentia necessidade de ter sua aprovação. Isso era o que me dava energia para continuar. Eu ficava tão ansioso pelo seu aniversário como pelo meu. E era por causa disso que eu sabia que, no seu aniversário, tentaria de tudo para fazer seu dia valer a pena. Isso parecia a coisa certa para mim.

Mas Emily simplesmente comeu o "macarrão com camarões mágicos", agradeceu, limpou a boca e perguntou se já podíamos ir. Ela não entendeu. E parece uma coisa boba escrever nesses termos, mas de verdade senti que, se ela não entende o "macarrão com camarões mágicos", não me entende também.

E isso me fez sentir sua falta. Não de você, minha esposa. Ou da mulher que esteve comigo desde os meus dezenove anos. Você. Lauren Maureen Spencer Cooper. Senti falta de você.

E não foi um sentimento passageiro. Foi uma coisa verdadeira. Senti realmente que tinha um buraco na minha vida, que só poderia ser preenchido por você.

Acho que está funcionando, Lauren. Acho que vamos ficar bem.

Com amor,
Ryan

3 de abril

Querida Lauren,

Passei perto de casa hoje à noite. Não foi minha intenção. Fui a um jantar no centro da cidade, e peguei a Olympic no caminho de casa. Estava ouvindo rádio. Estavam transmitindo uma matéria sobre um serial killer da Colômbia, e fiquei tão distraído que parei de prestar atenção no caminho. Quando cheguei no cruzamento da Olympic com a Rimpau, deveria ter seguido reto, mas bati a mão na seta e virei à direita, o que me levou para a casa errada. Foi pura memória muscular. A gente vira à direita todos os dias durantes anos a fio e... você sabe como é.

Só percebi meu erro quando parei no sinal da Rimpau com a 9th, mas era tarde demais. Eu ia precisar passar aí em frente para dar a volta e retomar meu caminho.

Quando passei na frente de casa, admito que tirei o pé do acelerador. Vi que a luz estava acesa. Vi um carro diferente parado na entrada da garagem. Ouvi Thumper latir. Juro que escutei o latido dele. Meti o pé no freio e, por mais vergonhoso que seja admitir, olhei pela janela por alguns segundinhos. Não sei o que estava esperando ver. Você e Thumper, talvez. Mas o que vi foi você com outra pessoa. A pessoa com quem, imagino eu, você está saindo.

Desliguei o carro. Virei a chave e tirei da ignição. Soltei o cinto de segurança e estava pronto para abrir a porta. Cheguei pertíssimo de entrar em casa e dar um murro na boca daquele cara.

Mas duas coisas me impediram. A primeira foi eu saber que era errado. Apesar de estar para abrir a porta do carro, eu sabia que era errado, e que não deveria fazer isso. Eu colocaria tudo a perder. Você se sentiria vigiada. Eu não queria que você se sentisse assim.

E a segunda coisa foi que eu ia me encontrar com Emily dali a vinte minutos. Como explicar para ela onde estava? Como explicar para você a minha pressa para ir embora?

Coloquei o cinto de segurança de novo, pus a chave no contato e arranquei para longe dali. Passei direto pela placa de PARE. Quase bati o carro ao atravessar o sinal vermelho na Wilshire. Cheguei à casa de Emily dez minutos atrasado e, quando ela perguntou, falei que foi por causa do trânsito.

Então, acho que posso dizer que sou um hipócrita. E, quando eu voltar para casa, acho que vamos precisar instalar uma cortina na janela que dá para a rua.

Com amor,
Ryan

17 de abril

Querida Lauren,

Sério mesmo que Charlie acabou de me ligar dizendo que vai ter um bebê? Com uma mulher chamada Natalie? E que agora ele mora em Los Angeles? E que os dois vão casar?

Eu vou ser tio e nem sabia. Entendo por que você não me contou. Entendo por que não me ligou. Fui eu que pedi. A culpa é minha.

Mas queria poder falar sobre isso com você. Gostaria de ter tido essa conversa. Tenho muita coisa para dizer, e só pode ser para você. Uma parte de mim acha que, se a gente se visse hoje, eu me apaixonaria por você de novo. E uma outra parte acha que o sentimento seria bem diferente. Melhor, até. Porque você não seria uma garota que me encantou, uma garota nova que conheci. Você é você. Você sou eu.

Para mim, este ano foi um sucesso. Sei que ainda não acabou. Sei que a parte mais difícil, que é voltar a termos boas relações um com o outro, encontrar uma maneira de fazer as coisas darem certo, sei que tudo isso ainda não foi feito. Mas estou me sentindo cheio de energia para tentar tudo o que for necessário. Isso faz sentido?

Estou pronto para encarar esse casamento. Antes eu estava sem energia. Mas agora estou energizado.

Com amor,
Ryan

Eu desabo no chão.

De todas as possibilidades plausíveis, sempre cogitei que eu fosse acabar com o coração despedaçado.

Jamais imaginei que eu poderia terminar como sendo a responsável por um coração partido.

"Você só pode estar de brincadeira comigo." Estou parada na frente da porta de Charlie às oito e quinze da manhã, e é assim que inicio a conversa. Por mais que as mensagens de Ryan tenham me feito ir às lágrimas, também me deixaram furiosa com meu irmão por ter ligado para ele sem me contar.

Eu esperei minha cabeça esfriar para fazer isso. Ou pelo menos parar de ferver. E, quando acordei de manhã, por algum motivo estava ainda mais irritada, ainda mais convencida de que havia sido vítima de uma traição profunda e lamentável. Então peguei o carro, fui até a casa de Charlie e toquei a campainha. Ele abriu a porta, e foi isso o que falei: "Você só pode estar de brincadeira comigo".

"Você falou com o Ryan, pelo jeito", ele responde, deixando a porta aberta para que eu entre. Seu tom é o de alguém na defensiva, e com uma pontada de decepção. Ele está de calça de algodão e camiseta branca. Estou interrompendo sua rotina matinal para ir ao trabalho.

"Ótimo raciocínio, detetive", digo. Não é o momento ideal para explicar o que venho fazendo no computador.

"Escuta só, eu tinha uma ótima razão", ele diz.

"Você não tem o direito de interferir no meu casamento", reclamo. "Deixa o Ryan fora disso."

"O assunto da conversa não era o seu casamento, Lauren. Minha nossa."

Natalie está sentada no sofá, com as mãos sobre a barriga proeminente. Está usando uma calça de malha fina e uma blusa de moletom. "Eu vou lá para o quarto", ela avisa.

"Mil desculpas", digo, conseguindo com grande esforço extrair o tom de raiva da minha voz ao falar com ela. "Eu não queria estragar sua manhã."

Natalie faz um gesto com a mão. "Tudo bem. Eu bem que achava que isso fosse acontecer em algum momento. Vou ficar lá no quarto."

Charlie lança para Natalie um olhar que é ao mesmo tempo um agradecimento e um pedido de desculpas.

Quando ela sai, volto à ofensiva contra ele. "Você tem alguma noção de lealdade?"

Charlie balança negativamente a cabeça e tenta manter a calma, apesar do meu tom de voz exaltado. "Lauren, me escuta, por favor."

Cruzo os braços e fecho a cara. É minha maneira de ouvir e expressar meu descontentamento ao mesmo tempo.

"O Ryan é tio do bebê."

"Por minha causa!", retruco. "Ele só é tio do bebê porque eu sou a tia. Parente de sangue."

"Eu sei, mas mesmo assim. É uma coisa importante, você não acha? Além de ser seu marido, ele também é o tio do bebê."

"E daí?"

"E daí que... dá uma olhada ao meu redor, Lauren. Está vendo algum outro homem que faça parte da minha vida?"

Eu não digo nada, só fico olhando para ele.

"A gente não tem irmãos", Charlie diz. "Eu sou o único filho homem."

"Certo", concordo, como um sinal para ele continuar a explicação.

"E a gente também não tem pai", Charlie argumenta.

"Certo", concordo de novo.

"E o vô já morreu", ele diz.

"Certo."

"E os meus amigos mais próximos moram em Chicago. Eu moro com a minha noiva. Passo a maior parte do tempo com ela, ou no trabalho, ou com a minha mãe e as minhas irmãs."

Ainda estou irritada, mas admito que não tenho como discordar dessa linha de raciocínio. "Certo", repito, dessa vez com um tom um pouco mais gentil. Mudo minha postura corporal para quebrar minha atitude de antagonista.

Charlie me observa por um tempo, pensativo. Dá para ver que ele está começando a se emocionar. Ele baixa o tom de voz. "Eu vou ter um filho, Lauren. Um menino."

Os pensamentos se acumulam na minha cabeça tão depressa que nem sei a qual me ater. É uma ótima notícia! Minha família vai ficar muito feliz! Eu não sabia que eles queriam ser informados do sexo do bebê antes do parto! Estou empolgadíssima com a ideia de ter um sobrinho! Um menininho!

"Eu vou ter um sobrinho?", pergunto. A raiva já era; não está mais borbulhando na superfície. Parte da razão é o choque da descoberta de uma coisa que pensei que só fosse descobrir em alguns meses. E a outra parte é que meu irmão caçula, que claramente sente que tem muito a provar, vai ter uma chance de fazer isso.

"É", ele diz. Vejo que seus olhos estão marejados. "E o que eu sei sobre criar um menino? Sobre ser pai? Não tenho a menor ideia. Longe disso. Quer dizer, sei que vou acabar pegando o jeito, mas, porra, é como trocar o pneu com o carro em movimento. Meu filho precisa de um tio, certo? Sei que as coisas não estão boas entre vocês, entendo isso, mas o Ryan me conhece desde quando eu tinha catorze anos. Ele foi o primeiro cara que eu tive para me espelhar. E... Eu quero que o meu filho tenha uma relação legal com ele. Quero que o Ryan faça parte da vida do meu filho. Para ser sincero, eu preciso de alguém com quem falar sobre não ter a mínima ideia do que estou fazendo."

"Você pode falar comigo", argumento. "E com a Rachel."

"Vocês duas também não tiveram pai. Nós não sabemos nada sobre ter pai. Me desculpa, mas isso... isso não é uma coisa que uma mulher possa me ajudar a fazer. Simplesmente não é."

"Certo", digo. O que mais eu poderia falar? Não acho que eu esteja errada de ter me incomodado, mas seria imaturidade e egoísmo demais da minha parte continuar irritada depois de ouvir tudo isso. "Eu entendo. Seria melhor se você tivesse falado comigo primeiro. Mas... não, tudo bem, eu entendo."

"Bom, na verdade eu deixei para falar com você primeiro, sim", ele diz. "Porque tem outra coisa que eu queria fazer também, mas preciso da sua permissão."

"Hã", respondo. "Sei..."

"Eu queria convidar o Ryan para o casamento."

"De jeito nenhum." As palavras saem da minha boca com a velocidade de uma bala deixando o cano de uma arma.

"Por favor, pensa a respeito."

"Não, Charlie. Me desculpa. O Ryan e eu combinamos muito claramente ficar sem nos vermos e nos falarmos por um ano. E esse prazo só termina no fim de agosto. Não em julho. E eu não passei os últimos oito meses me segurando para ligar para ele só para no fim acabar voltando atrás do mesmo jeito. Ele também não vai descumprir o combinado, Charlie."

Charlie parece ofendido com o que falei, e não sei exatamente qual parte é a mais dolorosa para ele. O fato de sua própria irmã não abrir uma exceção para seu casamento? Ou a ideia de que o homem em quem se espelhou não iria querer ir? Que coisa. Quando casamos com um homem, casamos também com a família dele, e vice-versa. Isso todo mundo fala. O que ninguém diz é que, quando abandonamos um homem, ele deixa de fazer parte da nossa família. Quando meu marido muda para o outro lado da cidade e começa a sair com alguém chamada Emily, ele parte o coração do meu irmão também.

"Só me deixa fazer o convite", Charlie diz. "É só isso que estou pedindo."

"Charlie, eu não quero encontrar com ele lá."

"A questão aqui não é você."

"Charlie..."

"Lauren, você já parou para pensar que o meu casamento vai ter fotos de família? E que a gente vai pendurar pela casa? E que a mãe vai ter uma no aparador da sala? E que, daqui a vários anos, o que você vai ver quando olhar para essas imagens vai ser o buraco que esse ano produziu na família? Você vai manchar meu casamento com essa bobagem porque não consegue ver além do aqui e agora."

"Não tem buraco nenhum na família", rebato.

"Ah, tem, sim. O Ryan não é só o cara que você ama. Ele faz parte da família."

"Bom, ninguém mais parece ver problema nenhum nisso, só você."

"Outro engano seu. A mamãe sente falta dele. Me disse uns meses atrás que precisou apagar o número dele do celular para não ligar para saber se estava tudo bem."

"Bom, a Rachel está tranquila com a situação", argumento.

"Porque a Rachel só pensa em você. Mas aposto que, se você perguntasse, ela diria que gostaria de saber como ele está."

Sinto minha pulsação acelerar, e o sangue subir para as minhas bochechas. Estou começando a ficar furiosa. "Ele entrou para a família por minha causa", digo. "E só faz parte dela de acordo com os meus termos."

"Sei que você gostaria que isso fosse verdade. Mas não é. Você não é proprietária do Ryan. Você fez a aproximação entre ele e a família, e pediu que todo mundo gostasse dele. E foi isso que aconteceu, nós gostamos dele. Você não tem como controlar isso."

Tento me imaginar numa situação similar, mas a verdade é que não consigo. Não conheço Natalie muito bem. Algum dia ela vai ser como uma irmã para mim, mas isso demora. É preciso vivermos coisas juntas, compartilharmos experiências. Ainda não temos isso. E ela é o exemplo mais próximo que tenho. Nunca fui próxima da família do Ryan, então não sinto falta dos parentes dele. Não sei como me sentiria no lugar de Charlie nessa situação. E talvez o problema seja esse. Talvez eu esteja tão apegada à minha parte em tudo isso que não consigo ver o lado de mais ninguém. E isso pode ser um sinal de que posso estar errada. Claro, na maior parte das vezes em que as pessoas estão erradas é por isso, né? Por não conseguir entender nada além do próprio ponto de vista?

Começo a falar, para dizer que vou pensar a respeito. Abro a boca com a intenção de dizer *Você tem razão. Vou pensar melhor.* Mas Charlie se adianta a mim.

"Que bobagem. Vocês vão voltar a ficar juntos quando, em agosto? O que são algumas semanas a menos?"

"Eu não faço ideia se vamos voltar a ficar juntos! Não sei nem se..."

"Do que você está falando? Desde o começo você garantiu que o plano era esse. Passar um tempo separados e depois voltar a ficar juntos."

"Sim, e você mesmo me disse que isso raramente acontece. Na maior parte do tempo, a separação é só o primeiro passo para o divórcio."

Charlie sacode a cabeça negativamente. "Para com isso. Você está sendo dramática. Me desculpa por ter dito isso. Foi babaquice minha. Escuta só, eu quero que ele vá. O casamento é meu, e eu vejo o Ryan como o tio do meu filho, um irmão para mim. Isso não basta? Isso não tem importância nenhuma?"

Eu o encaro, pensando no que acabei de ouvir. O filho da mãe tem razão. A vida não se resume a mim. Nem o meu casamento diz respeito somente a mim.

"Tudo bem", digo. "Pode convidar."

"Obrigado", Charlie responde.

"Mas nada de levar acompanhante", peço. "Por favor."

"Nada de acompanhante", Charlie repete, erguendo as mãos em sinal de rendição.

"Se o Ryan é o seu amigo homem mais próximo, quem vai ser seu padrinho?", questiono. Fico arrasada ao pensar que meu irmão caçula não tem ninguém para convidar para ser padrinho.

"Ah", ele diz. "Eu ia chamar o Wally, lá de Chicago. Mas não sei se ele vem. Natalie e eu cogitamos a ideia de não dar uma festa. Acho que é melhor assim."

"Não pode ser o Ryan?", pergunto. Estou tão atrasada a esta altura que não faz diferença tentar acelerar a conversa.

"Sei que não estou pedindo pouca coisa ao me deixar convidar o Ryan", ele diz. "Não seria justo forçar a barra ainda mais."

Às vezes tenho tanta certeza de que meu irmão é um babaca sem coração que me surpreendo quando ele me mostra que a babaca sou eu.

"Tudo bem", eu cedo. "Pode convidar."

Charlie precisa conter o sorriso. Mas consegue manter uma expressão séria. "Não quero tornar as coisas ainda mais estranhas do que já estão", ele comenta.

"Tudo bem", digo a ele. "Você deveria fazer isso mesmo. Ele vai aceitar. Sei que vai."

"Você acha?", Charlie pergunta, deixando entrever um pouco do seu entusiasmo.

"Sim", garanto. "Vai, sim."

Nós trocamos um abraço, e Charlie olha no relógio. "Puta merda, estou atrasado", ele comenta. "Quer saber? Foda-se." Charlie grita na direção do banheiro. "Natalie, você pode tirar o dia de folga?"

"Quê?", escuto a voz dela dizer.

"Você pode tirar o dia de folga?"

"Hã... acho que sim. Já ia sair mais cedo para ir ao médico mesmo", ela diz, com a voz cada vez mais próxima, até chegar até nós.

"E você?" Charlie se vira para mim. "Você pode tirar o dia de folga? Para ir ver um filme ou coisa do tipo?" Natalie está ao lado dele, abraçando-o pela cintura, apoiando a cabeça em seus braços. Olho para os dois. Para o meu irmão. Com uma mulher grávida ao lado.

"Ah", digo, e começo a pensar numa resposta.

"Espera um pouco", Charlie interrompe. "Se você e o Ryan combinaram de ficar sem se falar um ano, como descobriu que eu contei para ele sobre o bebê?" A voz dele não indica a menor suspeita. Apenas curiosidade e interesse.

Mas eu me sinto como se tivesse sido pega em flagrante, como uma criminosa que confessa sob as luzes do interrogatório.

"Preciso ir para o trabalho agora mesmo, na verdade. Já estou uma hora atrasada, e o trânsito vai estar um horror. Aproveitem para ter um dia romântico e agradável, vocês dois!", digo, já tomando o caminho da porta.

20 de abril

Querida Lauren,

Charlie me ligou hoje e disse que falou com você e teve sua permissão para me convidar para ser o padrinho.

O que está acontecendo com o mundo? Me lembro de quando ele ficava me implorando para jogarmos Grand Theft Auto juntos quando eu ia passar os fins de semana na sua casa na época de faculdade. Eu nem gostava desse jogo, mas era uma forma de fazê-lo calar a boca. E o tempo todo ele só falava sobre garotas. O tempo todo mesmo. E era muito sem noção a esse respeito. Eu ficava impressionado. Para um moleque que vivia numa casa com três mulheres, pensei que ele fosse saber como falar com as garotas, mas o cara não tinha ideia. Então, contei como fiz para chamar você para sair. Expliquei o lance de fingir que a ideia foi sua. E que é normal ficar nervoso, mas que é preciso ir em frente mesmo assim, porque as meninas também ficam nervosas e nem percebem o seu nervosismo, esse tipo de coisa.

E agora ele vai casar e ter um filho. Com alguém de quem parece gostar de verdade.

E a gente não está nem se falando.

Obrigado por dar sua permissão. Sinto muita falta da sua família. Essa ligação do Charlie me fez ganhar o dia. Porra, me fez ganhar talvez até o ano. Este ano está sendo difícil e confuso e, quando ouvi a voz dele no telefone, percebi o quanto estou perdendo.

Estou ansioso para o casamento. Entre outras coisas porque vou poder te ver de novo.

Com amor,
Ryan

Natalie está usando um vestidão de gestante. Está tipo aquelas grávidas que as pessoas oferecem lugares para sentar no ônibus. Faltam seis semanas para o nascimento, e ela está reluzente, mas, quando ouve isso responde: "É por causa do suor. Pode acreditar. Estou suando como se a casa estivesse pegando fogo".

Não contei para ninguém que vai ser um menino, então mantivemos a cor amarela como tema para o chá do bebê. Minha mãe fez questão de ser a anfitriã da festa, e exagerou um pouco na dose. Tem balões e serpentinas amarelos espalhados pela casa. Os presentes estão embrulhados em papel amarelo. Até o bolo é amarelo, uma cortesia de Rachel. Acho que em algum momento o tema escolhido foi de patinhos, mas eu não fui avisada. A mesa da comida e a mesinha de centro da sala estão cheias de patinhos de borracha. Rachel, inclusive, fez um de fondant e pôs sobre o bolo.

"Parece estar patologicamente delicioso", comento quando ela nos mostra.

Minha mãe deu risada. "Foi isso o que eu falei também, mas ela não achou a menor graça."

"O bolo está lindo", Natalie comenta. "Rachel, estou sem palavras para agradecer. Parece que foi feito por uma profissional."

Sei que Rachel testou a receita pelo menos cinco vezes, e ainda fez a decoração, para garantir que sairia como o desejado. Sei que ficou acordada até altas horas para deixar o patinho perfeito. Mas ela reage como se não fosse nada de mais. "Ora essa. O prazer foi todo meu." Rachel está usando um vestidinho vermelho lindo de gola quadrada. Tinha calçado um sapato de salto alto para a ocasião, mas desistiu deles uns dez minutos atrás, antes mesmo de o primeiro convidado chegar. "Mas tirei uma foto para pôr no meu portfólio." A resposta sobre a linha de crédito deve vir a qualquer momento.

Minha mãe vem da cozinha com uma bandeja. "Então, sei que vocês vão dizer que exagerei", ela diz. "Mas olhem só! Que gracinha, né?" Minha mãe mostra um prato de canapés de pepino.

"Não é um chá da tarde à moda inglesa, mãe", Rachel comenta. "É um chá de bebê."

Minha mãe fecha a cara, mas Natalie trata de amenizar o clima. "Ficaram uma beleza mesmo, Leslie. De verdade. Muito obrigada. E minha amiga Marie, que vem hoje, é vegetariana, e vive se preocupando em não ter nada para comer nas festas. Foi uma ótima ideia."

"Obrigada, Natalie. Ainda bem que você não tem tanta intimidade comigo quanto as minhas filhas. Por enquanto eu ainda posso ouvir elogios seus e não coisas como 'Não é um chá da tarde à moda inglesa, mãe'." Minha mãe imita Rachel como se ela tivesse a voz da Minnie Mouse, o que não é nem de longe o caso.

Natalie dá risada. "Mas eu gostei de verdade!"

"Certo, Natalie", digo. "Você já conseguiu provar o que queria. Ela gosta mais de você."

Minha mãe ri, põe o prato na mesa e volta para a cozinha para buscar mais coisas.

"Precisa de ajuda?", Natalie oferece.

Rachel estende o braço para silenciar Natalie. "Relaxa", ela diz. "A grávida aqui é você. Somos nós que temos a obrigação de oferecer ajuda para a minha mãe, e não estamos fazendo isso."

"É, então nada de fazer a gente passar vergonha", complemento.

Natalie ri e vai se sentar no sofá, cruzando uma das pernas e ajeitando o vestido. "Bom, como vocês estão aqui, na verdade eu gostaria de pedir um favor", ela anuncia. "Como vocês sabem, o Charlie convidou o Ryan para ser o padrinho de casamento dele."

Rachel fica boquiaberta, e se vira para mim. "Como é?"

Eu dou de ombros. "É a vontade do Charlie. O que eu poderia fazer?"

"E você não liga?", Rachel questiona. "Por que você não me falou nada disso?"

"Está tudo certo", digo para Rachel. Não quero tocar em assuntos delicados na frente de Natalie.

Natalie se vira para mim. "Eu gostaria de agradecer por isso", ela diz. "Charlie ficou muito feliz, e é claro que não tenho muitas informações da sua situação com o Ryan, mas imagino que você precisou fazer um grande esforço para... enfim... obrigada."

Respondo a ela com um aceno de cabeça. É uma questão complexa, que envolve vários sentimentos, e acho que se começar a falar, em vez de dizer *De nada*, vou começar a chorar, sem saber nem direito o porquê.

"Então, o Ryan é o padrinho do Charlie, e no fim o Wally, amigo dele, vai poder vir ao casamento, e o Charlie vai querer que ele fique no altar também", Natalie continua. "Isso significa que tenho dois lugares a preencher do meu lado, e adoraria que vocês fossem as minhas madrinhas."

"Uau", Rachel e eu dizemos ao mesmo tempo.

"Está falando sério?", Rachel continua. "É muita consideração da sua parte."

"Sei que já está meio em cima da hora", Natalie diz. "Eu não sabia como ia ser do lado do Charlie, mas, agora que está tudo resolvido, acho que vai ser perfeito. Eu adoraria ter vocês no altar comigo."

"Tem certeza?", pergunto. "Quer dizer, ninguém aqui vai ficar chateada se você preferir chamar uma amiga."

"Não", Natalie responde. "Quer dizer, eu até tenho quem chamar. Adoro minhas amigas. Mas vocês são da família. Eu sempre gostei da ideia de fazer parte de uma família grande. Lá em casa éramos só eu e os meus pais. Estou animadíssima por ter novas irmãs." Natalie diz essa última palavra com cuidado, sem saber se soaria presunçosa e, por isso, sinto uma necessidade de garantir que tenho toda a intenção de considerá-la como uma irmã, que eu quero que ela faça parte da nossa família.

"A gente está muito animada também!", digo, tentando modular o tom de voz para não acabar exagerando. "Sério, é muita sorte nossa o Charlie ter escolhido alguém tão legal."

"É mesmo?", Natalie diz. "Então, vocês duas vão ser minhas madrinhas de casamento. Ninguém nunca disse que precisa ser uma só."

"Para nós vai ser uma alegria", Rachel garante.

Minha mãe aparece de volta com uma bandeja de enroladinhos de salsicha. "Vejam só os bebezinhos!", ela comenta, rindo sozinha. Nós olhamos para a travessa e vemos que ela usou corante na massa. Alguns enroladinhos são cor de rosa, outros são azuis. "É porque a gente não sabe o sexo do bebê ainda. Entenderam?"

"Então nós vamos comer bebezinhos como entrada?", Rachel questiona. Eu começo a rir; é inevitável. Rachel tenta segurar o riso.

Minha mãe olha para a bandeja, franzindo a testa. "Ai, não", ela comenta. "Vocês acham que as pessoas vão se sentir como se estivessem comendo bebês?"

"Como vocês são maldosas!", Natalie diz. "Leslie, está tudo ótimo. É uma comida perfeita para um chá de bebê."

"Mãe, eu estava brincando, sério", Rachel argumenta, tentando voltar atrás. Minha mãe, em geral, não liga se tiramos sarro dela, mas hoje parece estar levando tudo muito a sério, e fico me sentindo meio mal por isso.

Ela ainda está com a bandeja na mão. Está pensando seriamente em não servir os enroladinhos. "Não. É estranho mesmo. Droga. Eu não deveria ter usado os corantes."

"Não", eu intervenho. "Qual é. Era brincadeira mesmo. Está tudo bem. Tem gente que até derrete chocolate para ficar sem forma e serve em guardanapos para fingir que é fralda suja, sabe como é? Chás de bebê são informais e divertidos assim mesmo. Isso é uma coisa boa!"

"Tem certeza?", minha mãe pergunta.

"Claro", Rachel responde.

Natalie assente com a cabeça. Vou até minha mãe e a abraço. "Com toda a certeza. Você fez tudo bem direitinho. Ficou lindo."

"Certo", ela cede, enfim pondo a bandeja na mesa. "Mas eu não vou derreter chocolate nenhum... Tudo bem?"

"Claro", eu digo. "Foi só um comentário. Tem mais alguma coisa na cozinha?"

Nós vamos para lá, deixando Natalie e Rachel na sala.

Quando elas não podem mais nos ouvir, pergunto: "Tudo bem com você?"

"Sim", ela diz. "É que isso é... meio estressante!"

"Em que eu posso ajudar?", me ofereço, me encaminhando para o balcão, mas parece estar tudo sob controle.

"Não precisa", minha mãe garante. "É que... é o meu primeiro neto."

"Eu sei."

"Sempre me imaginei fazendo a festa de chá de bebê do meu primeiro neto", ela revela.

"Claro, eu entendo", digo.

"Só achei que..."

Espero que ela termine a frase, o que não acontece. "Achou que fosse ser pra mim."

Minha mãe demora um pouco para responder. "É", ela admite por fim. "Mas tudo bem. Cada um com a sua vida. Eu tenho muito orgulho da sua."

"Eu sei, mãe. Mas nem por isso deixa de ser surpreendente. Nem significa que as coisas não tomaram um rumo desgastante e confuso", complemento.

"Estou muito feliz com tudo isso", minha mãe diz. "De verdade."

"Mas...?", pergunto.

"Mas", ela continua, mordendo a isca, "eu mal conheço a menina. Quando estava no mercado comprando as coisas para comer, ficava me perguntando toda hora: 'A Natalie gosta de azeitona? Gosta de coentro?' Tipo, tem gente que odeia coentro."

"Pois é", respondo.

"Não sei muita coisa sobre ela ainda", minha mãe explica. "É difícil dar uma festa para uma pessoa que a gente mal conhece."

"O que vale mesmo é a intenção", eu falo. "E a Natalie é bem fácil de agradar."

"É, pode ser", minha mãe admite, olhando para a travessa com os bolinhos de siri. "Você pode ir lá perguntar se ela gosta de coentro? Eu coloquei nos bolinhos, e tem gente que não suporta coentro de jeito nenhum."

"Claro, mãe", respondo, mas nesse momento a campainha toca.

Ouço Rachel abrir a porta, e um grupo de mulheres entrar tagarelando. A festa começou. As amigas e colegas de trabalho de Natalie vão chegar em peso. A mesa para os presentes vai se encher. Daqui a pouco, vamos estar agindo como se fraldas e mamadeiras fossem os objetos mais fascinantes do mundo. "Um dia vai ser a minha vez, sabe", digo ao sair da cozinha. "E quando for, você vai poder colocar coentro no que quiser."

David está deitado na minha cama. Sem camisa. Só de cueca. Nós bebemos.

Tudo começou porque David queria cozinhar para mim. Ele apareceu com um saco de compras do mercado e se apossou da cozinha. Como ele trouxe a comida, me senti na obrigação de abrir umas garrafas de vinho que estavam sobrando aqui. Bebemos uma taça de vinho tinto cada um, depois mais uma. E depois outra. E depois, por algum motivo, abrimos outra garrafa. Enquanto desfrutávamos do jantar delicioso e ríamos à vontade, beber mais um pouco pareceu uma boa ideia.

E aqui estamos nós, estufados de comida e ainda bebendo. Começamos a nos beijar na cama. Mas o relógio dele enroscou nos meus cabelos, e começamos a rir. E não nos recuperamos até agora. Estamos simplesmente deitados um ao lado do outro, seminus, de mãos dadas e olhando para o teto.

"Acho que o Ryan vai querer que a gente volte a ficar junto", comento sem nenhuma razão.

David não se move para me olhar. Continua voltado para o teto. "Ah, é?", ele pergunta. "Por que você acha isso?"

"Bom, foi ele que disse", explico.

Agora ele se vira para mim. "Pensei que vocês não estivessem se falando", ele questiona. David está ciente do acordo. Conhece as regras. A esta altura, já sabe sobre todas as brigas e os ressentimentos. Sabe da falta de sexo, do sexo malfeito.

"Ele me escreve às vezes", digo, e deixo por isso mesmo. Não vejo razão para me explicar.

"Ah", ele diz. Ainda estamos de mãos dadas. Ele começa a massagear a minha. "E o que você acha disso?"

Eu dou risada, porque essa é a *grande* pergunta, né? O que eu acho disso? "Não sei", respondo com um suspiro. "Não tenho certeza se quero voltar. É bem isso mesmo. *Não sei* se sinto o mesmo que ele. E essa incerteza me deixa apreensiva."

"Puxa", David diz, olhando de novo para o teto. "Estou quase com inveja de você. Quem me dera... Nossa, como eu queria parar de pensar na Ashley. Como eu queria não ter *certeza* do meu amor por ela."

"Você ainda sofre por isso?", pergunto, já sabendo da resposta. Só estou dando uma oportunidade para ele se abrir.

"Todos os dias. Sofro todos os dias. Não poder falar com ela sobre o que está acontecendo na minha vida acaba comigo. E, às vezes, sinto vontade de ligar e falar: 'Vamos jantar juntos. Vamos dar um jeito nisso'."

"E por que não faz isso?", questiono. Viro de bruços, apoiada sobre os cotovelos. Uma posição de ouvinte.

"Porque ela me traiu", ele responde, com um tom de voz mais exaltado e passional. "Não dá... se a pessoa te trai, para você se respeitar, a única alternativa é cair fora do relacionamento. Não dá para continuar com alguém que te trai."

Normalmente, eu concordaria com ele. Mas, na verdade, parece que ele está dizendo isso não por convicção, mas por ter aprendido que é assim que deve ser.

"Sei lá", respondo. "Foi só uma vez, né?"

"Ela disse que foi só uma vez. Mas não é isso o que dizem todas as pessoas que traem? Enfim, não faz diferença se foi uma vez ou um milhão." Ele se vira de bruços também. Nossos ombros estão roçando um no outro.

"As pessoas fazem bobagem", argumento. Se tem uma coisa que aprendi com tudo isso, é que somos capazes de fazer muito mais do que imaginamos, para o bem ou para o mal. Todo mundo tem um potencial enorme de fazer cagada se a oportunidade certa aparecer. "Eu joguei um vaso na cabeça do meu marido."

David se vira para mim. "Você?"

Faço que sim com um gesto.

Sim, eu mesma. Sim, tenho vergonha de ter feito isso. Mas também não era eu. Não mesmo. Aquela pessoa estava tão irritada. Eu andava muito irritada. Não estou mais assim.

"A questão é que todo mundo faz bobagem. E eu fico pensando, se você ama a Ashley, se ainda fala tanto nela, se ainda pensa tanto nela, não pode ser um amor qualquer. Pode ser um amor capaz de superar esse tipo de situação."

A verdade é que, quando olho para David, fica claro o quanto ele quer a ex-mulher de volta, como não está pronto para seguir em frente — então percebo que quem está com inveja sou eu. Não dela. Dele. Quero amar desse jeito. Não quero me sentir bem se não estiver com alguém, se não estiver com Ryan. Mas *estou* bem.

As coisas não estão perfeitas. Mas eu estou bem.

Isso não pode ser bom sinal.

David e eu continuamos conversando. Os assuntos vêm e vão, mas a Ashley sempre acaba voltando. Eu presto atenção. E escuto. Mas minha mente está longe.

Tem uma coisa que preciso fazer.

30 de abril

Querida Pergunte à Allie,

Sou casada há seis anos. Meu marido e eu estamos juntos há onze. Durante a maior parte da minha vida adulta, acreditei que ele era minha alma gêmea. Por quase todo o nosso relacionamento, eu o amei de verdade, e me sentia amada por ele. Mas, algum tempo atrás, por motivos que só agora estão começando a ficar claros, paramos de fazer bem um ao outro.

Quando digo que só agora os motivos estão começando a ficar claros é que nosso casamento vinha sofrendo com ressentimentos. Ficamos ressentidos um com o outro por razões como a frequência com que fazíamos sexo, a qualidade da nossa vida sexual, os lugares a que íamos jantar, o tempo de chuveiro de cada um, e coisas básicas, como quem ia chamar o encanador.

Percebi que todo esse ressentimento faz mal. Aquilo que começa pequeno vai infectando. Vai crescendo sem controle dentro de nós até se expandir tanto que já se entranhou nos nossos recantos mais profundos e se recusa permanentemente a ir embora.

Agora consigo ver isso.

E a razão para tanto é que meu marido e eu reconhecemos, nove meses atrás, que tínhamos um problema, e decidimos dar um tempo no relacionamento. Uma separação por um ano.

Esse ano ainda não acabou, mas já sinto que consigo enxergar as coisas de uma perspectiva que era impossível para mim meses atrás. Eu me entendo melhor. Vejo como contribuí para o declínio do meu casamento. Também percebo o que deixei que acontecesse com meu casamento. Quando o período de teste terminar, vou ser uma mulher transformada.

O problema é que, nesse tempo de separação, descobri que posso ter uma vida totalmente plena sem meu marido. Consigo ser feliz sem ele. E isso me assusta. Porque acho que talvez não deva passar a vida com alguém de que não preciso. O casamento não deveria ser a união de duas metades que formam um todo? Como isso é possível se uma das metades se basta por si mesma? Se uma das partes não sente que alguma coisa está faltando quando a outra metade está longe?

Quando concordei com essa ideia de dar um tempo, em alguma medida esperava descobrir que a separação não era possível. Pensei que fosse me convencer de que minha vida sem meu marido seria insuportável a ponto de me fazer implorar para ele voltar para casa e, quando isso acontecesse, eu aprenderia a lição e jamais deixaria de valorizá-lo de novo. Pensei que tudo isso serviria como um choque para que eu me desse conta do quanto precisava dele.

Mas, quando o pior aconteceu, quando o perdi e ele começou a sair com outras pessoas, o sol continuou nascendo todas as manhãs. A vida seguiu em frente. Em um amor verdadeiro, como isso seria possível?

Durante a separação, conversei sobre meu casamento com todas as pessoas que se dispuseram a me ouvir. Falei com minha irmã, meu irmão, minha mãe, minha avó, minha melhor amiga, um cara com quem estou saindo de vez em quando, e cada um tem uma ideia diferente do conceito de casamento. E cada um tem um conselho diferente sobre o que fazer.

Mas ainda assim estou perdida.

O que você acha, Allie?

Devo retomar meu relacionamento com o homem que eu amava?
Ou devo recomeçar, agora que sei que isso é possível?

Cordialmente,
Perdida em Los Angeles

Não releio o que escrevi. Isso me faria perder a coragem. Simplesmente aperto o botão de enviar. E a mensagem vai, caindo no grande vazio que é a internet.

Chego ao trabalho e vou direto para a mesa de Mila.

"Escrevi para ela, a mulher da coluna de relacionamentos."

Mila me encara com um sorriso. "Bom, então eu retiro aquilo que disse sobre você ser maluquete."

"Então, você não me acha louca?"

Mila dá risada. "É mais fácil definir o conceito de loucura a partir do que as pessoas racionais fazem do que usando minhas ideias preconcebidas a respeito. Você fez isso mesmo. E é uma pessoa racional. Portanto, não é loucura nenhuma."

Inclino a cabeça para o lado. "Obrigada", digo. De verdade, eu achava que seria chamada de louca. Ainda bem que estava errada.

"Então, me mostra quem é essa Pergunte à Allie", Mila pede. "Quero ler algumas coisas dela. Ver onde você se meteu."

Sento diante do computador dela e digito o endereço do site. A página aparece. A mensagem em destaque é a que li ontem à noite. Sobre um homem que traiu a mulher durante anos e que, finalmente, resolveu que precisa abrir o jogo. Pergunte à Allie não foi muito simpática com ele.

"Não lê essa, não", sugiro. "Quer dizer, pode ler, mas não primeiro."

Abro a mensagem que ela escreveu para uma mulher que cedeu a filha para adoção anos atrás e agora quer encontrá-la, mas está em dúvida sobre como fazer isso. Gosto muito da parte que diz: *Mostre-se disponível, torne mais fácil a tarefa de encontrá-la, caso alguém queira. Seja receptiva, seja generosa, seja humilde. Você está numa condição peculiar, em que não pode exigir amor e aceitação, mas deve estar disposta a dar isso para sua filha caso ela procure você. Pode parecer difícil, quase impossível, amar sem ter a expectativa de retribuição, mas, quando você aprender a fazer isso, vai entender o que realmente significa ser mãe.*

"Depois me diz o que você acha", digo a Mila, e vou para minha sala.

Vinte minutos depois, Mila está diante da minha mesa. "Como foi que eu passei a vida inteira sem tomar conhecimento da existência dessas cartas?", ela diz. "Você leu aquela sobre o filho gay? Eu fiquei emocionada. Chorei lá na minha mesa!" Seu tom de voz muda quando ela se senta. "E se ela ler a sua carta? E se responder?"

"Ela não vai responder", digo. "Provavelmente não vai nem ler."

"Mas pode acontecer", Mila rebate. "Pode sim."

"Duvido muito."

"Você escreveu sobre o Ryan?", ela quer saber.

"Sim", digo.

"E falou sobre o ano de separação? Isso pode ser um bom gancho."

"Você está parecendo a minha avó!", comento. "Eu perguntei se ela acha uma boa ideia retomar o casamento se..."

"Se o quê?"

"Se eu posso muito bem recomeçar tudo sozinha."

"Uau", Mila diz. "E existe essa opção? Você anda pensando nisso?"

"Não sei mais o que pensar! Foi por isso que escrevi para ela."

"Como você assinou?"

"Ah, nem vem, essa é a parte mais vergonhosa", respondo.

"Qual é, Cooper. Como você assinou?"

Solto um suspiro e decido admitir, resignada. "Perdida em Los Angeles."

Mila assente com a cabeça. "Nada mau!", ela aprova. "Nada mau mesmo."

"Fora da minha sala", digo com um sorriso. "Você está livre amanhã na hora do almoço? Vou precisar de ajuda na prova de um vestido."

"Que vestido?", Mila pergunta, já com a mão no batente da porta.

"De madrinha de casamento."

Mila levanta uma sobrancelha. "Quais são as cores da decoração do casamento?"

"Hã", respondo, tentando lembrar o que Natalie me falou. "Coral e amarelo claro, acho."

"Tipo caqui e papoula?"

"Não faço ideia do que você está falando?"

"Tipo toranja e limão siciliano?"

"É", respondo. "Acho que é isso." O que aconteceu com o conceito de cores primárias?

Mila assente com a cabeça. "Sua cunhada tem estilo."

Por algum motivo, me sinto lisonjeada com o elogio. Natalie tem estilo mesmo. E vai ser *minha* cunhada. Vou ganhar uma nova irmã. Talvez algum dia a gente fique tão próxima que eu até esqueça que um dia a considerei uma desconhecida. Talvez um dia a gente se goste tanto que eu até esqueça que ela é a mulher do Charlie ou a mãe do meu sobrinho. Natalie se tornará simplesmente como uma irmã para mim.

Rachel, Thumper e eu íamos fazer uma trilha hoje de manhã, mas, pela primeira vez em muito tempo, não encontramos um lugar para estacionar o carro. Ficamos rodando meia hora, mas no fim perdemos a paciência.

"Que tal um brunch em vez da trilha?", Rachel sugere.

"Claro", respondo. Sair para comer é o oposto exato de fazer exercícios, mas de alguma forma parece a alternativa mais natural. "Onde?"

Rachel começa a pesquisar no celular. "Que tal ir conhecer uma confeitaria?" Em seu tempo livre, Rachel está visitando todas as confeitarias que descobre em Los Angeles, para descobrir o que faz seu estilo e o que não faz. Pouco a pouco, a ideia de abrir uma foi ganhando corpo em sua cabeça. Mais cedo ou mais tarde, vai acontecer. Se vai demorar ou não, só depende da aprovação do empréstimo bancário.

"Eu topo", digo. "Pego a direita ou a esquerda?"

"Esquerda", ela responde. "Quero conhecer um lugar em Hollywood de que ouvi falar. Li a respeito num blog faz um ano, mas nunca fui até lá. Parece que eles servem waffles gourmet."

"Waffles gourmet? Tipo waffles de luxo?"

Rachel dá risada, apontando o lado direito para a rua que devo pegar. "Tipo waffles com cream cheese, ou de banana com creme de amendoim, ou com bacon. Sabe como é, waffles chiques."

"Parece uma ideia bem boba para um restaurante", digo. "E se eu quiser só waffles com ovo e mais nada?"

"Enfim, eu ouvi dizer que o lugar é bacana, e quero ir lá ver. A gente não precisa comer lá. Dá para comer em qualquer outro lugar lá perto. Depois da Melrose, você entra à esquerda, e depois à direita."

"Sim, senhora capitã."

"Não fala assim", Rachel diz. Ela se vira para Thumper, que está sentado pacientemente no banco de trás. "Por que ela fala essas coisas, Thumper?" A resposta não vem, claro.

Quando chegamos ao Larchmont Boulevard, estaciono na rua mesmo, e Rachel, Thumper e eu saímos à procura da confeitaria, mas não a encontramos.

"Qual número era mesmo?", pergunto.

"Não lembro", ela responde, tentando pesquisar no telefone. Rachel franze a testa ao olhar para a tela, e quando ergue a cabeça, olha diretamente para a frente. Estamos diante de uma fachada de vidro com uma placa de "ALUGA-SE" em letras vermelhas garrafais.

"É aqui", ela diz, decepcionada.

"Não existe mais?"

"Pelo jeito não." Ela fica olhando para a loja vazia por um momento antes de dizer: "Se o Waffle Time não conseguiu evitar a falência, como é que eu vou conseguir?".

"Bom, para começo de conversa, a sua confeitaria não vai ter um nome como esse."

Rachel baixa as mãos e me encara. "É sério, Lauren. Olha o ponto que eles tinham. Olha o movimento de pedestres na rua. Todo mundo para o carro na Larchmont para dar uma volta a pé. Aqui é bem fácil de encontrar vagas para estacionar. E tem um estacionamento ali que custa menos de um dólar. Onde mais dá para estacionar pagando setenta e cinco centavos?"

"Bom, são setenta e cinco centavos para cada meia hora", ressalto. "Mas entendi o que você quis dizer."

Rachel cola a cabeça no vidro e dá uma espiada lá dentro, colocando as mãos em volta dos olhos para ver melhor. Ela solta um suspiro. "Olha só esse lugar!"

Eu me coloco ao lado dela para olhar também. Tem uma parede lateral de tijolos aparentes. Um balcão enorme em forma de L, uma registradora no canto, banquinhos fixos do outro lado. Uma prateleira branca e desbotada na parede dos fundos. Uma graça. Com algumas mesas e cadeiras, realmente seria um ótimo lugar para comer waffles de luxo.

"Eu poderia abrir a minha confeitaria aqui", ela comenta. "Né? Posso tentar alugar essa loja."

"Com certeza", respondo. "Você acha que cabe no seu orçamento?"

"Eu não sei nem qual é o meu orçamento", ela diz. "Mas não, na verdade acho que não."

Faz um tempão que não a vejo tão interessada em alguma coisa.

Pego meu celular e anoto o número da placa. "Você pode ligar", digo, com um tom esperançoso na voz. "Perguntar não custa nada."

"É", ela concorda. "Você tem razão. Perguntar não custa nada."

Existem dois tipos de pessoas no mundo. Existe o tipo que, quando se vê diante de uma situação como essa, anota o número mas nunca liga, considerando que a resposta vai ser não. E existe o tipo que anota o número e telefona, na esperança de um milagre. Às vezes, essas duas pessoas estão interessadas na mesma coisa. E a que toma a iniciativa sai ganhando.

Rachel vai ligar. Ela é esse tipo de pessoa. E eu sei que sua confeitaria tem grandes chances de ser um sucesso. Ela vai dominar o mercado de chás de bebês com bolos patologicamente deliciosos.

Na sexta-feira à tarde, David me liga no trabalho e pergunta se tenho algum plano para a noite. "Acabei de tirar a sorte grande e quero dividi-la com você", ele anuncia.

"Ah, é?" Eu fico intrigada.

"Os Lakers vão enfrentar os Clippers nos playoffs", ele anuncia, animadíssimo.

"Ah, que interessante", respondo. Droga. Ele quer me levar a um jogo de basquete? "Eu nem sabia que você gostava de basquete."

"Na verdade, não sou muito fã. Mas os Lakers contra os Clippers? Dois times de Los Angeles se enfrentando por uma vaga nas finais? Vai ser épico. E não no sentido que as pessoas usam essa palavra hoje em dia. Estou falando de uma disputa épica pelo coração dos torcedores de Los Angeles. Além disso, tenho ingressos para uns lugares ótimos."

"Tudo bem, então", digo. "Legal. Força, Lakers!"

"Ou Clippers", David rebate. "A gente vai ter que decidir."

Eu dou risada. "Acho melhor a gente escolher o mesmo time."

"É, isso facilitaria as coisas", ele concorda. "Então, eu posso te pegar na sua casa lá pelas seis?"

"Combinado."

Quando ele aparece na minha porta, às dez para seis, o sol ainda está alto, começando a baixar. O calor, que daqui a um mês ou dois vai ser massacrante e opressivo como uma camisa de força, no momento está no nível de uma simples camisa de manga comprida.

Nós entramos no carro, e David sai percorrendo as ruas. Ele dirige com confiança. Quando entra na Pico, fico tentada a sugerir que pegue a Olympic. Eu me seguro. Isso é falta de educação.

Mas ir pela Pico demora muito, muito mais do que pela Olympic. O trânsito está pesado, com os carros colados uns nos outros. Os carros estão fechando a torto e a direito, fazendo conversões proibidas, agindo como idiotas. Quando chegamos aos arredores do Staples Center, eu me lembro por que não frequento essa arena. Odeio multidões. Odeio estacionamentos lotados. E não tenho o mínimo interesse por esportes.

David para num estacionamento particular que custa vinte e cinco dólares.

"Sério mesmo?", questiono. Não consigo acreditar. "Vinte e cinco dólares?"

"Bom, eu é que não vou me enfiar naquela loucura ali." Ele aponta para um local mais adiante na rua, onde caras com bandeirinhas e bastões fluorescentes oferecem vagas por quinze dólares. A fila para entrar se estende por vários quarteirões.

Eu assinto com a cabeça.

Nós descemos do carro. Demoramos dez minutos só para atravessar a rua e chegar à entrada do Staples Center. Tem um mar de pessoas — algumas de amarelo e roxo, outras de azul e vermelho — diante de nós.

David segura minha mão, o que é bom, porque não tenho ideia de onde estou. Conseguimos abrir caminho até a arena, para o que parece ser o portão principal. Entregamos nossos ingressos.

O porteiro, um sujeito mal-humorado de quarenta e poucos anos, fecha a cara e diz que estamos na entrada errada. Disse que precisamos virar à esquerda e contornar a arena.

David está começando a perder a paciência também. "Não dá para entrar por aqui?"

"Virem à esquerda e entrem pelo outro lado", o homem repete.

É isso que fazemos.

E enfim encontramos o portão certo.

Nós entramos. Descobrimos que nossas cadeiras ficam no setor 119, que não é nem um pouco perto do portão por onde entramos. Quando achamos nossos lugares, estão ocupados por dois adolescentes com camisas dos Clippers. Pedimos para eles saírem. Fico me sentindo a pessoa mais desagradável na arena, já que os garotos estão de fato interessados no jogo, e eu não estou nem aí.

Mas, mesmo assim, pegamos nossos lugares.

David se vira para mim, e enfim parece um pouco menos estressado. "Certo", ele diz. "Vamos torcer para os Clippers."

"Tudo bem. Por que os Clippers?"

David dá de ombros. "Eles parecem ser a zebra."

É uma boa razão, assim como qualquer outra seria. Quando eles fazem cestas, David e eu comemoramos. Quando uma falta é marcada para os Lakers, nós vaiamos. Torcemos para um cara aleatório fazer uma cesta na promoção do intervalo do jogo. Fingimos gostar da apresentação das líderes de torcida dos Lakers. Batemos os pés no chão quando o locutor pede para a torcida fazer barulho. Mas não estou me divertindo de verdade. Estou indiferente.

Os Clippers perdem por 107 a 102.

David e eu seguimos o fluxo na hora de ir embora. Somos empurrados para cima das pessoas à nossa frente. Eu tropeço num degrau. Conseguimos nos desvencilhar da multidão. E saímos da arena.

O sol se pôs já faz um tempo. Eu deveria ter trazido uma blusa.

"Você lembra por onde a gente entrou?", David pergunta. "Foi por aqui, né? Depois de contornar a arena?"

"Ah, pensei que você estivesse prestando atenção."

"Não", ele responde, com uma tensão perceptível na voz. "Pensei que você estivesse."

Percebi que, depois de parar num estacionamento aleatório e dar a volta na arena para entrar, nenhum dos dois faz ideia de como voltar para o carro.

E nesse momento eu penso: *Deus do céu. Depois de tudo isso, depois de tanto tempo, tanto esforço, estou nessa situação de novo?*

Porque, apesar de não estarmos procurando o carro no Setor C do estacionamento do estádio dos Dodgers, a sensação é exatamente a mesma.

Olho para David, e o que penso é que, se no fim vou acabar vivendo as mesmas coisas, prefiro que seja com Ryan.

14 de maio

Querida Lauren,

Eu terminei com a Emily. Não era um relacionamento sério de verdade, mas achei melhor ser sincero. Ando pensando tanto em nós dois que me parece muito errado ir para a cama com outra mulher. Também parece ser errado fazer isso com ela. Então, decidi pôr um ponto final na coisa.

Ando pensando sobre nosso futuro. Sobre o que a vida reserva para nós. Sobre formas de ser um marido melhor. Fiz uma lista completa! De coisas boas, acho. Coisas concretas. Não abstrações do tipo "ser mais gentil", ideias práticas mesmo.

Uma delas pode ser reservar uma noite na semana para alguma cozinha internacional bizarra de que você gosta. Por exemplo, toda quarta-feira podemos ir a um restaurante vietnamita, grego, persa, etíope, o que você quiser. E não vou reclamar. Porque no restante da semana vamos chegar a um consenso. Mas um dia por semana vamos comer juntos em algum lugar maluco que você adora. Porque eu quero a sua felicidade, e você merece comer tahdig, ou pho, ou um sanduíche bahn mi, ou alguma esquisitice do tipo. Além disso, só vou te obrigar a ir àquele restaurante chinês em Beverly uma vez por mês. Sei que você detesta comer lá. Não faz sentido ir toda hora só porque eu adoro o frango com laranja.

Está vendo, amor? Um consenso! A gente consegue!

Com amor,
Ryan

Rachel me liga quando estou no trabalho, e estou ocupadíssima, mas atendo mesmo assim.

"Está fora das minhas possibilidades", ela anuncia. "Fui visitar a loja, e é perfeita. Completamente. Mas custa caro demais. Quer dizer, não cabe no meu bolso, não que seja um absurdo. É só caro o suficiente para me fazer sofrer."

"Sinto muito", digo.

"Obrigada. Não sei por que liguei só para falar disso. Acho que... eu meio que fiquei empolgada com a ideia, né? E aí pensei: e se tudo isso virasse realidade?" Pelo jeito como ela está falando, parece que está fazendo um monte de perguntas, mas está na cara que minha irmã sabe o que quer. "Quando vi aquele espaço, tudo tomou forma dentro da minha cabeça, sabe? O nome 'Batter' em letras cursivas em cima da porta. Eu de avental atrás do balcão."

"O nome vai ser Batter?", questiono.

"Talvez", ela responde, na defensiva. "Por quê?"

"Nada, eu gostei."

"É, então, sim. Enfim, a coisa virou uma realidade para mim."

"A gente vai encontrar um lugar", digo. "Podemos sair de novo no fim de semana para procurar."

"É, tá bom. Você está livre na sexta à noite, aliás? Quero ir aos lugares quando estão fechados para dar uma espiada. Fico me sentindo uma espiã quando faço isso de dia."

Eu começo a rir. "Na sexta eu não posso. Tenho compromisso."

"Com o tal David? Parece que esse cara nem existe. Você nunca fala dele", Rachel comenta.

"É, acho que nem tenho muita coisa para falar, inclusive."

A verdade é que o convidei para jantar para dizer que é melhor pararmos de dormir juntos. Não que eu não goste dele. Eu gosto. A noite no Staples Center foi um fiasco, verdade, mas o motivo não é esse também.

É porque preciso pensar no que fazer a respeito de Ryan. Tenho que tomar uma decisão. E não vou conseguir refletir a respeito se estiver distraída com David. Nossa relação não estava indo a lugar nenhum mesmo. E, apesar de isso não ser problema, está na hora de começar a dar um rumo para minha vida. Chegou a hora de deixar de lado a diversão.

"Mas no sábado à noite posso", aviso. "Vou estar livre."

"Na verdade, deixa para lá", ela responde. "Esquece. Vou ligar para o banco. Minha confeitaria precisa ser lá. Vou ver se consigo ampliar minha linha de crédito. Quero alugar o Waffle Time."

"Tem certeza?", pergunto.

"Não".

"Mas vai fazer assim mesmo?", questiono.

"Vou", ela diz com uma confiança admirável. E, logo em seguida, desliga o telefone.

Combinei com David de me encontrar com ele num bar em Hollywood. A conversa está divertida, mas acho melhor não perder tempo.

"Acho que a gente precisa parar de se ver", anuncio.

Ele fica surpreso, mas parece encarar a situação numa boa. "É porque fui um babaca lá no Staples Center? Eu só estava irritado porque não conseguia achar o carro", ele explica com um sorriso.

Eu dou risada. "É que... O Ryan e eu vamos 'retomar as coisas' em breve." Uso os dedos para marcar as aspas no ar.

"Eu entendo, de verdade", ele garante, levando os braços em sinal de rendição. "Não vou mais lançar olhares sedutores para você."

Caio na risada de novo. "Você é um cavalheiro mesmo", comento.

O barman vem até nós no balcão e pergunta o que vamos beber. Eu me lembro dele, de alguns anos atrás. Ryan e eu viemos a uma festa de aniversário de um amigo neste bar. Ryan acabou bebendo demais, e o nosso grupo não saiu de perto do balcão. Lá pela meia-noite, peguei a chave do carro e avisei Ryan que estava na hora de ir embora. Depois de nos despedirmos, no caminho para a porta, Ryan parou na ponta do balcão. Sem a menor sutileza, ele chamou a atenção do barman e perguntou: "Licença, licença, você já viu uma mulher tão linda assim?", apontando para mim. Fiquei toda vermelha. O barman me olhou. "Não, senhor, nunca vi." Na ocasião, eu me senti a mulher mais sortuda do mundo. Me lembro de achar que, depois de tantos anos juntos, ele ainda me achava a mulher mais linda do mundo. Parecia que minha vida nesse sentido estava totalmente resolvida. Agora, diante do mesmo barman, estou aqui terminando com outro homem.

"Então, e você?", pergunto a David depois que fazemos nossos pedidos. "O que você vai fazer?"

"Eu?" Ele dá de ombros. O barman serve a cerveja de David e minha taça de vinho. "Não estou nem perto de descobrir o que fazer."

"Por falar nisso, acho que você deveria ligar para ela", sugiro.

"Acha mesmo?"

"Acho", digo. "De verdade. Pelo que você me contou, ela ficou arrasada por te perder. Você falou que ela caiu de joelhos e implorou perdão, não foi?"

"É", David confirma. "Sim, foi isso mesmo."

"E você está com o coração partido também. Mesmo depois de todo esse tempo. Acho que isso significa muita coisa."

David dá risada. "Você não acha que isso significa só que eu sou um desajustado?'

Eu dou risada também. "Talvez. Mas, mesmo se for um desajustado, você merece ser feliz."

Ele pensa a respeito. "Ela me chifrou, você lembra, né? Eu sou um corno."

Caio na risada ao ouvir essas palavras, e então encolho os ombros. "Certo, você é um corno. Quer dizer, isso não dá para negar. Mas você ter largado sua mulher não mudou isso. A sua situação não é a ideal. Só que não tem outro jeito. Você pode ser um corno sozinho, ou então pode ser um corno ao lado da mulher que ama." Eu sorrio para ele. "Foi você que me falou que faz bem se desvencilhar das expectativas de como a vida deveria ser e aceitar as coisas como são."

David olha para mim. Bem no fundo dos meus olhos. E fica em silêncio. Em seguida diz: "Certo. Talvez eu ligue para ela".

O barman aparece e põe a conta sobre o balcão. "Para quando vocês quiserem ir", ele avisa.

Nossas bebidas ainda estão pela metade, mas acho que já podemos ir.

"Então, posso presumir a partir dessa sua sabedoria recém-descoberta que você já sabe o que fazer a respeito do Ryan?"

Eu sorrio para ele, dando um último gole no vinho. "Não", digo. "Ainda não faço a menor ideia."

Quando chego em casa, espero Thumper vir me receber e sento com ele no chão. Não sei nem por quanto tempo. Em algum momento, levanto e vou abrir meu e-mail. Tento escrever para Ryan. Mas não sai nada. Não sei como estou me sentindo. Não sei se tenho muito a dizer. Fico sentada olhando para a tela em branco até que o telefone toca, me tirando do meu estado catatônico. É Rachel. Pego o celular, mas deixo a ligação cair na caixa de mensagens. Não estou a fim de conversar no momento.

Alguns segundos depois, ela volta a ligar. Isso não é muito de seu feitio, então resolvo atender.

"Oi", digo.

"Você falou com a mamãe?" O tom de voz dela é apressado e direto.

"Não, por quê?" Imediatamente me inclino para a frente; minha pulsação começa a acelerar.

"A vó está internada no hospital. O tio Fletcher acabou de avisar a mãe."

"Ela está bem?"

"Não." A voz de Rachel fica embargada. "Pior que não."

"O que aconteceu?"

Rachel fica em silêncio. Quando volta a falar, é com um tom de voz tímido e sem jeito. Ela parece estar ao mesmo tempo triste e envergonhada. "Complicações por causa de uma leucemia linfoblástica aguda."

"Leucemia?"

Rachel hesita em admitir que foi isso mesmo que ouvi. "É."

"Câncer? A vovó tem câncer?"

"É."

"Por favor, me diz que é brincadeira", peço. Minha voz é pura tensão, quase irritação. Não estou irritada com Rachel. Não estou irritada com a minha avó, ou minha mãe ou meu tio Fletcher. Nem com a leucemia sei-lá-o-quê aguda. Estou irritada comigo mesma. Por causa de todas as vezes em que ri da cara dela. De todas as vezes em que revirei os olhos ao ouvi-la falar disso.

"Não estou brincando", Rachel garante. "A mãe reservou passagens para todo mundo para amanhã de manhã. Você pode ir?"

"Posso", respondo. "Sim, pode confirmar que eu vou. O Charlie vai?"

"A gente ainda não sabe. A Natalie não está em condições de viajar de avião. Talvez ele vá de carro."

"Certo." Não sei mais o que dizer. Tenho tantos questionamentos na minha mente que não sei o que perguntar primeiro. Então, resolvo fazer logo a mais assustadora. "Quanto tempo de vida ela ainda tem?"

"O tio Fletcher falou que só mais alguns dias."

"Alguns *dias*?" Pensei que seria uma questão de meses. E torcendo para que fossem anos.

"Pois é", Rachel diz. "Não sei o que fazer."

"A que horas é o voo?", pergunto.

"Sete da manhã."

"A mãe vai encontrar a gente lá?"

"Ela está no aeroporto tentando conseguir um voo que saia hoje mesmo."

"Entendi. Preciso encontrar alguém para cuidar do Thumper. Me deixa fazer alguns telefonemas e já passo aí para a gente acertar tudo."

"Certo", ela responde. "Vou ligar para o Charlie. A gente se fala daqui a pouco."

"Tá. Eu te amo."

"Eu também te amo."

Uma parte de mim me diz que eu deveria ligar para Ryan. Thumper deveria ficar com ele. Mas tem um monte de coisas acontecendo na minha vida neste exato momento, e acrescentar mais uma complicação só pioraria tudo. Não vou conseguir dar a atenção de que Ryan precisa agora. Isso não traria nada de bom. Então, ligo para Mila.

"Desculpa ligar a essa hora", digo quando ela atende.

"Está tudo bem?", ela pergunta, com uma voz abafada e cansada. Conto sobre minha avó. E sobre Thumper.

"Sim, claro. A gente toma conta dele. Quer trazer agora?"

"Sim", respondo. "Até mais."

Pego um saco de ração e a coleira dele. Calço os sapatos sob a calça de pijama. Nós vamos para o carro. Quando me dou conta, já estou na frente da casa dela. Nem me lembro de como chegamos aqui.

Mila nos convida para entrar. Ela e Christina estão de calça de moletom. Falamos baixinho, porque as crianças estão dormindo. Quase nunca vejo Christina, e ao revê-la me lembro da expressão sempre gentil em seu rosto. Olhos reluzentes, bochechas grandes. Ela me abraça.

"Estamos aqui para o que você precisar", ela oferece. "Não só a Mila, eu também." Mila olha para ela e sorri.

"Eu volto daqui alguns dias", aviso. "Ele é bem-comportado. Qualquer problema, é só me ligar."

"Não se preocupa com a gente", Mila diz. "Só se preocupa com você. Eu cuido de tudo lá no trabalho. Vou avisar todo mundo que você precisa se ausentar por alguns dias."

Assinto com a cabeça e me abaixo para roçar o nariz no focinho de Thumper. "Eu logo volto para casa, tá, meninão?"

Quando saio da casa, sabendo que meu cachorro ficou lá, sinto um aperto no peito. Entro no carro e começo a chorar. As lágrimas escorrem pelo meu rosto, borrando minha visão. Mal consigo enxergar. Quando arranco do meio-fio e volto para a rua, deixo o choro rolar abertamente.

Estou chorando pela minha avó. Estou chorando pela minha mãe. Estou chorando por Thumper. Por Rachel, por Charlie e por mim. E, apesar de tudo, estou chorando por Ryan.

Eu sei que vou superar isso, por mais difícil que seja. Vai parecer impossível, mas mesmo assim vou conseguir. Sei disso. Mas tem uma voz gritando no meu ouvido, apertando meu coração e comprimindo meu peito, dizendo que seria mais fácil se Ryan estivesse aqui. Poderia ser um pouco menos sofrido com ele ao meu lado. Talvez não faça diferença ter um marido com quem dividir o cotidiano. Talvez o mais importante seja que, quando de fato *precisamos* de alguém, essa pessoa tenha que ser ele.

Talvez precisar de alguém não signifique ser incapaz de viver sem ele. Talvez precisar de alguém signifique que essa pessoa torna nossa vida mais fácil.

Pego meu celular e abro um rascunho de e-mail.

30 de maio

Querido Ryan,

    Minha avó está internada no hospital, com leucemia. Ela não tem muito tempo de vida. Fico pensando em todas as vezes que tirei sarro dela por dizer que tinha câncer. Na maneira como tratávamos tudo como se fosse uma piada em família.
    E fico pensando no quanto seria bom ter você comigo. Seria muito bom ouvir sua voz. Você me diria que tudo ia ficar bem. Você me abraçaria. Enxugaria minhas lágrimas. Diria que me entende. Assim como fez quando perdi meu avô.
    Vou viajar para San Jose em algumas horas. Vamos passar esses últimos dias com ela. Foi por esse tipo de coisa que casei com você. Porque você cuida de mim. Porque você faz as coisas parecerem bem mesmo quando não estão. Porque você acredita em mim. Você sabe que tenho forças para enfrentar as situações quando eu mesma duvido disso.
    Sei que consigo segurar essa barra sem você. Aprendi isso nos últimos meses. Mas sinto sua falta agora. Queria você perto de mim. Você faz vir à tona o que tenho de melhor. E estou precisando do meu melhor agora.
    Eu te amo.

Com amor,
Lauren

Quase apertei o botão de enviar. Parece um motivo de importância suficiente para justificar o contato. Mas não faço isso. Prefiro salvar a mensagem. Engato a marcha do carro e sigo em frente.

PARTE CINCO
Nada se compara a você

O voo foi tranquilo. Sem turbulências e atrasos. A viagem dura só quarenta e cinco minutos, então não chega a ser uma tortura. A pior coisa foi Rachel e eu dizendo sem parar: "Eu não achava que ela tivesse câncer".

Quando chegamos ao hospital, minha mãe está à espera ao lado do leito da minha avó. O tio Fletcher está conversando com alguém da equipe médica. Minha mãe nos vê antes de entrarmos no quarto, e sai para nos receber.

"Ela está bem fraquinha", minha mãe avisa com uma expressão estoica, assim como o tom de voz. "Mas os médicos acham que não está sentindo muita dor."

"Certo", respondo. "E você, como está?"

"Péssima", ela diz. "Mas não vou desmoronar antes da hora. Acho que o melhor que todo mundo pode fazer é aguentar firme. Mostrar coragem. Usar esse tempo para mostrar o que ela significa para nós."

Porque não temos tempo a perder.

"Podemos conversar com ela?", Rachel pergunta.

"Claro." Minha mãe abre o braço e nos direciona para dentro do quarto. Rachel e eu sentamos uma de cada lado da minha avó. Ela parece cansada. Não é o tipo de cansaço que se sente depois de uma corrida, ou depois de uma noite sem dormir. É um cansaço de quem já passou tempo demais vivendo neste mundo.

"Como você está, vó?", Rachel pergunta.

Minha avó sorri e dá um tapinha na mão de Rachel. Não há como responder a essa pergunta.

"A gente te ama, vó", digo. "A gente te ama muito."

Ela bate na minha mão e fecha os olhos.

Ficamos lá durante horas, esperando que ela acorde, aproveitando os momentos em que está lúcida e sorrindo. Ninguém chora. Não sei como conseguimos.

Por volta das três horas, Charlie e Natalie chegam. Natalie parece prestes a irromper em prantos a qualquer momento. Charlie parece exausto e estressado. Ele vê minha avó dormindo. "A coisa está muito feia?", é só o que ele pergunta, e minha mãe assente com a cabeça.

"Sim", ela diz. "Bem feia."

Ela leva Charlie e Natalie para o corredor para conversar com os dois. Rachel vai também. Ficamos só eu, minha avó dormindo e o tio Fletcher. Nunca tive muito assunto com o tio Fletcher e, agora que parece haver tanto a dizer, continuo quieta ao seu lado. Ele também. Depois de um tempo, ele pede licença e diz que vai chamar a enfermagem. Por mais que não tenha o que conversar com meu tio, também não quero que ele saia. Não quero ficar sozinha neste quarto. Não quero encarar esta situação sozinha.

Vou até a cadeira ao lado da minha avó, que o tio Fletcher acabou de vagar, e me sento. Seguro sua mão. Sei que ela está dormindo, mas começo a falar mesmo assim. Não estou sozinha no quarto, percebo. Ela ainda está aqui.

"Eu escrevi para a Pergunte à Allie, sabe", conto. "Falei sobre mim e Ryan. Você tinha razão. Eu poderia ter evitado esse ano de separação se talvez soubesse avaliar as coisas sob outros pontos de vista. Mas ainda acho que precisava desse tempo. Era uma coisa que estava dentro de mim e precisava ser posta para fora, se é que isso faz sentido. Acho que eu precisava de mais tempo com a Rachel. Precisava estar disponível para dar atenção ao Charlie. Precisava explorar outras opções. Ou talvez não precisasse, né. Talvez existam várias formas de lidar com meu casamento, e essa foi... essa foi a que eu consegui. Enfim, escrevi a respeito para a Pergunte à Allie. Pedi para ela me dizer o que achava que devo fazer. Você tinha razão sobre ela", digo, rindo baixinho. "Ela é boa." O quarto fica sinistramente silencioso, então continuo falando. "O Ryan estava aqui quando o vô morreu. E lembro que me abraçou, e que de alguma forma me senti melhor com isso. Qualquer um pode provocar essa reação? Qualquer abraço serve? Ou precisa ser alguém especial?"

"Precisa ser alguém especial", ela responde. Sua voz sai rouca e arrastada. Seus olhos ainda estão fechados. Seu rosto mal se move quando ela fala.

"Vó? Você está bem? Quer alguma coisa? Quer que eu chame a minha mãe?"

Ela me ignora. "E você tem esse alguém. É só isso que estou tentando dizer. Não desista dele porque está entediada. Ou porque não sabe escolher nem as próprias meias."

"Pois é", digo. Ela parece fraca demais para conversar, então não pergunto nada. Mas existe muita coisa que gostaria de aprender com ela. Suas excentricidades, coisas que pareciam tolas e risíveis antes, mas que agora parecem profundas e bem pensadas. Por que fazemos isso? Por que subestimamos as coisas que temos? Por que só quando estamos prestes a perdê-las conseguimos entender o quanto são importantes?

"Eu não tinha certeza sobre o câncer", ela explica. "Não ia ao médico fazia décadas. Só dizia para sua mãe e seu tio que tinha." Ela dá risada. "Mas nunca fui. Achei que, se estivesse doente, não iria querer ser curada. Às vezes, saía de casa dizendo para Fletcher que tinha consulta com o oncologista. Só que nunca me consultei com um oncologista. Eu ia jogar bridge com Betty Lewis e os Friedman." Ela ri de novo, e parece se desligar por um instante antes de voltar a falar. "Os médicos disseram que esse tipo avança rápido. Provavelmente eu acabei de adoecer. Vocês tinham razão de tirar sarro de mim durante esse tempo todo em que falei que estava com câncer", ela continua, sorrindo para mim, revelando que sabia o tempo todo o que falávamos pelas suas costas. "Eu estava pronta para morrer, e acho que essa foi a única forma que arranjei de admitir isso."

"Como você pode estar pronta para morrer?"

"Porque meu marido se foi, Lauren", ela explica. "Eu amo muito vocês todos. Mas vocês não precisam mais de mim. Veja só todo mundo. Sua mãe está ótima. Fletcher está bem. Vocês três estão no caminho certo."

"Bom..."

"Não, estão sim", ela diz, batendo na minha mão. "Mas tenho saudade da minha mãe", ela continua. "E do meu pai. E da minha irmã mais velha. E da minha melhor amiga. E do meu marido. Já vivi tempo demais sem ele."

"Mas você estava bem", digo. "Estava saindo da cama. Estava levando a vida sem ele."

Minha avó sacode a cabeça de leve. "Só porque dá para levar a vida sem uma pessoa não significa que a gente queira isso", ela rebate.

Essas palavras reverberam no meu cérebro, esbarrando umas nas outras, sacudindo minha mente, mas organizadas da mesma forma.

Não respondo nada. Olho para ela e aperto sua mão. Muitas vezes penso na minha avó apenas como a velhinha sentada conosco à mesa do jantar. Mas ela já viu várias gerações passarem. Já foi criança. Adolescente. Recém-casada. Mãe. Viúva.

"Lamento que seja assim tão difícil", digo. "Nunca pensei no quanto devia ser complicado para você viver sem o vô. A vida é dura."

"Não, querida, a vida não é dura. Só cansei de viver."

Depois de dizer isso, ela para de falar. Pega de novo no sono, segurando minha mão. Apoio o queixo em seu braço e a observo. Mais tarde, Natalie entra, porque precisa se sentar.

"Não consigo ficar tanto tempo de pé", ela comenta. "Nem ficar muito tempo sentada. Nem deitada. Nem comer direito. Nem ficar sem comer. Nem respirar."

Eu dou risada. "Isso foi uma boa ideia?", questiono. "Quer dizer, a criança nasce daqui a alguns dias, né?"

"Está previsto para a quinta-feira", ela confirma. Daqui a cinco dias. "Mas não tive a menor dúvida. A gente precisava vir. Era aqui que a gente precisava estar. Eu ficaria me sentindo mal em casa, sabe? Assim... assim é melhor."

"Quer alguma coisa?", pergunto. "Umas pedras de gelo?"

"Você sabe que eu ainda não entrei em trabalho de parto, né?" Natalie ri para mim, e eu também dou risada.

"É verdade!", digo. Não foi quando ela disse que precisava estar ao lado da minha avó que Natalie virou uma irmã para mim. Foi quando tirou sarro da minha cara sobre as pedras de gelo. Gestos dramáticos não são difíceis. Tirar sarro de alguém que oferece ajuda, isso é fazer parte de uma família.

Charlie entra também. O tio Fletcher aparece com um pacote de Doritos. Não sei nem se ele foi atrás da enfermeira. Minha mãe e Rachel aparecem. Rachel claramente estava chorando. Olho para ela e vejo os olhos vermelhos. Dou um abraço nela.

Ficamos de pé. Sentamos. Esperamos. Não sei mais o que podemos fazer para amenizar a situação. Às vezes conversamos. Às vezes ficamos em silêncio. Tem gente demais para ficar nesse quarto minúsculo, então nos revezamos em passeios pelo corredor, idas até as máquinas de doces e salgadinhos, buscamos água. A equipe de enfermagem entra e sai. Trocam o soro. O médico aparece para esclarecer as nossas dúvidas. Mas, na verdade, não há muita coisa para perguntar. As perguntas têm alguma função quando o paciente pode ser salvo.

Sinto um nó se formar na minha garganta. Vai ganhando força à medida que se aproxima da boca. Eu peço licença. Vou para o corredor.

Encosto na parede. Escorrego até o chão. Imagino Ryan ao meu lado, acariciando minhas costas, como fez quando meu avô morreu. Eu o imagino dizendo: *Ela vai para um lugar melhor. Vai ficar bem.* Imagino como meu avô fez isso pela minha avó quando ela perdeu sua mãe ou sua própria avó. Imagino minha avó sentada onde estou, com meu avô ajoelhado junto dela, dizendo as coisas que eu gostaria de ouvir. Recebendo aquele abraço de alguém especial. Quando eu tiver a idade dela, quando estiver numa cama de hospital, pronta para morrer, em quem vou estar pensando?

Em Ryan. Como sempre. Só porque posso viver sem ele não significa que deva fazer isso.

E não vou. Não quero.

Quero ouvir sua voz. Seu tom às vezes bruto e às vezes quase manso. Quero ver seu rosto, sua barba sempre por fazer, porque ele se recusa a passar a lâmina na cara. Quero sentir seu cheiro de novo. Quero segurar suas mãos grossas. Quero ser envolvida pelo corpo dele, para poder me sentir pequenininha.

Preciso do meu marido.

Vou ligar para ele. Não interessa o pacto que fizemos. Não interessa a confusão que está nossa vida. Só quero ouvir sua voz. Preciso saber se ele está bem. Fico de pé e pego o celular na bolsa. Está fora de serviço. Ando pelo corredor, tentando encontrar o sinal. Nada.

"Com licença", digo no balcão da enfermagem. "Onde eu posso telefonar?"

"Você vai precisar ir lá fora", ela avisa. "Quando você sair pela porta, vai funcionar."

"Obrigada", agradeço, e vou até o elevador. Aperto o botão. A luz se acende, mas o elevador não aparece. Aperto de novo, e de novo. Esperei tanto para ligar e agora, de repente, sinto que não consigo aguardar nem mais um segundo. A vontade me domina. Preciso pedir para ele voltar para casa. Preciso dizer que o amo. Ele precisa saber disso agora mesmo.

Por fim, a campainha do elevador toca. Aperto o botão do térreo. A descida é rápida. Tão rápida que meu estômago vai parar na boca. Fico aliviada quando chego ao chão. A porta se abre. Saio para o saguão. Atravesso as portas de vidro e vou para a calçada. É um dia quente e abafado. O clima dentro do hospital é tão cinzento que esqueci que aqui fora está ensolarado e bonito. Olho para o celular. O sinal está pegando.

É barulhento aqui na frente do hospital. Os carros passam em alta velocidade. Ambulâncias chegam e saem. Me dou conta de que não sou a única pessoa sofrendo com uma perda no momento. Natalie também não é a única grávida prestes a dar à luz. Minha mãe não é a única a ponto de virar órfã. Somos uma família como qualquer outra, enfrentando as coisas que as pessoas precisam encarar todos os dias. Não somos diferentes de ninguém. O hospital não existe só por nossa causa. Não sou a única mulher querendo ligar para o marido e pedir que ele volte para casa. Não sei por quê, mas é bom me sentir assim. De verdade. Não estou sozinha. Existem milhões de pessoas na mesma situação.

Um táxi para no meio-fio, e um homem desce. Está com uma mochila nas costas. Bate a porta do carro e se vira para mim.

É Ryan.

Ryan.

Meu Ryan.

Com a aparência exata de quando saiu de casa, dez meses atrás. Com os cabelos do mesmo comprimento. Seu corpo parece o mesmo. Tudo nele é familiar. O jeito de andar. A maneira de ajeitar a mochila nos ombros.

Fico imóvel, só olhando para ele. Não consigo me mover. Não sei quando exatamente aconteceu, mas derrubei o celular no chão.

Ele caminha na direção da porta, mas detém o passo quando me vê. Ryan arregala os olhos. Eu o conheço tão bem que sei o que ele está pensando. E o que vai fazer.

Ele vem até mim e me abraça, me agarra, me levanta do chão.

"Eu te amo", ele diz. E começa a chorar. "Eu te amo, Lauren, te amo demais. Estava morrendo de saudade. Nossa, como senti sua falta."

Meu rosto permanece o mesmo. Ainda estou atordoada. Meus braços estão enroscados nele. Minhas pernas também. Ele me põe no chão e me beija. Quando seus lábios tocam os meus, meu coração se incendeia. É como se alguém tivesse acendido um fósforo dentro do meu peito.

Como Ryan sabia que eu estava precisando dele? Como sabia onde me encontrar?

Ele enxuga minhas lágrimas. Lágrimas que eu nem sabia que estavam no meu rosto. Ele é tão gentil, tão carinhoso, que me pergunto como consegui limpar minhas lágrimas sozinha durante todos esses meses. Em um instante, esqueci como é viver sem ele, agora que está aqui.

"Como você sabia?", pergunto. "Como você sabia?"

Ele me olha nos olhos para me preparar para o que tem a dizer. "Não fica brava", ele diz. Seu tom é brincalhão, mas a mensagem é séria.

"Certo", digo. "Não vou." É sério. Não importa como ele chegou aqui, é uma bênção. Não importa o que tenha sido, foi a coisa certa.

"Eu andei lendo seus rascunhos de e-mail."

Eu caio no chão.

Começo a rir tanto que perco o controle de mim mesma. Gargalho até meu abdome e minhas costas começarem a doer. E, como estou rindo, Ryan começa a rir. Ficamos os dois rindo na calçada. Seu riso faz o meu parecer mais divertido. E agora estou rindo apenas por rir. Não consigo parar. E não quero. Então, vejo meu telefone arrebentado no chão. E isso me parece hilário. Uma coisa perfeita, maravilhosa, incrível e lindamente engraçada, não? Quando foi que a vida ficou tão divertida?

"Por que a gente está rindo?", Ryan questiona, recuperando o fôlego.

Então, sou obrigada a confessar. É agora que vou dizer o que ando fazendo. "Porque eu li os seus também", revelo.

Ele gargalha alto. Está rindo de mim, comigo e por minha causa. As pessoas que passam ficam olhando para nós e, pela primeira vez na vida, não estou nem aí para o que vão pensar. É um momento inebriante demais. Me deixo levar de tal forma que nada vai ser capaz de me trazer de volta para a realidade enquanto eu não quiser.

Quando, enfim, conseguimos nos controlar, nossos olhos estão cheios de lágrimas, e nossas cabeças, zonzas. Começo a suspirar audivelmente, como fazemos quando nos recuperamos de um acesso de riso. Tento recobrar o controle, como um piloto que pousa um avião, com movimentos lentos e constantes, me preparando para o impacto contra o chão. Mas, em vez de sentir o chão sólido sob os pés, resolvo arremeter no último instante. Meu suspiro termina em lágrimas. O riso e o choro são duas coisas tão interligadas, motivadas por sentimentos tão parecidos, que às vezes é difícil discernir um do outro. E é mais fácil do que parece chorar de alegria e rir de tristeza.

As lágrimas se transformam em soluços, e Ryan me abraça. Me aperta com força, bem no meio da calçada. Acaricia minhas costas e, quando caio em prantos, ele diz: "Tudo bem. Tudo bem".

Olho para a mão esquerda que me abraça. Ele ainda está usando a aliança.

Ryan e eu levantamos sem pressa da calçada. Ele pega a mochila e junta os pedaços do meu celular.

"Acho que vamos precisar comprar um telefone novo para você", ele diz. "Esse parece ter apanhado um bocado."

Ele me pega pela mão, e entramos no hospital. Nos juntamos ao grupo de pessoas à espera dos elevadores. Quando um deles enfim chega, todos nos esprememos lá dentro, empurrando uns aos outros, ocupando o espaço inteiro. Ryan não larga minha mão em nenhum momento. Ele aperta com força. Como se sua vida dependesse disso. Nossas palmas estão suadas. Mas ele não solta mesmo assim.

Quando chegamos ao oitavo andar, saio do elevador e, parada diante de nós, esperando para descer, está Rachel.

"Onde você estava?", minha irmã questiona. "Eu estava te procurando. Liguei quatro vezes."

Quando vou responder, Ryan faz isso por mim. "O celular dela quebrou", ele diz, mostrando os pedaços.

Rachel o encara, com os olhos fixos nele, tentando entender por que estava ali, e por que isso parecia ao mesmo tempo fazer todo o sentido e não fazer sentido nenhum. "Hã...", ela diz. "Oi, Ryan."

Ele se aproxima dela e a abraça. "Oi, Rach. Que saudade. Vim assim que fiquei sabendo."

Ryan está de costas para mim, e Rachel de frente. "Está tudo bem?", ela pergunta, só mexendo a boca, sem soltar a voz, apontando para as costas dele. Mostro os polegares levantados para cima. Não é preciso mais nada. Ela só precisa de um sinal de o.k. Se por mim está tudo bem, por ela também está. "Estou feliz em te ver!", ela diz, acionando seu charme como se tivesse virado um botão, mas está sendo sincera. Ela é assim mesmo.

"Eu também estou", ele responde. "Também estou."

"A gente sentiu sua falta por aqui", Rachel comenta, dando um soquinho no braço dele.

"Você nem imagina como foi pra mim", ele responde. "O que eu posso fazer? Como posso ajudar, já que estou aqui?"

"Bom", Rachel diz, olhando para mim, "tivemos um pequeno contratempo."

"Contratempo?", pergunto.

"Natalie e Charlie foram às pressas para a maternidade."

"Ah", digo.

"Para quando é o bebê?", Ryan pergunta. "Falta pouco tempo, né?"

"Quinta-feira", revelo.

"Certo", Rachel diz. "Enfim, ela acha que está com uma coisa chamada contrações de Braxton Hicks."

"O que é isso?", Ryan e eu perguntamos ao mesmo tempo. Por memória muscular, passamos a funcionar como uma coisa só com a maior facilidade. O fato de sermos duas metades de um todo vira uma segunda natureza e, mesmo depois de meses de distanciamento, voltamos a falar em uníssono.

"Sei lá. A mamãe explicou. É quando parece que a mulher está em trabalho de parto, mas provavelmente não está."

"*Provavelmente?*", questiono.

"Não", Rachel corrige. "Quer dizer que não está mesmo. Mas acharam melhor ficar de olho. Pelo jeito, as contrações parecem reais."

"Então ela está com dor?", Ryan pergunta.

Rachel assente, tentando não rir.

"Que foi?", pergunto.

"Não tem graça nenhuma", Rachel responde. "Não mesmo."

"Mas?"

"Mas, quando aconteceu a primeira contração, a Natalie pôs a mão na barriga e disse: 'Ai, Jesus, fodeu'. Até a mamãe deu risada."

Começo a rir junto com Rachel. Vários elevadores já passaram a essa altura, mas continuamos paradas no corredor.

"Como vocês são cruéis", Ryan comenta.

Faço menção de me defender, mas Rachel intervém: "Não, é engraçado porque a Natalie é a pessoa mais educada que já vi na vida. De verdade. Quando ela falou aquilo, a mãe riu tanto que formou uma bolha de catarro na ponta do nariz dela."

Começo a rir de novo; Ryan também. Minha mãe aparece atrás de Rachel.

"Rachel Evelyn Spencer!"

Rachel revira os olhos para mim. "Ela ouviu, né?"

Confirmo com a cabeça.

"Desculpa, mãe", Rachel diz, se virando para ela.

"Esquece isso", minha mãe responde, ficando bem séria. "Tivemos um pequeno contratempo."

"Pois é, a Rachel contou", digo.

Os olhos da minha mãe pousam em Ryan e depois na minha mão, que ele continua segurando o tempo todo. "Minha nossa, isso é demais para mim", ela comenta, sentando em uma das cadeiras espalhadas pelo corredor e segura a cabeça entre as mãos. "Não é Braxton Hicks", ela anuncia. "A Natalie está em trabalho de parto."

"Por favor, me diz que é brincadeira", Rachel diz.

"Não, Rachel, não é brincadeira. E é uma coisa boa, esqueceu? A gente quer que esse bebê nasça."

"Não, eu sei", ela responde, contrariada. "Só quis dizer que é coisa demais acontecendo ao mesmo tempo."

"Posso ajudar em alguma coisa?", Ryan se oferece.

Minha mãe olha para ele e fica de pé. Em seguida, o abraça de um jeito que só uma mãe é capaz. Não é um gesto mútuo, como o que Ryan e Rachel trocaram momentos antes. Minha mãe está abraçando. Ryan está sendo abraçado. "Fico feliz em ver seu rosto, querido", ela diz. "Fico muito feliz mesmo."

Ryan a encara por um momento, e acho que não vai conseguir se segurar. Mas ele aguenta firme. "Eu estava com saudade, Leslie."

"Ah, querido, todo mundo estava."

"Como está a vó Lois?", ele pergunta. "Posso fazer uma visita?"

"Ela está dormindo agora", minha mãe avisa. "Acho que a gente precisa se separar. Uma parte da família precisa acompanhar Natalie e Charlie, e o resto fica com a vó."

Uma escolha impossível, né? Estar presente nos últimos momentos de uma vida ou nos primeiros instantes de outra? Homenagear o passado ou celebrar o futuro?

"Eu não consigo fazer isso", minha mãe avisa. "Não tenho como escolher entre o meu neto e a minha mãe."

"Mas não precisa escolher", aviso. "Eu, Ryan, Rachel e Fletcher damos conta do recado. Você pode ficar com um pé lá e o outro cá."

"Então pelo jeito eu vou ter que ficar com o tio Fletcher?", Rachel reclama.

Eu me viro para ela. A expressão no meu rosto é ao mesmo tempo um apelo e um pedido de desculpas.

"Tudo bem", ela diz. "Todo mundo tem outras coisas rolando, menos eu. Então, vou ficar com a vó e o tio Fletcher."

"Obrigada", agradeço.

"Quando o bebê nascer, venham me chamar. Por favor. Certo, Ryan? Você vem me buscar? Troca de lugar comigo ou coisa do tipo?"

"Claro", ele responde.

"Eu vou com você", minha mãe diz para Rachel. "Mantenham todo mundo informado, por favor", ela pede para mim e para Ryan.

"Certo", digo. "Pode deixar."

"Se ela acordar", Ryan diz, "pode avisar que estou aqui?"

"Está brincando?", minha mãe rebate. "Eu não conseguiria esconder essa notícia nem se quisesse."

Ryan sorri, e eu aperto o botão para chamar o elevador — primeiro para subir, depois para descer. Não sei para onde vamos.

"Mãe?", eu chamo.

Ela se vira para nós.

"Qual andar?"

"Quinto."

A campainha do elevador que está descendo toca. Lá vamos nós. Decidimos celebrar o futuro.

Só que celebrar o futuro neste caso não é como a comemoração do Ano-Novo, em que todo mundo faz a contagem regressiva e se abraça à meia-noite. Celebrar o futuro significa esperar um bocado. Significa sentar em cadeiras desconfortáveis e fazer várias viagens à máquina de doces e salgadinhos. Significa ir várias vezes pedir notícias para Charlie, mas não poder ficar no local onde tudo está acontecendo.

"Ela está com três centímetros", Charlie avisa quando o encontramos. Ele fala conosco sem tirar os olhos de Natalie, e não demora para perceber que estamos ali em nome da minha mãe.

"Tudo bem aí, Natalie?", pergunto. Ela está com uma aparência péssima. Quer dizer, continua sendo uma mulher bonita, porque gente bonita continua sendo bonita mesmo quando está com uma aparência péssima, mas todos os sinais de um momento não muito glamouroso estão lá. Os cabelos estão desalinhados, o rosto está todo vermelho. Está na cara que ela andou chorando. E, mesmo assim, é impossível negar que esteja felicíssima.

"Sim", ela responde. "Estou bem. Só não me pergunta isso durante uma contração." Ela me olha e vê um estranho ao meu lado. Eu deveria ter me dado conta de que Ryan é um desconhecido para Natalie, e que ela está deitada apenas de avental numa cama com afastadores de pernas.

"Hã...", Natalie diz, olhando para ele.

Charlie segue o olhar dela e se vira para nós. Seu rosto se acende por inteiro, como se uma lâmpada tivesse surgido no alto de sua cabeça. "Ryan!" Ele solta a mão de Natalie e dá um abraço masculino em Ryan. Com direito a vários tapinhas nas costas.

"E aí, Charlie!", Ryan diz. Quando terminam de se cumprimentar, Charlie fica de pé ao lado dele, e Ryan mantém a mão no ombro do meu irmão por um instante a mais do que um amigo faria. Os dois são mais que amigos. Quando Charlie vai apresentar Ryan para Natalie, ela começa a se contorcer toda, com dificuldade para respirar. Charlie vai correndo até ela, tão depressa que parece agir por puro instinto. Está aí o cara para quem minha mãe precisava implorar para ajudar com a louça: assim que Natalie demonstra um sinal de dor, ele vai correndo. Está dando seu apoio. Está ajudando. Está mostrando que está do lado dela.

"Posso ajudar em alguma coisa?", pergunto. Fico hesitante em oferecer pedras de gelo de novo, mas ela mesma falou que era uma coisa apropriada para a hora do parto. "Pedras de gelo?"

Natalie ri por um instante, apesar da dor. Acho que é a melhor risada que já provoquei na vida.

"É", Charlie diz, enquanto sua mão é esmagada. "Pedras de gelo."

Ryan e eu saímos para procurar. A enfermeira diz que tem uma máquina de gelo no fim de um corredor imenso. Nós vamos até lá.

"Então, eu li uma coisa sobre um cara chamado David", Ryan comenta. "Isso ainda... ainda está rolando?"

"Não." Balanço negativamente a cabeça. "Não está rolando."

"Eu quero matar esse cara", Ryan diz com um sorriso. É um sorriso perigoso. "Você sabe disso, né? Passei meses desejando isso. Às vezes, até sonho com isso. E veja bem: são sonhos, não pesadelos." As solas dos nossos sapatos guincham no chão do hospital.

"Eu também não sou muito fã da Emily", comento. Pela primeira vez em meses, deixo vir à tona a raiva que senti quando descobri que ele estava saindo com outras mulheres. E neste momento vivencio tudo de novo, à flor da pele. É uma coisa que continua voltando à superfície, por mais que eu tente suprimir.

"A Emily nunca chegou aos seus pés", ele diz quando enfim chegamos à máquina de gelo.

Pego um copo e o coloco debaixo da máquina antes que Ryan tenha a chance de dizer mais alguma coisa. Antes que eu resolva perguntar. Decido deixar por isso mesmo. A máquina faz um barulhão, mas não solta nada. Ryan dá um tapão na lateral do aparelho, e os cubos começam a cair no copo.

Voltamos para o quarto de Charlie e Natalie e entregamos o gelo para ele. Charlie agradece e, apesar de Natalie não parecer estar com dor no momento, acho melhor Ryan e eu irmos para a sala de espera.

"Você chama se precisar de alguma coisa?", pergunto a Charlie, que assente com a cabeça.

Ryan fecha a mão, e Charlie bate o punho cerrado no dele. "Boa sorte."

A sala de espera está quase vazia, a não ser por uma ou outra pessoa que acabou de virar avô ou avó. Nós sentamos bem no meio do cômodo, perto da parede. Há momentos em que conversamos sobre um monte de coisas. Há momentos em que não dizemos nada, mas então a conversa decola de novo quando um dos dois comenta algo como "Não acredito que você não gosta de comida persa" ou "Não acredito que você comprou aquela máquina para me fazer raspar os pelos pubianos. Com certeza foi a maior vergonha que já passei na vida. Depois de ler, fui correndo para o banheiro fazer isso." Ryan sorri, depois cai na risada. Em seguida finge um calafrio. "Um horror."

"Desculpa", digo. "Sinceramente, não pensei que você fosse ler as mensagens."

"Mas é bom que eu tenha lido, né? Passei um pouco de vergonha no começo, mas agora eu sei. E daqui em diante vou manter minhas regiões mais baixas sempre desmatadas."

Eu olho para o chão. O carpete do hospital tem uma estampa de diamante. Diamante depois de diamante. Perco o foco do olhar por um instante e percebo que, dependendo do ponto de vista, pode parecer uma longa série de letras "x" ou "w".

"Acho que aprendi uma coisa ou outra sobre como... consertar as coisas", digo. "Eu preciso me esforçar para aprender a te dizer o que quero."

"Pois é", ele concorda. "E o mesmo vale para mim. Isso é difícil. Fiquei só concordando com o que achava que você queria e, depois de um tempo, isso foi me irritando demais."

"É", eu digo, balançando a cabeça. "Eu achei que a melhor forma de ser uma boa companheira para você era concordando com tudo."

"Não é?", ele exclama, assentindo.

"Nunca pedia o que precisava de verdade."

"Ficava esperando que eu adivinhasse."

"É. E, como você não sabia, nem deduzia, eu achava que você não estava nem aí para mim. Que eu não fazia a menor diferença. Que estava priorizando você, não eu."

"Entendo exatamente o que você está dizendo", ele garante. "Imagine se eu tivesse dito que odeio cozinha internacional."

"Pois é!", respondo. "Eu nem gosto tanto de comida persa, grega ou vietnamita. Não mesmo. Só queria sair para jantar com você."

"Então, está aí uma coisa em que precisamos melhorar, Lauren. Precisamos muito. Temos que ser sinceros."

"É", concordo.

"Não", Ryan retruca, se virando para mim, segurando minha mão e me olhando nos olhos. "Sinceridade total. Tudo bem se eu ficar chateado. Tudo bem se os meus sentimentos forem magoados. Tudo bem se eu passar vergonha. Desde que seja por amor. Nada que for dito por amor vai ser pior do que olhar para sua cara e ver que você não me aguenta mais. Prefiro ouvir mil vezes que preciso raspar os pelos pubianos a ver aquele olhar no seu rosto de novo."

Sinto vontade de sair rolando no chão com ele. Quero cheirar seus cabelos. Beijar seu pescoço. Me enfiar numa dessas "salas de descanso" dos médicos que mostram nos seriados e transar num beliche. Quero mostrar o quanto senti sua falta. O quanto aprendi. Quero borrar as fronteiras de onde eu termino e onde ele começa.

E nós vamos fazer isso. Mas também devemos ter em mente que esse é só o início de uma solução. É a parte em que trabalhamos para salvar nosso casamento.

"Eu te amo", digo com a voz trêmula. Meus músculos estão relaxando. Meus olhos estão se enchendo de lágrimas.

"Eu também te amo", ele diz com a voz embargada pelo choro. É um choro controlado. As lágrimas mal chegam às extremidades das pálpebras.

Ele me beija.

E agora entendo de verdade o valor de termos passado dez meses separados.

Claro, aprendi algumas coisas sobre mim mesma. Aprendi o que quero na cama. Aprendi a pedir o que preciso. Aprendi que amor e romance não são necessariamente a mesma coisa. Aprendi que nem todo mundo quer uma coisa ou a outra. Aprendi que o que precisamos e o que queremos têm muita importância no amor. Mas poderia ter aprendido tudo isso com Ryan ao meu lado. Poderia ter ido atrás dessas lições *com* ele em vez de *sem* ele. Não, o verdadeiro valor do que aconteceu neste ano não é o que aprendi para salvar meu casamento. É o fato de eu *querer* salvá-lo.

E tenho energia para isso. Motivação. Desejo. E acredito nisso.

Quero que meu casamento dê certo. Quero tanto que sinto essa vontade entranhada nos ossos. Sei que o sol vai nascer amanhã normalmente se eu fracassar. Sei que consigo viver sozinha se não der certo. Mas eu quero. Quero muito.

"Então, você vai continuar casada comigo?", Ryan pergunta. Ele está com a mesma expressão solene e vulnerável no rosto de quando me pediu em casamento, tantos anos atrás.

Eu sorrio. "Sim", respondo. "Sim!"

Ele me agarra e me beija. Me abraça. "Ela disse sim!", ele anuncia para a sala de espera. As poucas pessoas presentes se limitam a olhar para nós e abrir sorrisinhos educados.

"Estou muito feliz agora. Estou me sentindo vivo pela primeira vez em um ano", ele conta. "Me sinto capaz de conquistar o mundo inteiro."

Eu o beijo. E beijo de novo. Ele é tão fofo. E tão lindo. E tão inteligente. E divertido. E charmoso. Não sei como deixei de ver tudo isso.

"Eu nunca perdi a confiança", ele diz. "Quer dizer, no fundo da minha mente, sempre tive esperança. Sabe aquela brincadeira que as pessoas fazem quando veem a primeira estrela da noite, ou quando..."

"Pegam um cílio que caiu da pálpebra e põem no dedo", completo.

Ele assente com a cabeça. "Nunca desejei outra coisa. Todas as vezes."

"Eu?"

"Nós."

"Mesmo durante esse ano?"

"Todas as vezes."

Nós precisamos um do outro. O que quer que isso signifique. Nós nos complementamos. Nós temos um enorme potencial de tornar um ao outro melhor. Eu tive a força de reconhecer o que estávamos fazendo um com o outro. Tive a coragem de partir o que temos ao meio na esperança de conseguirmos emendar tudo depois. Mas, quando perdi a fé, ele teve isso por nós dois.

Ryan solta minha mão pela primeira vez em várias horas. Ele se recosta na cadeira, põe o braço em volta do meu ombro e me puxa para si. Os braços das cadeiras tornam a posição um pouco desconfortável, mas é uma situação reconfortante. Apoio a cabeça na curvatura de seu braço. Respiro fundo e solto um suspiro. Ele está cheirando mal. Mas com o cheiro de Ryan. Um odor agradável pela familiaridade, ainda que não exatamente bom.

"Argh", digo, me afastando. "Você precisa passar um desodorante aí. Por acaso parou de usar?"

"Relaxa, querida", ele responde com uma voz propositalmente mais grossa. "Isso é cheiro de homem."

"Cheiro de homem é de Old Spice", retruco. "Vamos investir num frasco."

E é nesse momento que minha avó morre. Quer dizer, não dá para ter certeza. Só fico sabendo dez minutos depois. Mas, quando recebo a notícia, me dizem que foi dez minutos antes. Então com certeza aconteceu enquanto eu estava lá, reclamando do cheiro de Ryan e sugerindo que ele usasse um desodorante.

Era para acontecer quando o bebê nascesse. Ou quando eu estivesse com ela. Ou com ela segurando minha mão e me explicando o sentido da vida. Não quando eu estava rindo e brincando com Ryan sobre o cheiro de Old Spice.

Algumas pessoas adoram isso, o fato de a vida ser imprevisível e caótica. Eu detesto. Odeio que a vida não tenha a decência de esperar por um momento solene quando tira alguma coisa de nós. A vida não se importa se eu não tenho uma única foto da minha avó segurando o bisneto. Simplesmente não está nem aí.

Minha mãe está chorando quando chego ao quarto da minha avó. Fletcher está dando um abraço nela. Rachel está sentada sozinha numa cadeira, com a cabeça entre as mãos. Minha mãe pediu para as enfermeiras levarem o corpo embora. Quando chego, minha avó não está mais aqui. É preciso ser grata pelas pequenas coisas. Eu não aguentaria ver minha avó morta. Simplesmente não tenho essa força dentro de mim.

Mas a visão da cama vazia já é um baque e tanto. Como é possível sentir tanta falta de alguém que acabou de partir? Minha mente está cheia de pensamentos que não consigo expressar. Não importa o quanto *falei*. Sempre sobra um monte de coisas *para* dizer. Quero falar para ela que a amo. Que sempre vou me lembrar dela. Que estou feliz por ela. Que acredito que vá se reencontrar com meu avô.

Minha mãe me avisa que contou para minha avó que Ryan está aqui. "Disse que ele estava com você, cuidando de você. Para ser bem sincera, não sei se ela estava ouvindo. Mas acho que sim."

Nós conversamos sobre as providências a tomar, e choramos nos braços uns dos outros. Depois de um tempo, após muitas lágrimas rolarem, minha mãe nos diz que é hora de nos recompormos.

"Cabeça erguida, pessoal! Vamos manter o ânimo. É um grande dia para o Charlie, certo? E para todos nós. A vó não iria querer que este fosse um momento de tristeza. Tem um bebê a caminho."

Rachel e eu assentimos, limpando as lágrimas. Ryan está com as mãos nos meus ombros.

"Fletch, você pode ficar aqui e cuidar dos detalhes, certo?"

Fletcher faz que sim com a cabeça. Não está chorando na nossa frente, e fico com a nítida impressão de que está louco para ficar sozinho para poder fazer isso.

"E pode descer lá para o quinto andar quando terminar."

Minha mãe bate palmas como um treinador de futebol, como se estivéssemos disputando uma final de campeonato e perdendo por uma pequena margem de pontos, totalmente reversível.

"A gente consegue!", ela diz. "Vamos ter tempo de sobra para pensar na vó, mas no momento precisamos ficar ao lado do Charlie. Precisamos deixar a tristeza de lado e pensar no bebezinho lindo que está chegando."

Rachel e eu assentimos de novo.

"Sim, treinadora!", Ryan diz, estendendo a mão para minha mãe bater.

Ela fica olhando para ele, atordoada por um instante, mas depois dá risada. "Pelo Charlie!"

"Pelo Charlie!", nós repetimos, inclusive Fletcher.

"Venho falar com você daqui a pouco", minha mãe diz para o meu tio, e vamos para o elevador. Quando Rachel aperta o botão do quinto andar, enquanto descemos, só consigo pensar que minha mãe acabou de perder sua mãe e não está chorando. Está se esforçando para celebrar o dia do seu filho. Do seu neto. É impressionante o que somos capazes de fazer pelas pessoas que amamos.

Jonathan Louis Spencer nasceu à 1h04 da madrugada do dia 2 de junho. Pesa três quilos e oitocentos gramas. Tem a cabeça cheia de cabelos escuros. Está com a carinha toda amassada. É meio parecido com Natalie, se alguém tivesse amassado a cara dela.

Por volta das nove da manhã, todos já tínhamos segurado o bebê no colo. A enfermeira já o levou e trouxe de novo, e agora Jonathan está dormindo nos braços da minha mãe. Ela o está embalando para trás e para a frente. Natalie está semiadormecida na cama de hospital.

Charlie olha para mim, com o orgulho paterno estampado no rosto. "Eu só o conheço há oito horas", ele me diz, sentado numa cadeira, olhando para seu menininho. "Mas sei que nunca vou conseguir abandoná-lo."

Eu seguro sua mão.

"Não faz o menor sentido", Charlie comenta, sacudindo a cabeça. "Nosso pai ter ido embora desse jeito. Não faz o menor sentido, Lauren."

"Eu sei", respondo.

Charlie me dá uma encarada. "Não sabe, não." Não é uma acusação. Não tem a intenção de me ofender. Meu irmão só está me dizendo que existe uma experiência neste mundo que ele conhece melhor que eu. Está me dizendo, pelo que entendi, que existe um mundo feito de um amor que eu desconheço, um mundo de dedicação profunda, infinita e incondicional.

"Você tem razão", admito. "Eu ainda não sei."

"Nunca senti um amor como este", Charlie diz, sacudindo a cabeça de novo. Ele olha para Natalie e começa a chorar. "E a Natalie", continua. "Foi ela que me proporcionou isso."

Meu irmão poderia não estar apaixonado por Natalie quando a pediu em casamento ou quando resolveu voltar para a Califórnia. Poderia não estar apaixonado quando levou suas coisas para a casa dela e os dois começaram uma vida juntos. Mas em algum momento isso aconteceu. Talvez tenha sido entre 1h03, 1h04 e 1h05 desta madrugada. Sem dúvida, aconteceu. Dá para ver nos olhos dele. Charlie ama essa mulher.

"Estou muito orgulhoso de você, Charlie", diz Ryan, dando um tapinha nas costas dele. "E muito feliz por você."

Charlie fecha os olhos, segurando as lágrimas que ameaçam rolar pelo seu rosto. "Eu vou conseguir", ele garante, abrindo os olhos. Não está falando comigo. Nem com Ryan. Nem com Rachel, nem com Natalie nem com a minha mãe. Está falando com Jonathan.

"A gente sabe que sim", minha mãe diz. E não está respondendo para si mesma. Nem para nenhum de nós. Está respondendo para Jonathan.

Olho para o rosto de Jonathan. Como uma carinha tão amassada pode ser tão linda?

Olho para Ryan, e dá para ver o que ele está pensando. Nós também vamos conseguir, algum dia. Mas não hoje. E provavelmente não no próximo ano. Mas algum dia sim. Ryan segura minha mão. Rachel percebe, e sorri para mim.

Está sendo um bom dia. Minha mãe, Charlie, Jonathan, Rachel, Ryan e até eu — nós conseguimos transformar tudo isso num bom momento.

"Espera", digo. "Louis é em homenagem a Lois?"

Natalie dá risada. "Não era, mas agora virou!"

Charlie começa a rir, e minha mãe também. Se Charlie e minha mãe estão rindo, então tenho razão. Está sendo um dia bom.

Um funeral acontece. E um casamento. E, entre uma coisa e outra, um reencontro.

No funeral, Ryan segura minha mão. Bill abraça minha mãe. Charlie abraça Natalie. Rachel segura Jonathan. Fletcher lê o elogio fúnebre.

Não vou mentir, é um elogio fúnebre meio esquisito. Mas captura a essência da minha avó. Ele menciona o quanto ela amava meu avô. Fala da sorte que teve de viver numa casa com dois pais que se amavam. Diz que seus pais estão juntos novamente, o que traz um grande consolo. Lembra as coisas certas que minha avó costumava dizer nos momentos errados. Conta que todos nós dávamos risada quando ela dizia que tinha câncer, e faz isso do jeito certo. Torna o discurso divertido e idiossincrático, em vez de tristonho e amargo.

Minha mãe fica em silêncio. Tenta segurar as lágrimas, e na maior parte do tempo consegue. Fico surpresa ao constatar que ela não está se escorando tanto em mim, em Rachel e em Charlie. Quando chora, ela se volta para Bill.

Depois que o funeral termina, vamos comer na casa de Fletcher. Conversamos sobre minha avó. Babamos em cima de Jonathan. Seguimos Natalie por toda parte perguntando se ela precisa de alguma coisa. Ela virou a estrela da família. Proporcionou a joia da coroa.

Quando me sinto cansada e com vontade de ir embora, quando já cansei de conversar, chorar e compartilhar momentos, olho para Charlie e Ryan, que estão conversando num canto, cada um com uma cerveja na mão.

Como eu pude esquecer que os dois são como irmãos? Eles se dão muito bem.

Quando Ryan e eu, enfim, voltamos a Los Angeles, não vamos para casa, nem para o apartamento dele. Vamos para a casa de Mila.

Onde Thumper Cooper está à nossa espera.

Ryan não fala nada quando Thumper vai correndo até ele. Não diz *Sem pular*, nem *Oi, amigão*, nem alguma outra coisa que se pode falar para um cachorro empolgado. E Thumper, que normalmente é empolgado e espalhafatoso, fica quietinho nos braços dele.

Mila dá um abraço em Ryan. "Então você voltou, *é?*", ela questiona, sabendo que em breve vai ser informada de todos os detalhes. Mas parece contente em vê-lo. "Que bom ver você por aqui", ela diz, sorrindo para mim.

Ryan dá risada. "Ainda bem que a surpresa foi boa."

Agradecemos a Mila e Christina e vamos para o carro. E depois para nossa casa. Abro a porta da frente. Nós entramos.

Aqui estamos nós. Nossa pequena família. Não tem mais nada faltando.

Estamos em casa.

Nessa noite, Ryan se deita ao meu lado na cama. Ele me abraça. Me beija. Acaricia meu corpo e diz: "Me mostra. Me mostra o que você quer".

E é isso que faço. É muito melhor do que com David. Porque estou de novo com o homem que amo.

Por um tempo, esquecemos como ouvir um ao outro, como tocar um ao outro. Mas agora lembramos.

Na manhã seguinte, pego a caixa de sapatos no closet. Encontro minha aliança e ponho de volta no dedo.

O casamento é realizado um mês depois. Num dia quente de julho. Estamos na casa de praia do amigo de Natalie em Malibu. Não tenho ideia do que esse amigo faz da vida, mas a julgar pelo fato de a casa ser literalmente na praia, com todos os cômodos apresentando uma vista de cento e oitenta graus para o mar, presumo que seja alguma coisa no ramo do entretenimento. Mais tarde vai ter uma fogueira, e um piquenique com lagostas assadas está programado para depois da cerimônia. Os drinques e as danças são no terraço. Seria uma boa ter amigos em Hollywood. Eu não me incomodaria se esse tipo de evento virasse uma rotina na minha vida.

A cerimônia começa em alguns minutos. Natalie, Rachel e eu estamos terminando de nos arrumar. O vestido de Natalie tem um estilo meio grego, cheio de drapejados. Seu rosto está vermelho. E seus seios estão imensos. Ela está usando brincos compridos, que desaparecem em meio aos cabelos escuros. Seus olhos estão cheios de vida.

"Está tudo certo?", Rachel pergunta, arrumando o fecho do vestido "cor de caqui" atrás do pescoço. Eu garanto que sim. Afinal, o meu é igualzinho.

A mãe de Natalie está ajudando-a a calçar os sapatos. Pensei que os pais dela fossem saudáveis e radiantes como a filha, mas parecem ser medianos em tudo. Sua mãe tem uma barriguinha saliente. O pai é baixinho e troncudo. Não sei por que fico com a impressão de que são de Idaho, mas com certeza não são daqui. Talvez pelo fato de parecerem as pessoas mais educadas e legais que já conheci.

O pai de Natalie bate na porta para entrar.

"Só um minuto, Harry!", a mãe de Natalie grita. "Ela fica pronta em um minutinho!"

"Só quero tirar uma foto, Eileen!"

"Já pedi para esperar um pouquinho!"

Natalie olha para Rachel e para mim dando risada. "Ah!", ela diz, como se tivesse lembrado de alguma coisa. "Os buquês! Esqueci na geladeira."

"Pode deixar", digo. "Eu pego." Saio do quarto pelo banheiro compartilhado e desço pela cozinha, de onde vejo meu irmão conversando com Ryan e seu amigo Wally do outro lado da porta de vidro.

Charlie está todo bem-vestido, num terno creme feito sob medida. Está esbelto e elegante. Não parece nervoso. Nem tímido. Parece pronto. Ryan e Wally estão de terno escuro com gravata preta. Lá fora, na praia, as cadeiras brancas estão enfileiradas em ambos os lados do caminho até o altar, de frente para o mar azul. As pessoas estão chegando. Elas recebem o programa da cerimônia. Se acomodam em seus lugares. O pastor já está em seu lugar, à espera. Minha mãe está na primeira fileira do lado direito, com um vestido azul-marinho. Jonathan está no colo dela. Logo ao lado está Bill, de terno cinza. Mila e Christina estão algumas fileiras mais atrás, num raro momento sem os filhos. Christina dá um beijo na testa de Mila, que sorri.

Pego os três buquês na geladeira e escorro a água na pia.

"Algum último pensamento?", escuto Charlie perguntar. "Algum conselho para dar?"

Eu deveria subir imediatamente, mas quero ouvir a resposta de Ryan.

"Só o que você precisa fazer é nunca desistir", ele diz.

"Parece bem simples", Charlie comenta.

Ryan dá risada. "Na verdade, é mesmo."

Escuto tapinhas nas costas. Não sei quem está batendo em quem. Em seguida, escuto uma terceira voz, que presumo ser de Wally. "Cara, eu não tenho conselho nenhum. Nunca fui casado. Mas, se isso faz diferença, ela me pareceu bem legal."

"Obrigado", Charlie diz.

"Está pronto?", Ryan pergunta.

Escuto os três se afastando, e dou uma espiada enquanto eles se afastam para assumir seus lugares.

Volto correndo para o quarto onde está Natalie. Os quatro — Natalie, seus pais e Rachel — estão prontos. Entrego o buquê de Natalie e um menorzinho para Rachel. O terceiro fica comigo.

"Certo", Rachel diz. "Lá vamos nós."

Natalie respira fundo e olha para o pai. "Pronto?"

Ele assente com a cabeça. "Quando você quiser."

A mãe dela tira uma foto.

"Certo, vou descer primeiro", a mãe de Natalie avisa. "Vejo vocês daqui a pouquinho." Ela dá um beijo no rosto da filha e sai às pressas, antes que comece a chorar.

"Uh. Muito bem. Lá vamos nós", Natalie anuncia. "Alguma dica de última hora?" Ela dá risada. Pensei que estivesse falando com seu pai, mas a pergunta foi para mim. Agora as pessoas me procuram em busca de conselhos matrimoniais.

Digo a única coisa possível no momento: "Só o que você precisa fazer é nunca desistir".

O pai de Natalie dá risada. "Escute bem a moça", ele diz. "Ela tem toda a razão."

São dez horas da noite, e a festa ainda está rolando. Quando Natalie dançou com seu pai, meus olhos se encheram de lágrimas. Quando Charlie dançou com a minha mãe, eu desmoronei. O sol se pôs perto das oito, mas é uma noite quente. O vento que vem da praia é forte e refrescante. Charlie e Natalie puseram o bebê para dormir algumas horas atrás.

Rachel fez o bolo, que é o sucesso da noite. As pessoas não param de perguntar a respeito. Todo mundo acha que é de alguma confeitaria caríssima de Beverly Hills. Eu corrijo uma das pessoas que faz essa especulação. "É de um lugar novo que ainda vai abrir, a confeitaria Batter", explico. "Em breve a localização vai ser anunciada."

"É no Larchmont Boulevard", Rachel me corrige. Quando lanço um olhar inquisitivo em sua direção, ela me diz que o banco aprovou sua linha de crédito.

"Quando você ia me contar?"

"Bom, acabei de ficar sabendo, e não queria roubar os holofotes do casamento do Charlie", ela explica.

"Meus parabéns", murmuro.

"Obrigada", ela cochicha de volta. "Você pode fingir que não estava sabendo quando eu contar para todo mundo na semana que vem. Você é boa nisso." Ela sorri para deixar claro que está só me provocando.

Minha mãe e Bill dançam a noite toda juntos. Mais tarde, no bar do terraço, comento isso enquanto comemos coquetel de camarão. "Então, o romance ainda está vivo, né?", pergunto para minha mãe.

Ela encolhe os ombros. "Sei lá. Talvez seja bom ir um pouco além da fase de lua de mel."

"Uau", digo. "Estou impressionada agora. Então, você está pensando em morar com ele?"

Ela dá risada. "Estou pensando. Mas só pensando. Você viu aquilo, aliás?"

"O quê?", pergunto, virando a cabeça na direção apontada por ela. Num cantinho da pista de dança, Rachel está dançando com Wally.

"Interessante, né?"

Tento pensar em como Rachel gostaria que eu respondesse. "É", digo, dando de ombros. "Vamos ver no que dá."

"Vamos ver."

A música muda. Dá para ver que uma festa chegou ao auge quando o DJ resolve tocar "Shout".

Ryan vem correndo até mim. "Amor! A gente precisa dançar!"

Ponho minha bebida na mesa e me viro para minha mãe. "Com licença."

"Claro", ela responde.

Nós nos misturamos às pessoas na pista. Cercamos Charlie e Natalie. Nos juntamos a Rachel e Wally. Cantamos a plenos pulmões. E como "Shout" é o tipo de música que chama todo mundo para a pista, minha mãe e Bill aparecem juntos com os pais de Natalie para fazermos uma roda. Logo depois chegam Mila e Christina, e nem o tio Fletcher resiste. Dançamos juntos, lado a lado, agachando e pulando de acordo com o ritmo, sem nos preocuparmos em fazer papel de ridículo, sem nos preocuparmos com nada.

Olho para as pessoas ao meu redor — minha família, meus amigos, meu marido — e me encho de esperança no futuro.

Não sei se todo mundo se sente tão grato pelo momento quanto eu. Não sei se todos aqui entendem como a vida e o amor podem ser frágeis. Não sei se é nisso que estão pensando agora.

Só sei que aprendi a minha lição. E nunca mais vou esquecer.

Numa quarta-feira à noite, alguns meses mais tarde, é meu dia de escolher onde jantar. Decido pedir comida vietnamita do restaurante da nossa rua, para comer em casa, mas mudo de ideia. Ryan teve um dia difícil no trabalho. Vou pedir uma pizza mesmo.

Mas, antes que eu possa fazer isso, Ryan me chama para junto do seu computador.

"Hã... Lauren?", ele diz.

"Sim?", respondo, indo em sua direção.

"Lembra que você contou que escreveu para aquela mulher?"

"Que mulher?"

"Pergunte à Allie?"

Eu me sento ao seu lado. Thumper está aos seus pés. "É verdade", digo.

"Bom, parece que ela respondeu. Você é a 'Perdida em Los Angeles'?"

Cara Perdida em Los Angeles,

Vou lhe revelar um segredinho. É uma lição aprendida por quem já enfrentou as mais terríveis tragédias, e um segredo que imagino que você já saiba: o sol sempre nasce. Sempre.

O sol nasce na manhã seguinte quando as mães perdem seus bebês, quando os homens perdem suas mulheres, quando os países perdem suas guerras. O sol nasce independentemente das nossas dores. Por mais que acreditemos que o mundo acabou, o sol sempre nasce. Então, não dá para avaliar o amor com base no fato de que o sol continua nascendo. O sol não tem nenhum interesse no amor. Ele só precisa se preocupar em nascer.

E outra informação que você precisa saber é que não existem regras em um casamento. Seria mais fácil se houvesse. Sei que às vezes é isso que desejamos; respostas testadas e comprovadas para tornar nossas decisões bem mais fáceis. Problemas que se resumissem ao preto no branco seriam mais simples de resolver. Mas não existem regras que funcionem para todos os casamentos, todos os amores, todas as famílias, todos os relacionamentos.

Algumas pessoas precisam ter mais limites externos, outras menos. Alguns casamentos precisam de mais distanciamento, outros, de mais intimidade. Algumas famílias precisam de mais sinceridade, outras, de mais gentileza. Não existe resposta que sirva para todos.

Portanto, não posso dizer a você o que fazer. Não estou em condições de aconselhá-la a ficar ou não com seu marido. Não sei se você o quer, ou se precisa dele. Querer e precisar são sentimentos que só nós podemos definir para nossa vida.

Mas uma coisa eu posso lhe dizer. A coisa mais importante é você ter tentado. O que importa é que você abriu seu coração, deu tudo de si e continuou se esforçando.

Você e seu marido chegaram a um ponto no casamento em que a maior parte das pessoas acabam desistindo. Mas vocês não. Pense a respeito. Deixe-se guiar por isso.

Você tem mais a oferecer ao seu casamento? Caso tenha, dedique-se a isso com todas as suas forças.

Com muito amor,
Allie

Imprimo a mensagem e ponho na caixa de sapatos do closet. É a primeira coisa que se vê depois de abri-la agora; está por cima de todas as lembranças e os souvenirs. Considero isso o último conselho que minha avó me deu.

Para mim e para todos nós.

E pretendo segui-lo.

Não sei se a confeitaria de Rachel vai fazer sucesso.
Não sei se Charlie e Natalie vão continuar juntos.
Não sei se minha mãe vai morar com Bill.
Não sei se Ryan e eu vamos chegar às bodas de ouro.
Mas posso garantir que nós vamos tentar.
Nós vamos tentar, e vamos nos dedicar a isso com todas as nossas forças.

TIPOGRAFIA Adriane por Marconi Lima
DIAGRAMAÇÃO Verba Editorial
PAPEL Pólen Soft, Suzano S.A.
IMPRESSÃO Lis Gráfica, abril de 2022

A marca FSC® é a garantia de que a madeira utilizada na fabricação do papel deste livro provém de florestas que foram gerenciadas de maneira ambientalmente correta, socialmente justa e economicamente viável, além de outras fontes de origem controlada.